LIAVEK

Couverture illustrée par Yana Moskaluk
http://yanamoskaluk.com/

Traduit de l'anglais (États-Unis) par Jacqueline Callier.

Ouvrage publié sous la direction de Marie Marquez,
avec la collaboration de Jérôme Vincent, Éric Holstein et Charlotte Volper.

ActuSF
Perles d'épice
34 avenue des Bernardines 73000 Chambéry
www.editions-actusf.fr
ISBN : 978-2-917689-60-8   EAN : 9782917689608

STEVEN BRUST
MEGAN LINDHOLM
& GREGORY FROST

LIAVEK

Perles d'épice

NOUVELLES PARUES DANS CE RECUEIL :

Steven Brust, « Un acte de contrition »
(*An Act of Contrition*)
in *Liavek*, 1985

Megan Lindholm, « Hasard de naissance »
(*A Coincidence of Birth*)
in *Liavek*, 1985

Megan Lindholm, « La fortune du pot »
(*Pot Luck*)
in *Liavek: The Players of Luck*, 1986

Steven Brust, « Un acte de foi »
(*An Act of Trust*)
in *Liavek: The Players of Luck*, 1986

Steven Brust & Megan Lindholm, « Un acte de miséricorde »
(*An Act of Mercy*)
in *Liavek: Wizard's Row*, 1987

Steven Brust, Gregory Frost & Megan Lindholm, « Un acte d'amour »
(*An Act of Love*)
in *Liavek: Spells of Binding*, 1988

Sommaire

Quelques informations pour commencer…

Imaginé par le couple Emma Bull et Will Shetterly, Liavek est ce que l'on appelle un univers partagé. Au travers de cinq anthologies publiées aux États-Unis entre 1985 et 1990, ils ont proposé à des auteurs d'écrire des nouvelles sur cette ville portuaire de *fantasy* dans laquelle chaque habitant reçoit une quantité de chance le jour de son anniversaire. À chacun ensuite de la dépenser comme il l'entend, les plus puissants arrivant même à « stocker » cette chance dans un objet fétiche et y puisant ensuite à volonté… ou presque.

Mais rares sont ceux qui en ont suffisamment pour bouleverser leur vie. Pour le commun des mortels, cette magie est très faible et ils préfèrent souvent la donner plutôt que l'utiliser pour eux. Mais pour d'autres, elle sert surtout leurs ambitions personnelles. Évidemment les soucis commencent lorsque l'objet est perdu ou lorsque, comme l'héroïne de Robin Hobb, Kaloo, on ne connaît pas son jour de naissance…

On comprend sans peine comment cette idée de départ est rapidement devenue un terreau fertile pour de multiples histoires. Et la situation géographique et politique de la ville lui donne aussi une ouverture intéressante. Côté géographie, son installation en bord de mer en fait une cité de commerce et d'immigration dans laquelle se croisent de nombreux peuples, avec tout ce que cela implique d'aventures et de rencontres. Pour la politique, un régent tyrannique règne sur Liavek. Ce poste, il l'a acquis à force d'intrigues et d'assassinats… et il compte bien rester au pouvoir.

C'est aussi un monde dans lequel les hommes et les femmes sont égaux, ce qui constitue une sorte d'exception (et encore plus dans les années 1980) dans un genre qui ne prône guère l'égalité. Ajoutez à cela un calendrier basé sur celui de notre révolution (avec des mois délicieusement appelés Neige, Pluies, Vent, Fleurs, Vins ou Brouillard) et de multiples religions qui cohabitent plus ou moins facilement et vous obtiendrez un univers particulièrement alléchant.

Ils ont été nombreux à répondre à leur appel et le sommaire global est assez impressionnant. On y retrouve des noms comme Steven Brust, Nancy Kress, Gene Wolfe, Charles de Lint, John M. Ford, Alan Moore ou bien encore Walter Jon Williams. Et bon nombre d'entre eux y sont revenus à plusieurs reprises, reprenant des personnages et des intrigues, ce qui fait de Liavek un ensemble cohérent et polyphonique, comme un gigantesque roman écrit à plusieurs mains. D'ailleurs, plusieurs personnages se retrouvent d'histoire en histoire comme Kaloo, Serpent, Rikiki ou Dashif que vous rencontrez dans ce volume.

Robin Hobb, qui utilisait encore à ce moment-là son vrai nom, Megan Lindholm, s'est aventurée à plusieurs reprises dans cet univers de Liavek, le temps de quatre nouvelles dont deux ont été écrites en collaboration avec Steven Brust et Gregory Frost (la quatrième et dernière a même été rédigée par les trois). Avec deux autres textes de Steven Brust, l'ensemble forme un seul récit, à la suite de Kaloo, une jeune fille qui a été abandonnée trop jeune pour qu'elle se souvienne du jour de sa naissance. Un mystère qui l'empêche de recueillir la magie à laquelle elle a le droit et qui surtout ouvre la porte à d'autres intrigues. C'est ce que l'on vous propose de découvrir dans ce volume totalement inédit et qui n'a pas d'équivalent en anglais. Une exclusivité pour la France en quelque sorte.

L'histoire de Liavek s'est un peu poursuivie au-delà des cinq anthologies. Collaborateur régulier, John M. Ford a eu le droit à son propre recueil de nouvelles, *Casting Fortune*, en 1989, y ajoutant une novella de son cru totalement inédite. Quant à Alan Moore, il a adapté « L'Hypothèse du Lézard » en comics en 2005. Vous pouvez d'ailleurs lire sa nouvelle dans un volume au titre éponyme qui lui est consacré et qui est publié en France par Les Moutons électriques.

Hormis un récit de Pamela Dean publié en 2006 dans une anthologie, la page Liavek semble aujourd'hui bel et bien refermée après cinquante-six nouvelles et sept poèmes. Sans doute les contraintes économiques de l'édition ont-elles sonné le glas de cette expérience unique et foisonnante. On est heureux d'entrouvrir avec ce livre une porte sur cet univers. En attendant, qui sait, une possible résurrection. Après tout, Liavek est toujours là et ne demande qu'à être arpenté de nouveau.

Un acte de contrition

Steven Brust

C'ÉTAIT UN SOULAGEMENT, par une chaleur pareille, de se trouver à *L'Œil de Tigre*. Comment sa propriétaire arrivait-elle à préserver cette fraîcheur ? Un mystère : autant l'apprécier sans essayer de le résoudre, Dashif était le premier à l'admettre. Il fixait du regard le dos de ladite propriétaire qui montrait à un client une carafe de verre taillé importée de Ka Zhir. Elle lui vanta ensuite une coupe fabriquée à Tichen et recouverte d'un vernis qu'on ne trouvait que dans les Terres Incultes. Dashif patientait. Durant les deux dernières semaines, il avait eu l'impression de se promener à moitié nu mais ce serait bientôt fini. Il pouvait bien se permettre un peu de patience…

Le client finit par s'en aller, promettant de revenir quand il aurait réfléchi. *Il ment, bien sûr, ce pauvre type n'a pas les moyens de s'offrir quoi que ce soit*, Dashif en était convaincu.

La propriétaire, debout derrière le comptoir, toisa Dashif. Ils avaient la même taille – un bon mètre quatre-vingts – et leurs regards se croisaient sans difficulté, une situation à laquelle ils n'étaient habitués ni l'un ni l'autre.

— Bonjour, comte Dashif. Ils sont prêts.

— C'est bien, Serpent.

La femme sortit un lourd coffret de dessous le comptoir, le posa à côté d'elle, sa main s'y attardant négligemment. Dashif déboursa une pièce de cinq levars. Serpent n'y toucha pas, mais poussa le coffret vers lui. Il ôta le couvercle de bois, repoussa le chiffon huilé qui protégeait les pistolets et saisit l'une des deux armes.

— Il a ajouté un bon demi-centimètre au chien pour l'adapter à votre pouce, dit Serpent.

— Et le mécanisme ?

— Un peu plus de jeu, mais pas trop : la précision du tir en souffrirait.

La transformation avait été très soigneuse, comme le constatait Dashif. Il saisit l'autre pistolet de la main gauche, ses doigts caressant la crosse d'ivoire incrustée d'or.

— Essayez-le, l'encouragea Serpent, qui ne faisait toujours pas mine de ramasser la pièce.

Dashif opina discrètement, soupesa ses pistolets puis les pointa sur elle. Quatre clics plus tard, les quatre mécanismes étaient armés.

— Très bien, dit-il, continuant à viser l'estomac de la jeune femme, ce qui n'avait pas l'air de l'impressionner.

— Ils ne sont pas chargés.

— J'espère bien que non.

Il en reposa un et se servit de ses deux mains pour désarmer l'autre ; puis il répéta la manœuvre sur le second. Il ouvrit la paire de poires à poudre qu'il portait au côté droit et s'adonna au rituel du chargement. Il avait acheté ses pistolets dans cette même boutique, quelques années auparavant. Ils devaient leurs mécanismes à Erigo Niola, serrurier à Tichen, et leurs canons au ferronnier Fereth Loyale. Pour les montures et les crosses, Serpent avait recommandé le maître-joaillier Kentarino Reffina, de Villefranche. Ces armes étaient bien plus fiables que les pistolets plus communs, équipés d'une platine à rouet ou à mèche. En tirant les quatre coups, Dashif pouvait espérer au moins trois tirs effectifs. Le seul inconvénient – jusqu'à présent – était qu'il lui fallait ses deux mains pour armer un seul pistolet. Ce problème était maintenant résolu.

Quand il eut chargé ses armes, il les inséra dans la large ceinture noire qui soutenait déjà rapière et couteau.

— Ça ira comme ça, dit-il, en rajustant le manteau rouge sur sa chemise blanche.

— Merci, comte Dashif, dit Serpent, subtilisant enfin la pièce de cinq levars.

Il hocha la tête, avant de se replonger dans la chaleur. Alors qu'il passait le seuil, quatre autres individus entrèrent. Ils étaient jeunes, l'air canaille de ceux qui n'auraient rien eu à faire dans une boutique comme *L'Œil de Tigre*, sans même parler d'y acheter quelque chose. Des fauteurs de troubles, à n'en pas douter. Dashif se dit que Serpent n'apprécierait pas ce genre de visite : une grande partie de sa marchandise était fragile. Comment allait-elle gérer la situation ? Évidemment, il pouvait lui proposer son aide ; mais il en chassa l'idée d'un haussement d'épaules. Ou bien elle était capable de se débrouiller seule, ou bien elle ne l'était pas. Cela ne le regardait pas.

Il se remit en route. Dans son dos, il entendit le claquement d'un fouet, suivi d'un hurlement, puis la retraite bruyante de plusieurs personnes se précipitant dans la rue. Il sourit.

En rentrant au Palais, il passa par le Quartier des Marchands, près des canaux. À un étal de fruits, il choisit une pomme qu'il paya un demi-sou. Un petit mendiant, reconnaissant le manteau rouge, les bottines noires et la longue chevelure sombre, prit la poudre d'escampette. Le chameau d'un négociant – qui, lui, ne le reconnut pas – cracha sur le manteau. Le propriétaire essaya bien de calmer son courroux, mais ses efforts hilares ne furent pas couronnés de succès.

Dashif dégaina un de ses pistolets et l'arma. Le rire du marchand mourut aussitôt. Le regard du comte qui levait son arme le clouait sur place. L'homme s'humecta les lèvres, mais le pistolet ne s'arrêta pas sur lui. Dashif, sans le quitter du regard, pointa l'arme sur la tête de l'animal. Celui-ci l'agitait d'un côté puis de l'autre dans une tentative de morsure. Dashif tira le premier coup, puis un second. Le chameau tomba à leurs pieds, secoué de spasmes. L'expression du négociant passa de la peur à la colère et le comte garda la main gauche sur la seconde crosse. L'homme préféra s'éloigner.

Dashif reprit le chemin du palais de Levar. Il entendit qu'on murmurait discrètement sur son passage, mais il ne releva pas les critiques.

Il connaissait plusieurs des noms qu'on lui donnait en son absence, mais cela l'indifférait. La haine était préférable au mépris, et le mépris à la pitié. « Dashif le Malchanceux » était le seul surnom qu'il redoutait d'entendre. Mais peu de gens le connaissaient assez pour le lui donner. L'une des rares personnes qui auraient pu y recourir, c'était son épouse. Elle l'avait quitté depuis longtemps et, à présent, elle vivait probablement à Tichen avec ses enfants… il l'espérait tout du moins. Quelqu'un l'entretenait sans doute comme son animal de compagnie. Un rôle qui devait lui convenir.

Le maître de Dashif, Son Éminence Écarlate, en savait assez sur lui pour ajouter « le Malchanceux » à son nom, mais il ne le ferait pas. Il était dans son intérêt de ne pas révéler toute cette histoire… pour le moment du moins.

Une seule autre personne aurait pu la divulguer : son adorable Erina. Sa grande et mince Erina ; elle qui avait été rattrapée par sa tragique destinée, malgré la soie de sa peau sombre et ses longs cheveux noirs. Sa sorcière de l'île du Vairon… Elle aurait pu raconter toute l'histoire, elle en était la cause, elle en était l'auteur : elle lui avait dérobé sa magie pour toujours. Avant même que l'ancêtre de Dashif ne devienne le comte de Dashforth, ils étaient tous sorciers de père en fils. À présent, par la faute d'Erina, lui ne l'était plus. Erina, l'enchanteresse, Erina la voleuse… Elle aurait pu raconter comment il l'avait quittée pour épouser la putain couverte de bijoux. Elle aurait pu raconter comment elle, Erina, lui avait volé sa magie, pour se venger. Elle aurait pu… si elle avait encore été en vie. Mais quatre balles de plomb à l'arrière du crâne l'en avaient empêchée. Erina, petite folle sentimentale, n'aurait pas dû lui lui dérober ses pouvoirs et lui laisser la vie. Ou alors, après tout, elle avait été très maligne : la vengeance n'en était que plus réussie.

Le comte Dashif, que l'on n'appellerait jamais Dashif le Malchanceux, pénétra dans le palais de Levar pour, une fois de plus, y attendre son maître. Il espérait que le Régent aurait assez de chance pour eux deux.

Sinon, que les dieux protègent Liavek.

Une mesure précise de poudre, un peu d'étoupe et une balle de plomb, assez tassées, mais pas trop. Même chose pour le second canon. Un peu de poudre dans l'orifice de mise à feu et l'étincelle du silex enflammerait la charge. Une fois encore, Dashif admira la beauté des armes.

Il était très bon à l'épée, mais les sorciers combattaient à distance et on devait être en mesure de riposter. Il sortit un chiffon à polir et…

— Bonjour, comte Dashif.

Il leva les yeux, aperçut devant lui la silhouette efflanquée de Pitullio et hocha la tête.

— Son Éminence Écarlate voudrait que je vous informe des détails d'une affaire. Il vous recevra ensuite lui-même.

Dashif hocha à nouveau la tête et replaça le pistolet dans sa ceinture. Il suivit Pitullio qui le mena du salon d'attente de Son Éminence jusqu'à son propre bureau, petit mais confortable. Son guide se laissa tomber sur un siège et poussa un soupir.

— Il est d'une de ces humeurs, aujourd'hui… Il vaudrait mieux y aller doucement.

— C'est ce que je fais toujours, Pitullio. Qu'avez-vous à me dire ?

— Je dois vous donner une leçon d'histoire, bien que seul Rikiki sache pourquoi.

— Allons-y donc.

Pitullio s'étira et noua ses mains derrière la tête.

— Vous êtes semblables, vous deux. Ça ne va jamais assez vite pour vous... Très bien. Que savez-vous du Clergé d'Or, les Chercheurs de la Lumière ?

— Ils ont été anéantis il y a dix-sept ou dix-huit ans, juste après la destruction du Clergé Bleu.

— Savez-vous qui en porte la responsabilité et quel en était le mobile ?

— Non, mentit Dashif.

— C'était nous...

Pitullio attendit quelques instants avant de poursuivre, espérant une réaction, mais il fut déçu.

— Leur influence était considérable à ce moment-là et ceux qui détenaient le pouvoir ont décidé que ça suffisait comme ça.

— Pourquoi ?

— À eux tous, chaque année, les grands prêtres d'Or avaient des périodes de pouvoir qui se chevauchaient. Savez-vous ce que cela signifie ?

— Poursuivez.

— Avoir sa période de pouvoir au moment approprié était une exigence pour appartenir au grand clergé. De cette façon, les grands prêtres pouvaient s'unir pour conjuguer leur magie sur l'autel de leur foi. Je présume que la conjonction de la magie vous est une notion familière, bien que distincte de l'investiture ?

— En théorie seulement, admit Dashif, veillant à conserver un ton neutre.

— Dans une conjonction normale, tout un chacun peut utiliser un objet de son choix, mais pour un seul usage. Les prêtres d'Or voulaient conjuguer leur autel avec le pouvoir de leur clergé au complet. De cette façon, une seule personne, le grand prêtre en l'occurrence, pourrait s'en servir à sa convenance.

— Et comment vous y êtes-vous pris pour déjouer leur plan ?

— Il a fallu longtemps au Clergé d'Or pour réunir un nombre suffisant de grands prêtres. Nous avons donc eu le loisir d'infiltrer un agent parmi eux. À l'instant de la conjonction avec l'autel, notre agent a détourné le sort de telle façon que personne ne soit capable de se servir de ce pouvoir. Il est toujours là, enfermé dans l'autel, mais personne n'y a accès.

— Je vois. Et que sont devenus les prêtres ?

— Quelques-uns ont survécu. Mais, bien sûr, ils ne pourront jamais utiliser leur magie, à moins que le sort qui frappe l'autel ne soit levé, ce qui semble bien improbable. On n'a plus entendu parler d'eux depuis lors. Je suppose qu'ils se sont dispersés dans la nature.

— Évidemment. (*Une fois encore, tu me prends pour un imbécile, Pitullio. S'ils avaient disparu, si on ne pouvait lever le sort de l'autel, tu n'aurais pas été obligé de me raconter toute cette histoire, n'est-ce pas ?*) Et l'agent ? Il a survécu ?

— Oui, j'ai survécu. Des questions ?

— Où est l'autel à présent ?

— Dans les ruines de leur temple. Nous maintenons une petite garde là-bas au cas où quelqu'un se montrerait ; pour rendre un hommage aux morts, si ça se trouve. Je suis certain que vous êtes au courant qu'il est quasi impossible de détruire un tel sort. D'autres questions ?

— Non.

— Très bien, dit Pitullio, s'extrayant de son siège et conduisant Dashif vers la sortie. Bonne chance quand même.

Dashif ne daigna pas répondre. Il retourna dans le salon d'attente et consacra quelques minutes à polir ses pistolets. Un valet annonça enfin que Son Éminence Écarlate allait le recevoir. Dashif rengaina son arme, s'assura que son manteau était impeccable, passa la main dans ses longues boucles noires et emboîta le pas du serviteur. La porte se referma derrière lui et il se retrouva dans une pièce simple, nue, meublée de deux chaises et d'un bureau en chêne. Son Éminence Écarlate leva les yeux des papiers qu'il était en train de signer et hocha la tête. Dashif s'inclina :

— À votre service, Votre Éminence.

— Plusieurs prêtres d'Or essaient de rassembler des fonds, dit le Régent, sans préambule. S'ils réunissent la somme requise, ils pourront peut-être louer les talents d'un sorcier assez puissant pour lever le sort qui frappe leur autel. On me signale qu'ils ont contacté un riche mécène. Nous ne pouvons tolérer de désordres civils en ce moment. Une résurgence de la Foi d'Or pourrait s'avérer désastreuse pour la Cité. Vous allez devoir l'empêcher, sans impliquer, d'aucune façon, ni Levar ni la Foi des Forces jumelles.

— Bien, Votre Éminence.

— C'est tout, conclut le Régent en lui tendant une lourde bourse.

Dashif la fourra dans une poche de son manteau, s'inclina très bas et se retira. Dès qu'il eut passé la porte, il tâta les crosses de ses pistolets, pour se réconforter, et la garde de sa rapière, pour faire bonne mesure. Puis il emprunta le labyrinthe du Palais jusqu'à ses appartements. Là, il prit le temps de rédiger un mot, de le cacheter et l'adresser à Son Éminence Écarlate. Il le laissa sur son bureau et, par sa porte dérobée favorite, il ressortit affronter la chaleur de cette fin d'après-midi.

La rue des Sorciers comportait deux longues rangées de petites habitations trapues, aux couleurs criardes. Elles longeaient une large artère de la Vieille Ville, à proximité des canaux. La hauteur du numéro 17 le distinguait des autres, de même que son immense porte de bois, soulignée de ferrures, dont la sonnette en cuivre représentait une tête de gargouille.

Dashif n'eut aucun mal à le trouver. Il tira sur la langue de ladite gargouille, qui se remit en place d'un coup sec quand il la lâcha. Les yeux s'ouvrirent alors et la bouche s'anima, émettant une voix profonde, métallique, mais vaguement féminine.

— Oui ?

— Tu sais qui je suis, Gogo. Dis à ton maître qui frappe à sa porte. Je viens parler affaires.

— Oui, dit Gogo, redevenant une banale sonnette.

Ce jour-là, un homme vint ouvrir ; il arborait la tenue sobre et les manières mesurées d'un majordome. Ce jour-là, le couloir obscur était étroit. Ce jour-là, la porte du bureau du Magicien était la dernière à gauche. Et ce jour-là, le bureau était petit et nu. Le siège du visiteur, seul détail inchangé, paraissait aussi moelleux et confortable qu'à l'habitude. Le serviteur s'inclina et invita Dashif à entrer dans la pièce. Le comte reporta son attention sur l'homme assis au bureau.

Le Magicien veillait à conserver toujours la même apparence : il semblait avoir un peu plus de vingt ans, ce qui n'était – selon l'évaluation de comte – qu'une infime fraction de son âge réel. Avait-il deux cents ans ? Deux cent cinquante ? Plus ? C'était probable.

— Asseyez-vous, je vous prie, comte Dashif. Que puis-je faire pour vous ?

Dashif s'exécuta et modifia la position de ses armes de manière à ce qu'elles ne lui rentrent ni dans les jambes ni dans l'estomac. Et aussi, il veilla soigneusement à tenir ses mains éloignées d'elles. Le Magicien était parfois susceptible. Le comte pêcha deux pièces de dix levars dans la bourse que lui avait donnée Son Éminence Écarlate et les posa sur le bureau.

— Je voudrais que vous me fournissiez des renseignements.

Le Magicien hocha la tête et tendit la main vers les pièces qui disparurent dans l'instant.

— Cela devrait suffire s'il s'agit de quelque chose que je sais déjà.

— C'est sans doute le cas. On m'a rapporté qu'un groupe collecte des fonds pour acheter un sort de première catégorie. À ma connaissance, vous êtes le seul sorcier capable de répondre à cette demande. Je voudrais savoir quelle est la personne avec qui vous négociez et où je peux la trouver. Si vous n'êtes pas en cause, cela peut vous rapporter encore plus. À vous d'obtenir ces renseignements par tout moyen à votre convenance…

— Et ce serait un sort de quelle nature ?

— Capable de déjouer le maléfice qui frappe l'autel du Clergé d'Or.

— Je… je vois.

— Eh bien ?

— Vous avez raison, dit Le Magicien, se mordant la lèvre. On m'a demandé combien je voudrais pour exécuter cette tâche.

— Qui est ce *on* ?

— Je suis sincèrement désolé, comte Dashif, mais ça c'est confidentiel. À présent – et à moins que vous désiriez m'entretenir d'autre chose –, mon serviteur va vous…

— Mon cher sorcier…

— Je suis désolé de vous prévenir qu'une offre plus substantielle serait inutile.

— Si vous vouliez…

— Vous n'allez tout de même pas me demander de vous rembourser ? Je pensais que vous me connaissiez.

— Je vous connais.

Le silence s'installa : Dashif ne faisait pas mine de s'en aller.

— Eh bien ? demanda enfin Le Magicien.

— Je voudrais vraiment ces renseignements, sorcier.

— Désolé. Je préférerais ne pas être obligé de demander à mes serviteurs de…

— Il n'est pas nécessaire de jouer à ce petit jeu avec moi, sorcier. Vous n'avez qu'un seul serviteur en plus de Gogo, quoi que l'on puisse raconter. Je reconnais un métamorphe quand j'en vois un et je suis capable de discerner l'âme parmi la multitude.

Le Magicien haussa les épaules. Le comte poursuivit :

— J'imagine que cela vous désolerait de perdre votre majordome. Et votre cuisinier. Et votre coursier. Et…

— De quoi parlez-vous ? demanda Le Magicien, plissant les yeux.

— Sans aller jusqu'à cette extrémité, j'imagine que vous ne voudriez en aucun cas que soit révélé le secret de sa vraie nature…

— Vous jouez un jeu dangereux, comte.

— Et ce n'est pas fini, sorcier.

— De quoi pouvez-vous menacer mes serviteurs ?

— Votre serviteur. Avez-vous entendu parler de Son Excellence le Chancelier de Colethea ?

— Cela se peut bien, admit Le Magicien impavide.

— On a retrouvé son corps flottant dans le canal il y a deux mois et demi.

— En quoi cela…

— Un seul coup d'épée avait transpercé son cœur. Il semble qu'il se soit battu en duel, malgré les ordonnances. Et avec votre serviteur, sorcier. Nous pouvons le prouver.

— J'en doute, dit Le Magicien.

— Oh, vous pouvez vous introduire de force dans mon esprit si vous le décidez, découvrir quelle est cette preuve et la détruire.

— Mes capacités ne s'arrêtent pas là, comte Dashif.

— Bien sûr. Vous pouvez aussi me tuer. Mais dans ce cas, les explications que je viens de rédiger concernant tous les détails de ma démarche seront soumises à l'attention de Son Éminence Écarlate ; le Régent désapprouve formellement tout duel, sans compter l'assassinat de ses serviteurs.

— Avant de vous tuer, comte, je pourrais vous obliger à détruire vos notes.

— J'en doute, lui dit Dashif.

Ils se toisèrent un moment, puis Le Magicien grommela :

— D'accord, mais la preuve…

— Je l'admets, vous pouvez la détruire. Mais j'aimerais que vous compreniez quelques petites choses. Premièrement : même si vous épargniez à votre serviteur une sanction pénale, sa vraie nature serait révélée au grand jour. Ce que vous préféreriez éviter. Deuxièmement : vous devriez vous exposer à d'énormes problèmes sans espérer aucune compensation et je sais que cela vous hérisse. Troisièmement : vous y perdriez au moins les affaires futures de Levar et vous pourriez vous retrouver harcelé et attaqué. Cela vous coûterait ou de l'argent ou votre tranquillité. Quatrièmement : l'alternative que je vous propose, c'est de coopérer, auquel cas, non seulement vous servirez Levar, mais vous me ferez une faveur et j'ajouterai quarante levars à la somme que je vous ai déjà donnée.

Le Magicien s'agita sur son siège :

— Vous défendez bien votre cause.

— Merci.

— Vous dites que j'aiderai la Cité ?

— Oui.

— Vous auriez dû le dire tout de suite.
— Mes excuses. C'est inconséquent de ma part.
— L'argent, s'il vous plaît.
— Les renseignements d'abord.
— L'argent d'abord.
— Très bien.

En sortant de la rue des Sorciers, Dashif trouva une chaise à porteurs.

— Au Temple Rouge, dit-il.

— Ce sera trois sous, s'il vous plaît, mon seigneur…

— Vous devriez être sorcier.

L'entrée principale de Temple de la Foi des Forces Jumelles, un monument tape-à-l'œil destiné à impressionner, était toujours ouverte. Dashif l'évita, comme il le faisait de toutes les entrées principales, quand c'était possible. On se servait rarement de l'entrée du côté est, mais le public y avait toujours accès. Après moult détours, elle le mena au bedeau, un homme à la calvitie précoce d'environ vingt-deux ans.

— Oui, mon seigneur ? Vous venez pour une entrevue ? demanda ce respectable jeune homme.

— Précisément.

— Voudriez-vous rencontrer un prêtre en particulier ?

— Oui. Narni.

— Mon seigneur, Dame Narni est grande prêtresse, dit le bedeau avec un geste dédaigneux. Elle ne peut pas perdre de temps à…

Sa voix mourut quand Dashif lui montra l'anneau au majeur de sa main droite, le chaton bien visible. Le bedeau déglutit :

— En haut de l'escalier, mon seigneur. La deuxième porte à gauche. Je vais l'envoyer chercher.

Dashif monta dans la pièce indiquée, une simple salle d'audience, intime mais luxueuse. Il resta debout au centre de la pièce ; l'attente dura environ cinq minutes.

La porte s'ouvrit, laissant passer une petite femme qui paraissait avoir seize ou dix-sept ans. Elle avait des formes avantageuses, une chevelure blond foncé et de grands yeux innocents, d'un bleu pétillant. Elle portait les grandes robes rouges de la prêtrise, mais bien plus moulantes que d'ordinaire.

Elle aperçut Dashif et se mit à couiner, hors d'haleine :

— Comte Dashif… Vous m'avez demandée ? Oh ! Je suis *tellement* heureuse de vous voir. Pourquoi vos visites sont-elles si rares ? Je mène une vie si *solitaire*, toute seule ici, sans personne à qui parler, sans *rien*…

— Épargnez-moi ça, Votre Grâce.

L'expression de Narni changea tout à coup et afficha une froideur cynique :

— Comme vous voudrez, mon seigneur. Quelle est votre requête ?

— Son Éminence Écarlate aimerait que vous lui rendiez un service.

— Oh, ce n'est pas vrai ? Je devrais aller le voir, non ?

— Si vous voulez, dit Dashif en haussant les épaules. Mais Pitullio dit qu'une fois de plus il est très mal luné. À vous de juger. Je peux vous dire de quoi il s'agit, si vous préférez.

— Quelle surprise, ironisa-t-elle. Très bien, dans ce cas. Voyons quel est le problème.

— L'Émissaire de Ka Zhir.

— Je vois : il s'agit d'obtenir des renseignements.

— Oui. Il complote avec un groupe de prêtres d'Or. Questions : qui sont-ils et où peut-on les trouver ?

— Comment vais-je le découvrir, mon seigneur ?

— Agissez pour le mieux, Votre Grâce. Vous savez comment exercer vos talents. Pardon, votre séduction, devrais-je dire…

— Pourquoi se sert-on uniquement de mon corps ? soupira-t-elle. Quand rencontrerai-je un homme qui me désirera pour mon argent ?

— Vous avez trois jours.

— Une nuit suffira.

Dashif refit le court trajet qui le ramenait au palais de Levar, puis dans ses appartements. Il détruisit soigneusement le message qui concernait Le Magicien. De toute façon, il ne s'était pas attendu à devoir s'en servir. Il se dévêtit, posa ses pistolets près de son lit et se prépara à dormir.

Alors qu'il fermait les yeux, une image s'imposa à lui. Celle d'Erina ; la svelte Erina à la peau soyeuse et sombre, Erina aux longs cheveux noirs. Erina, Erina, Erina…

Il soupira. La nuit serait longue.

Le lendemain matin, on lui apporta son petit déjeuner accompagné d'une missive. Il en brisa le sceau et lut : *Sous-sol d'une auberge récemment désaffectée, dans la Vieille Ville, numéro 61 de la rue des Rêveurs. N. PS : c'était un sacré coup. Vous devriez l'essayer.*

Dashif détruisit d'abord le message, puis prit son repas. Il nettoya et rechargea soigneusement ses pistolets avant de sortir, puis quitta ses appartements et héla une chaise à porteurs qui l'emmènerait dans la Vieille Ville.

Plus tard, il reconnut que ç'aurait été trop beau de les trouver tous assis là, en train de débattre de la manière de lever le sort frappant l'autel… Mais le fait est qu'ils y étaient et que c'était bien des prêtres d'Or ; cela lui avait suffi. Il s'était tapi dans un coin sombre du sous-sol. Ils étaient environ une vingtaine à l'avant de la pièce, hommes et femmes à peu près également répartis, portant tous leurs robes d'or. Deux rangées se faisaient face. Neuf prêtres dans l'une, aux robes plus riches et plus amples ; leurs âges s'échelonnaient de quarante à soixante ans. Ils regardaient vers le fond de la pièce et la rangée de leurs cadets, tous âgés, eux, d'une vingtaine d'années.

Ils sont neuf, se dit Dashif. Mmmm. *Si j'avais une vingtaine de gardes… non, cela impliquerait directement Levar. Je vais devoir trouver autre chose.*

Ils semblaient complètement absorbés par leur réunion. Au point que Dashif n'avait eu aucun mal à pénétrer dans le sous-sol. Il n'avait jamais rien vu de tel auparavant mais il était suffisamment averti pour reconnaître ce qu'ils étaient en train de faire : ils priaient.

— Bonjour, comte Dashif. Il y a un problème ?

— Pas du tout, Serpent. Je voudrais simplement faire un achat.

— Je suis toujours contente de pouvoir vous aider. Qu'est-ce qui vous intéresse ?

— Combien pour cette carafe en verre taillé ?

— Qu'est-ce que vous… Non, rien. Trente levars.

— Et pour ce sabre tape-à-l'œil, là dans le coin ?

— Plus encore, j'en ai peur. Quarante-cinq.

— Mmmm. Le miroir, contre le mur du fond ?

— Celui avec le cadre en argent et les pierres précieuses ?

— Oui.

— Ce sont des saphirs, comte Dashif. Six cents levars.

— Je le prends.

— Je… très bien.

— Je vous prierais de me le livrer. En mains propres.

— Bien sûr.

— Auparavant, je pourrais me voir obligé de le faire expertiser par une tierce personne.

— Le faire expertiser ?

— C'est exact. Mais ne vous inquiétez pas. Vous devrez simplement m'attendre sur la place près du Marché des Fermiers, dans la Vieille Ville, à la troisième heure demain.

— À propos de cette expertise…

— Comme je le disais, vous n'avez aucun souci à vous faire. Il se peut que quelqu'un demande à le voir, c'est tout. Vous l'y autoriserez ; veillez toutefois à me remettre le colis personnellement.

— Très bien.

— À demain, alors.
— À demain.

Narni fronçait les sourcils tant elle se concentrait :

— Pourriez-vous me dire, mon seigneur, ce que signifie cette eau ?

— Il n'est pas nécessaire que vous le sachiez, Votre Grâce, dit Dashif.

Narni plissa les yeux et ses sourcils frémirent de colère. Le comte rit sous cape : cela n'avait pas de sens de la harceler à ce point.

— Ne vous faites pas de souci. La messagère est une disciple de la Voie d'Elle-Même. Quand on lui proposera le rituel, elle croira que le prêtre en fait partie, lui aussi.

— Qu'est-ce que cela a à voir ?

— Cela la rendra moins soupçonneuse. Le paquet vaut six cents levars… elle ne va pas le lâcher comme ça.

— Très bien. Pour ma part, je devrais tenir mon rôle sans problème. Mais dites-moi, pourquoi compliquez-vous tellement les choses ?

— Vous n'avez pas à le savoir, dit Dashif, après un instant de réflexion.

Le prêtre portait un pantalon bleu informe, une tunique vert clair et un large chapeau jaune vif. Il avait l'air de tout, sauf d'un prêtre. Mais il n'avait pas les moyens de s'en offrir la tenue… pas encore. Bientôt, avec l'aide de Dieu, il porterait ses robes d'or aux yeux de tous.

Une fois encore, il remercia son Dieu et fit le compte des grâces qu'il lui devait. Dix-huit ans après la catastrophe… dix-huit années à penser que tout était irrémédiablement perdu. Et puis – et cela ne datait que de quelques mois – 1) l'étranger était venu comme envoyé par Dieu lui-même – *Ses voies étaient vraiment impénétrables : envoyer un Zhir pour les aider à Liavek !* – et le Zhir en question avait expliqué qu'on pourrait lever le sort qui pesait sur l'autel, quels fonds seraient nécessaires et qui contacter dès qu'ils seraient disponibles. Il avait même 2) promis de fournir ces fonds quand le moment serait venu.

Et à présent, 3) il semblait que le moment était venu. *Comme Tes desseins sont mystérieux, Seigneur…* Cette dame respectable, membre du Clergé des Rouges (*comme s'ils avaient droit à cette appellation, ces meurtriers !*) qui attendait de servir Dieu à sa façon… Elle avait surgi de nulle part, effrayée mais déterminée, et leur avait révélé où ils recevraient l'argent et comment.

Il se récita les instructions une fois de plus. L'heure, l'endroit, la femme avec le paquet, son contenu, le rituel nécessaire pour vérifier leurs identités respectives.

Autour de lui, les autres grands prêtres étaient déguisés eux aussi. Alors qu'ils approchaient de l'endroit convenu, il se tourna vers eux :

— Attendez mon signal ici. Vous vous rappelez les consignes ?

— Oui, dit une sœur. Nous devons nous approcher de la messagère, la bousculer et gêner ses mouvements.

— Exact. Ne vous faites pas de souci, elle s'en tiendra au rôle qu'on lui demande de jouer. Et si quelque chose m'arrivait…

— Mon frère !

— Si quelque chose m'arrive, prenez le paquet, quel qu'il soit, et continuez sans moi. Si nous devions rencontrer des gardes, il faudra nous servir de nos dagues.

— Je ne sais pas si j'en serai capable, mon frère.

— J'espère que ce ne sera pas nécessaire, ma sœur, dit-il en la regardant bien en face. Mais si c'est le cas, vous y arriverez.

Elle hocha la tête. Quant à lui, il inspira profondément et jeta un dernier regard à ses amis, aux camarades qui avaient attendu avec lui, toutes ces longues années.

Le vieux Mur de l'Est était en vue. Le soleil lui apprit que la troisième heure n'allait pas tarder. Ses amis traînaient aux alentours du petit Marché des Fermiers, se mélangeant discrètement aux marchands et aux clients. L'attente commença.

Au bout d'un moment seulement, elle apparut… svelte et basanée, correspondant exactement à la description. Il sursauta en la reconnaissant… c'était quoi son nom ? Serpent, quelque chose comme ça ? La propriétaire de *L'Œil de Tigre*. Était-elle l'un des Croyants, ou alors simplement chargée de cette mission ? Eh bien, il ne fallait prendre aucun risque. Elle avait le paquet, c'était tout ce qui comptait.

Il s'approcha d'elle.

— Je vous demande pardon, est-ce que vous cherchez le Comte ?

— Je suppose que vous voulez inspecter ce colis.

On sentait une pointe d'ironie dans sa voix, comme si elle trouvait cet échange ridicule au possible.

— Oui.

On l'avait prévenu qu'elle l'examinerait avec beaucoup de soin et c'est ce qu'elle fit. Elle sembla satisfaite de trouver son interlocuteur aussi inoffensif.

— Très bien, dit-elle, se mettant à déballer l'objet.

Il en eut le souffle coupé : c'était un miroir au cadre d'argent travaillé d'une façon remarquable. Le métal à lui seul devait valoir une petite fortune, sans même tenir compte des saphirs incrustés en haut et en bas du cadre. Mais c'était avant tout une œuvre d'art. Elle rémunérerait à coup sûr le sorcier dont lui avait parlé l'étranger. Il sentit son pouls s'emballer alors qu'il rendait silencieusement grâces à Dieu pour leur bonne fortune.

— Par… Levar, cachez vite ça !

Il avait prudemment modifié sa formulation mais sa voix en tremblait.

La femme opina et recouvrit le miroir ; mais son expression montrait clairement combien elle était ravie qu'il apprécie la valeur et la beauté de l'objet. Pendant un instant, il regretta de devoir s'en séparer, mais Dieu n'était il pas toujours le premier servi ? Il s'inclina, trop troublé pour parler. Il se tint là un moment, silencieux, puis remarqua qu'elle regardait autour d'elle. Il faillit s'étrangler quand il se rappela qu'il n'avait pas encore exécuté le rituel attendu. Cette dernière formalité l'ennuyait un peu car il s'agissait d'appliquer les préceptes d'une autre foi, mais les instructions étaient claires.

Il sortit de sa poche une fiole d'eau. Il en versa soigneusement quelques gouttes sur le sol, en avala une gorgée et la passa à la messagère, dont le visage s'éclaira. Elle s'en saisit. Plus qu'un signe… Oui ! Elle paracheva le rituel comme lui, en répandant un peu d'eau par terre. Un frisson de soulagement le parcourut : il se saisit du paquet qu'elle ne tenait plus que d'une main et recula. Ses camarades, aux aguets, l'entourèrent puis ils se mirent tous à redescendre la rue en vitesse. Il jeta un regard en arrière et s'aperçut que la messagère les poursuivait, comme prévu. Bah, elle abandonnerait très vite. Il remarqua avec satisfaction la sincérité de son expression. C'était une sacrée bonne comédienne ! On aurait vraiment dit qu'on venait de lui voler son colis…

Narni arriva complètement essoufflée auprès des deux gardes. Le rouquin, celui avec la ceinture bleue sur la veste grise, l'aperçut le premier.

— Narni ! s'exclama-t-il, quand elle fut à sa hauteur.

— Oh, lieutenant, il faut que vous m'aidiez !

Elle se pendit à son bras, pressant son corps contre celui de l'officier.

— Qu'y a-t-il, Narni ? Ne devriez-vous pas être au Temple ?

— Aucune importance… Connaissez-vous Serpent ?

— Hein ? Bien sûr.

L'autre garde, un costaud aux cheveux sombres tirés en arrière, portait un insigne de caporal.

— Hé, Rusty, cette Serpent, ce n'est pas la dame charmante qui…

— Ferme-la, Stone. Que se passe-t-il avec elle, Narni ?

— Elle est là-bas, au Marché des Fermiers ; elle s'est fait agresser. Ils étaient neuf et ils lui ont pris un objet qu'elle allait livrer. Elle est à leur poursuite et ils viennent tous par ici. Je suis si contente de vous avoir trouvés, lieutenant. C'était *affreux* ! Ils… Les *voilà* !

En effet, un groupe de neuf femmes et hommes apparut. La personne du milieu semblait bien porter un colis. Et derrière eux, Serpent… échevelée, fouet brandi, le visage défiguré par un rictus.

— Hum… on devrait les arrêter, hein, Rusty ? proposa le dénommé Stone.

— Tu as raison, dit l'autre, qui dégainait déjà son glaive et s'apprêtait à leur couper la route, appuyé par le caporal.

— Au nom de Levar, arrêtez !

L'officier les avait interpellés à sept mètres d'eux, d'une voix puissante et à l'autorité indéniable. La foule aux alentours se figea, assez longtemps pour évaluer la situation. Puis tout le monde se dispersa rapidement. Aucun des deux gardes ne vit Narni plonger à l'abri d'un des étals.

À la grande surprise du lieutenant, le groupe de neuf personnes avait obtempéré et s'était arrêté.

— Nous avons été trahis ! cria l'une d'elles. Courez, nous allons les retenir.

Puis l'homme se tourna vers celui qui leur barrait la route :

— Nous ne nous laisserons pas arrêter pour avoir assassiné des prêtres Rouges ou leurs laquais !

Le temps de débiter sa tirade, un couteau était apparu dans sa main. Cinq de ses collègues avaient dégainé leurs armes, eux aussi. Les trois derniers remontaient la rue à toutes jambes, retournant d'où ils venaient.

Le lieutenant fit face au rang que les trois hommes et les trois femmes avaient formé à la hâte.

— Déposez vos armes, je vous prie.

— Pour que vous nous livriez aux meurtriers que sont vos maîtres ? Jamais ! s'indigna leur porte-parole.

Depuis le haut de la rue, l'officier perçut une succession de bruits : fracas, jurons, puis des coups de fouet suivis de hurlements. Son front se couvrit soudain de sueur.

— Je vous en prie, écartez-vous ou bien je vais devoir me tailler un chemin par la force.

— Ne vous gênez pas…

Le lieutenant ne lisait que détermination et méfiance sur les visages face à lui. Aucune trace de peur. Il entendait toujours les cris et jurons venus du haut de la rue.

— Qu'ils aillent au diable, dit-il en s'avançant.

L'éclair d'un couteau brilla à sa rencontre. Il l'esquiva et frappa la tête de l'attaquant du plat de son épée. Un autre couteau prit la relève et il répéta son geste. Ensuite, deux couteaux supplémentaires ne lui laissèrent pas le temps de finasser. Il entendit, à côté de lui, Stone qui gémissait : *Ah, merde, Rusty* et sentit – plus qu'il ne vit – ce dernier entrer en action. Le caporal, aussi pacifiste fût-il, ne connaissait qu'une manière de se battre.

Quelques secondes plus tard, le lieutenant enjambait quatre corps sans vie et deux prisonniers hébétés. Par-dessus son épaule, il ordonna à Stone de ne pas les quitter des yeux. Puis il se précipita à la poursuite des trois fuyards.

Il aperçut d'abord la femme, gisant sur le dos, sa tête formant un angle improbable. La position d'un des hommes, couché lui aussi, semblait normale mais il ne respirait pas et, de toute façon, le lieutenant avait déjà vu tant de morts qu'il n'eut aucun doute sur le diagnostic. Le cas de son collègue était évident : gorge tranchée et profonde blessure à la poitrine. Près de lui, un petit tas de tissu et des morceaux de verre brisé : le lieutenant entrevit le coin d'un cadre serti de pierres bleues. Serpent tenait toujours son fouet et son couteau, mais était l'image de la désolation.

— Comment se fait-il, Serpent, que je vous trouve toujours… Ça ne fait rien. J'en ai assez vu. Si vous pouvez prouver que cet objet – quel qu'il soit – vous appartient, vous n'aurez aucun ennui. D'ailleurs nous en avons arrêté deux.

Et de fait, Stone arriva avec eux sur ces entrefaites. La femme gémissait et s'appuyait sur le garde. Quant à l'homme, une poigne solide le tenait par le cou.

— Par le diable, pourquoi ne vous êtes-vous pas rendus ? s'exclama le lieutenant, furieux.

Seul un regard de méfiance lui répondit.

— Très bien. Allons-y… Vous !

— Bonjour, lieutenant, dit Dashif, débouchant de nulle part. Il fait très chaud, vous ne trouvez pas ?

Alors que Dashif se dirigeait vers eux, Serpent commençait seulement à rassembler les pièces du puzzle. Soudain, elle réalisa que le manteau du comte dissimulait ses mains et qu'il ne portait plus de pistolets à la ceinture.

— Dashif, *non* !

Il leva les mains, les canons tonnèrent sur un rythme soutenu, tac tac tac tac. Chacun des prisonniers se convulsa par deux fois, cria, puis la femme s'écroula. Son compagnon en aurait fait autant si Stone, dans un réflexe, n'avait pas raffermi sa prise sur le cou de l'homme. Une chape de silence recouvrit le Marché. Quatre petits nuages sombres de fumée grise s'élevèrent au-dessus de Dashif. Une odeur âcre emplit l'air.

Dashif rengaina calmement ses armes.

— Je m'attendais à ce que vous les tuiez tous.

— Espèce d'enfoiré de mes deux ! rugit Rusty, le premier à reprendre ses esprits. Ils *se sont rendus* ! Je vous revaudrai ça, connard ! Par les nichons futurs de Levar, vous êtes en état d'arrestation, vous…

Il s'arrêta. Dashif, qui n'avait pas bougé ni n'avait fait aucun geste, fixait Rusty, le visage dépourvu d'expression. Ce dernier n'acheva pas sa phrase. Le silence se prolongea, puis le comte fit demi-tour. En passant devant Serpent, encore trop sonnée pour bouger, il laissa tomber une bourse sur les débris du miroir.

— Six cents levars, comme convenu.

Puis il prit une chaise à porteurs pour rentrer au Palais. En chemin, il rechargea ses pistolets, comme à chaque fois. Sur le Marché des Fermiers, la raideur cadavérique gagnait lentement les neuf corps.

— Son Éminence Écarlate va vous recevoir, mon seigneur.

Dashif entra et trouva le Régent en train d'étudier une carte accrochée au mur du bureau. Le comte se tut un moment.

— C'est cela votre idée sur la manière de ne pas impliquer Levar ou le Clergé ? ironisa le Régent, sans le regarder.

Dashif haussa les épaules et s'abstint de demander comment la nouvelle lui était parvenue dans le quart d'heure nécessaire pour rentrer au Palais en chaise à porteurs. Peut-être qu'il ne s'agissait que d'une intuition ? Peu importait.

— À la façon dont le lieutenant a mené son action, Votre Éminence, tout le monde saura qu'il n'avait rien à voir là-dedans. En outre, personne n'a vu la Marquise de Narnitalo, sauf les gardes, et je crois qu'ils ne s'en vanteront pas.

Le Régent marqua quelques points sur la carte. Puis il se retourna pour faire face à Dashif.

— J'aurais bien voulu ne rien avoir à faire avec ça… Très bien, ajouta-t-il en soupirant. C'est fait, c'est cela qui importe.

— J'ai appris quelque chose d'autre, Votre Éminence. Toute cette machination était l'œuvre du Zhir.

— Oui. Ce sera tout.

Dashif s'inclina sans hâte et prit congé. Alors que les battants de la porte se refermaient derrière lui, il marmonna entre ses dents : *un jour, espèce de fils de pute, je te ferai admettre que quelque chose te surprend.* Il allait sortir du Palais quand il réalisa que la carte affichée au mur représentait la région de Ka Zhir et que les marques délimitaient un blocus naval.

Elle l'attendait juste à la sortie du Palais. Il s'approcha d'elle et s'arrêta à trois mètres, les bras le long du corps, les pistolets toujours à la ceinture. Les passants assez nombreux dans le secteur – pas une foule, quand même –, les voyant se dévisager, faisaient un grand détour pour les éviter.

Une paire de caporaux de la Garde civile s'approcha d'eux. L'un des deux voulut dire quelque chose. Sur un regard de Dashif, ils tournèrent les talons. Le comte fit alors face à la femme.

Qui ne prononça qu'un seul mot.

— Au moins, admit-il, avec un petit rire amer.

La femme cingla l'air de son fouet et prononça un autre mot.

— Oui, ça aussi.

— Vous vous êtes servi de moi, dit-elle sur un ton implacable.

— On peut dire ça.

Elle le fixa un moment puis son gigantesque fouet fendit l'air. Une longue balafre marqua la joue droite de Dashif, juste sous l'œil. Le sang coula, se perdant dans le rouge de son manteau. Pourtant, le comte ne bougea pas. Le fouet visa la joue gauche, cette fois, pour une seconde balafre. Les deux protagonistes attendaient, se toisant toujours. Alors, Dashif hocha la tête, dans un geste quasi imperceptible, et fit demi-tour pour rentrer au Palais.

Au bout de cinq pas, il s'arrêta pour se retourner. Les gardes s'avançaient vers Serpent. Il les intercepta d'un regard et leur ordonna de ne pas intervenir. Ils se figèrent sur place avant de refaire demi-tour.

Dashif poursuivit son chemin, se demandant pourquoi il agissait de cette façon. Il espérait pouvoir encore se servir de la jeune femme. Ses pistolets auraient besoin d'une maintenance régulière et elle assurait un service efficace et rapide.

De plus, elle était agréable à regarder : si grande, si élancée ; et puis, cette peau et ces longs cheveux sombres…

Hasard de naissance

Megan Lindholm

La fillette était assise dans l'obscurité, au frais, ses genoux osseux bien serrés ramenés sous le menton. Les yeux clos, elle respirait profondément, comme endormie. Pourtant, elle ne s'était jamais sentie plus éveillée. Autour d'elle, dans l'ombre, une accumulation de tonneaux, de barils, de bouteilles poussiéreuses. Ils contenaient la bière forte de Lenan, des plaines de l'ouest, la Fumée de dragon des montagnes d'Argent, et aussi de nombreux rouges millésimés de Saltigos. Mais tous ces alcools n'auraient pu la griser plus qu'elle ne l'était déjà. Quelque chose bourgeonnait en elle, se débattant comme un papillon au sortir du cocon. C'était sûrement son jour et son heure, car sa chance gonflait, bouillonnait et la suppliait de la canaliser. Elle en était convaincue.

— Petit Coucou, tu es là ?

Le bruit sourd de la porte du cellier qu'on ouvrait, suivi des pas lourds de Daril… La fillette entendait sa mère adoptive respirer avec peine, malgré son nez généreux.

— Petit Coucou ! Qu'est-ce qu'il t'arrive ? Nos marins, c'est maintenant qu'ils veulent leur bière, pas la semaine prochaine ! La marée ne va pas les attendre ! Kaloo !

L'enfant essaya d'ignorer les bruits familiers de la taverne, de se pelotonner dans sa petite bulle mais elle finit par y renoncer. Elle se releva en soupirant. La sensation insaisissable qu'elle avait éprouvée venait de disparaître comme une bulle de savon qui éclate au-dessus de la lessive. Kaloo sortit de sa cachette, chassant les toiles d'araignée prises dans ses cheveux. Elle tenait un pichet de bière. Mais en constatant l'absence de mousse, Daril ne put retenir un geste exaspéré : elle alla en rajouter au tonneau.

— Et qu'est-ce que tu as bien pu faire pendant tout ce temps ?

— Je suis désolée, Daril. Je voulais me dépêcher mais ici, dans le noir, la fraîcheur et le silence, une sensation a grandi et enflé en moi, comme la marée montante.

— Tu as mal au ventre ? Bois une tisane, ça guérit tout, répliqua sa belle-mère en repartant vers l'escalier.

— Daril ! Ce n'est pas ce que je voulais dire !

Kaloo, dégoûtée, peinait à trouver ses mots. Le pied sur une marche, Daril se retourna, un peu agacée.

— Tu parlais de quoi, alors ?

— Je crois que j'ai senti ma chance. Vous m'avez trouvée pendant le mois des Prairies. Si j'avais deux mois à ce moment-là, j'ai dû naître pendant le mois des Bourgeons. Mon anniversaire tombe peut-être aujourd'hui, à cette heure-ci. Ça continue à… remuer en moi.

Kaloo agitait la main, incapable de décrire ce qu'elle éprouvait. Daril lui sourit affectueusement, d'un air compréhensif.

— Mon petit Coucou… Il n'y a pas beaucoup de différence entre un minuscule nourrisson de quatre mois, et un gros bébé d'un mois. Et puis tu étais si maigre et si faible quand le marin t'a ramenée… Ce qui t'arrive, c'est autre chose. Ce que tu ressens, ce n'est pas ton jour de chance, mais les années qui passent. Tu auras bientôt tes règles et tu vas commencer à changer. La brindille va devenir une femme, ajouta-t-elle avec un regard critique. Il faudrait peut-être que tu songes à grignoter du Sans-Souci ! Les filles pensent toujours qu'elles sont trop jeunes pour que ça leur arrive, jusqu'au moment où la nature les rattrape ! Tu sais où je le range ; dans un bocal, avec les autres herbes. Tu n'as qu'à te servir. Il vaut mieux prévenir que guérir.

Kaloo fulminait en silence au pied des marches et laissa libre cours à ses sarcasmes quand Daril claqua la porte derrière elle.

— Les règles ! Elle m'en parle depuis mes dix ans, que j'aille bien ou mal.

Elle baissa les yeux sur la blouse ample qui flottait sur son corps d'ado de treize ans. Elle en resserra le cordon autour de son cou et le renoua. Elle avait demandé à Daril de lui faire des tenues plus flatteuses, mais la patronne plantureuse de *La Chope et l'Ancre* était persuadée que les formes de Kaloo n'allaient pas tarder à s'épanouir. Résultat : dans les blouses et les jupes trop grandes pour elle, la fillette se sentait encore moins adulte. Quant au Sans-Souci, Kaloo n'en aurait sans doute jamais besoin. Elle se demandait qui aurait envie de coucher avec elle… Même son visage était quelconque. Des cheveux noirs qui rebiquaient dans tous les sens, des yeux noirs en fente, une peau foncée… Elle était comme une robe coupée dans un tissu bon marché et cousue à la va-vite. Rien en elle ne la distinguait des trois quarts des gens de Liavek. Le sentiment magique s'était envolé. À présent, elle était convaincue que ce jour n'était pas le bon, avec autant de certitude qu'elle avait cru le contraire.

Daril l'appelait à nouveau. Elle sursauta, tirée de ses rêveries et gravit l'escalier de bois ; elle se retrouva dans la chaleur et le bruit de la grande salle. Malgré la température printanière, un bon feu brûlait dans l'âtre où un domestique tournait une broche. Il suait à grosses gouttes ; Kaloo se félicita encore d'échapper à cette corvée. Les grillades se préparaient à la vue de tous, mais le savoureux ragoût qui faisait la réputation de l'auberge mijotait à l'abri, dans la cuisine où tous ses secrets pourraient être préservés. C'était de là que provenait la voix de Daril.

Kaloo se faufila parmi la clientèle et les tables. Elle allait entrer dans la cuisine quand quelqu'un l'attrapa par le bras et la souleva brusquement. Elle se retrouva assise sur une paire de genoux.

— T'Nar, je deviens trop grande pour ce genre de bêtise ! protesta-t-elle.

Le sourire de pirate de T'Nar s'élargit sur son visage encadré de favoris, découvrant les rares dents qu'il lui restait.

— En fait, c'est maintenant que tu es assez grande pour ça. Pourquoi crois-tu que je t'ai attendue durant toutes ces années de couches mouillées et de genoux écorchés ?

Elle aurait aimé tirer sur sa barbe pour lui faire regretter ses taquineries, mais la salle à manger était pleine ce jour-là. Trop de marins s'étaient retournés pour voir ce que T'Nar avait attrapé. Alors, bien obligée, elle se contenta de se libérer et de lui sourire.

— Daril m'appelle ! expliqua-t-elle en s'enfuyant.

T'Nar, c'était celui qui l'avait trouvée dans un fossé poussiéreux, près de la grand-route de Levar. Sachant que le plus jeune fils de Daril venait de se marier et de quitter la maison, il lui avait amené sa trouvaille avec ce commentaire : *voici un petit coucou pour remplir le nid vide.* Et ce nom de l'oiseau sauvage qui pond ses œufs dans un autre nid que le sien lui était resté. *Ça ne leur a pas donné plus de mal que de baptiser un chaton !* se dit Kaloo, maussade.

— Kaloo !

L'appel lui cassa les oreilles alors qu'elle pénétrait dans la cuisine. Et elle éprouva un malin plaisir à faire sursauter Daril qui ne la savait pas si proche.

— Je suis là !

— Il était temps… Voici le panier, les pièces sont dans le sac, sous la serviette. Ne les perds pas.

— Mais c'est au tour de Grinnel d'aller au Marché !

— Il en est déjà revenu : il a oublié les bourgeons et les tubercules. Imagine mon ragoût sans eux ! J'aurais pu l'étrangler.

Kaloo grommela tout bas *pourquoi ne pas l'avoir fait ?* Daril l'entendit malgré tout.

— Bien ! Si tu préfères le remplacer à la broche...

— Non ! déclina aussitôt Kaloo. J'y vais.

— Dépêche-toi, alors. Ne rêvasse pas en route et n'oublie pas tes courses. Et ne traîne pas pour rentrer. Il faudra ranger avant l'heure du souper.

Kaloo ramassa le panier et se dirigea vers la porte, poursuivie par des recommandations plus personnelles.

— Je t'ai mis un demi-sou en plus. Pour une gâterie. Il est temps que nous te remplumions un peu.

Kaloo leva les yeux au ciel et sortit. L'air embaumait dans les rues et les gens circulaient sans se presser. Une brise venue de la mer accompagnait la jeune fille qui remontait le boulevard du Parc. *La Chope et l'Ancre* était proche des quais et les marins trop affamés pour rejoindre le centre de Liavek s'y arrêtaient en nombre. C'était tout bénéfice pour la taverne. Et dès qu'ils avaient goûté au ragoût de Daril, ils faisaient de l'endroit leur port d'attache. La plupart du temps, Kaloo partageait la fierté de sa belle-mère à ce sujet. Mais ce jour-là, ses préoccupations étaient purement égoïstes.

Depuis qu'elle avait atteint l'âge de comprendre, elle se demandait pourquoi on l'avait exposée à la mort en l'abandonnant dans un fossé. Et ces dernières années, une autre question encore plus lancinante la taraudait : quel jour et à quelle heure était-elle née ? Si jamais elle devait apprivoiser sa chance, elle devait connaître sa période précise. Et ça, personne ne pouvait le lui dire.

Les boutiques se multiplièrent quand elle arriva dans le quartier des Marchands. Elle ralentit pour profiter de leurs étalages. En passant devant *L'Œil de Tigre*, elle vit quatre jeunes voyous qui en sortaient, surexcités, échappant de peu au fouet de la propriétaire. En la croisant, ils la bousculèrent, sans lui accorder d'attention. *C'est ça, je suis trop quelconque, même pour provoquer un incident*, se dit-elle, dépitée. Elle parcourut le reste du trajet à la hâte, avant de tourner à gauche sur le chemin de Levar. Une demi-douzaine d'écureuils, attirés par les bols d'offrandes à Rikiki, s'égaillèrent devant elle.

Le Marché n'était pas très fréquenté à cette heure-là. La plupart des gens préféraient faire leurs courses aux heures fraîches de la journée. De nombreux étals – les moins achalandés – avaient baissé leurs stores pour se protéger de la chaleur. Mais Daril ne recherchait jamais les prix les plus bas, de toute façon. Kaloo se dirigea sans hésiter vers l'étal de Lexi. D'immenses parasols et une moustiquaire protégeaient ses produits. Elle choisit des bourgeons s'émiettant facilement entre les doigts mais ne se réduisant pas en poussière sèche. Et Lexi en personne lui sectionna un tubercule pour lui montrer le motif en forme d'étoile écarlate. L'odeur épicée qu'il dégageait était très tentante. Kaloo hocha la tête et le marchand lui remplit son panier.

Alors qu'elle faisait demi-tour, Lexi poussa une exclamation truculente, l'air scandalisé. Kaloo, étonnée, se retourna ; le marchand épongeait son double menton avec un fichu de soie.

— Mes excuses, Kaloo. Je ne voulais pas t'offenser. Mais c'est la troisième fois en dix jours que mon idiot d'apprenti part faire des livraisons et oublie un colis. Et pour le même client, encore ! Regarde-moi ça ! (Il ébaucha un geste en direction d'un paquet soigneusement emballé.) On a cueilli ces herbes ce matin ; je les ai enveloppées dans des linges humides pour préserver leur fraîcheur. Mais le temps que Roen revienne, même un chameau hésitera à les consommer. J'y serai de ma poche. J'espère seulement que mon client ne se vexera pas, ajouta-t-il, inquiet.

— C'est sur mon chemin ? s'enquit Kaloo, qui se savait manipulée.

— Eh bien, cela se pourrait bien ; ou alors il faudrait que tu fasses un tout petit détour. Mais je ne peux pas te demander ça !

— Vous le pourriez, mais vous ne le ferez pas. Vous préférez attendre que je me propose.

— Oh, comme tu es gentille, mon enfant ! Ne perds pas ce caractère adorable en grandissant ! Cela réchauffe mon vieux cœur, vraiment, de voir que des jeunes aident encore leurs aînés ! Je te promets que Daril entendra parler de ta serviabilité !

Lexi fourra le paquet dans le panier et ajouta par-dessus deux poignées de petites prunes jaunes.

— Pour te remplumer un peu…

Kaloo faillit regretter d'avoir été polie.

— C'est à livrer chez L'Ferrti, le sorcier. Il habite juste au bord du canal. Si tu tournes à gauche, au coin avant *L'Œil de Tigre*, et si tu continues tout droit, tu ne peux pas le manquer. C'est un peu délabré, mais comme je le dis toujours, on ne peut pas juger un sorcier d'après l'endroit où il habite.

Au mot *sorcier*, Kaloo avait dressé les oreilles et elle perdit le fil des instructions qui suivaient. Après avoir demandé à Lexi de les répéter, elle s'éloigna de l'échoppe, le regard rêveur, les yeux dans le vague. Un sorcier… Sa période de chance devait se rapprocher, pour que ce genre de chose se produise. Daril disait toujours que cette période provoquait des caprices du destin, que ce soit en bien ou en mal. Un jour, sa mère adoptive avait dégringolé dans l'escalier du cellier ; c'était son jour et elle s'était fêlé des côtes. Une autre fois, un nouvel aide-cuisinier avait répandu le plus gros du ragoût dans les flammes, dans un geste qui aurait pu anéantir un héritage culinaire vieux de cent cinquante ans. Et un jour, se dit Kaloo, sarcastique, un marin avait tendu à Daril un bébé hurlant, à moitié mort de faim ; et ce n'était pas seulement son jour mais aussi son heure de chance.

Kaloo se dépêchait, grignotant les prunes ; elle décollait les noyaux de ses doigts et les jetait par terre. Daril ne voulait pas qu'elle ait de contact avec les personnes qui enseignaient leur magie. Elle était très ferme là-dessus. *Ce n'est pas pour des gens comme nous. C'est leur affaire s'ils tentent leur chance avec ce qui n'est pas naturel. Ce n'est pas la nôtre, ma fille. On a une bonne vie ici, toi et moi. On a une auberge à gérer, magnifiquement située, et le meilleur ragoût de la ville. Quel besoin avons-nous de la magie ? Qu'ils aillent faire leurs manigances ailleurs.*

Kaloo avait toujours été d'accord, en bonne petite fille soumise, mais elle sentait que son cœur ne battait pas au rythme des chopes déposées sur une table. En elle couvait le sentiment d'un pouvoir naissant, avide de lumière et d'une volonté pour le guider.

Arrivée à la porte de L'Ferrti, elle hésita. Elle resserra encore le cordon de sa blouse et secoua ses jupons. Elle repoussa ses cheveux noirs en arrière pour dégager son visage. La maison avait beau n'être qu'une bicoque croulante au bord du canal, cela n'avait pas d'importance. Pas plus que le fait qu'elle ignorait ce qu'elle allait bien pouvoir dire au sorcier. Sa chance l'avait amenée jusqu'ici, elle se fierait à elle pour la guider dans sa démarche. Elle frappa à la porte branlante.

— Allez, entre. Tu es assez en retard comme ça.

Kaloo poussa la porte. Elle pendait sur ses gonds, frottant le sol de pierre usé, et ouvrait sur une petite pièce propre, chichement meublée. Nue aurait été un terme approprié. Une table de bois, deux chaises bancales, une couche étroite avec un matelas de paille et trois couvertures pliées au pied du lit. Contrastant joliment avec les autres meubles, un imposant cabinet sculpté en bois noir poli complétait le tableau. C'était tout. Kaloo ne vit personne.

En hésitant, elle s'aventura plus loin et jeta un coup d'œil timide dans la pièce suivante, encore plus petite, si possible, mais dotée d'un minuscule foyer où rougeoyaient quelques flammes. L'Ferrti en écarta une bouilloire fumante et se redressa pour toiser la nouvelle venue.

L'homme avait tout du sorcier typique. Il était grand, légèrement voûté, barbu aux cheveux gris, l'air irascible. (Il était persuadé que sans cela il aurait manqué de naturel. D'ailleurs, il ne gaspillait pas ses talents pour modifier son apparence.) Il fronça ses sourcils broussailleux et dévisagea Kaloo.

— Tu n'es pas l'apprenti de Lexi ! aboya-t-il d'un ton bourru.

— Non, seigneur. Roen a oublié votre paquet et il a déjà terminé ses livraisons. Lexi savait que je passais par ici pour rentrer chez moi, alors il m'a demandé de déposer ça pour lui.

Elle sortit le colis de son panier et le tendit au sorcier qui en déchira aussitôt l'emballage.

— Eh bien, tu as fait ta bonne action, alors. Tu peux y aller. Si tu espérais que je te donne un demi-sou pour la peine, n'y pense plus. Et voici ce que tu peux dire de ma part à Roen : il ne se serait pas pissé dessus de peur l'autre jour s'il avait frappé un peu plus fort avant de débarquer ici. Ne reste donc pas plantée là ! Je t'ai dit que je n'ai pas un demi-sou à gaspiller.

— Mais moi, j'en ai un.

Kaloo n'en revenait pas de sa propre audace : les mots lui avaient échappé. L'Ferrti n'eut pas l'air surpris.

— Il te faut une potion ? Pourquoi n'en as-tu pas parlé tout de suite ? Laisse-moi juste mettre ces herbes à feu doux avant que leur essence ne s'évapore.

Il lui tourna le dos pour les déballer ; il les réduisit en morceaux en se servant de l'ongle de son pouce et les jeta dans la bouilloire qu'il replaça au-dessus des braises. Il glissa un regard à Kaloo qui s'était approchée pour mieux voir.

— Recule, lui dit-il.

Elle obéit mais observa, sidérée, les mains noueuses qui exécutaient des gestes cabalistiques au-dessus de l'infusion. Le sorcier se redressa en soupirant, ses articulations soumises à rude épreuve, et alla s'asseoir à la table branlante. Il fit un signe courtois de la main vers l'autre chaise, invitant Kaloo à l'imiter. Il la dévisageait d'un œil critique.

— Je crois deviner pourquoi tu es venue me voir. Je vais être honnête avec toi. Je peux t'apporter ce que tu veux, mais il vaudrait mieux pour toi que tu attendes encore quelques années : ton corps doit rattraper ton esprit. Mange un peu plus et souviens-toi que la rose qui fleurit tardivement a parfois le parfum le plus doux. Je connais bien les filles et ça m'étonnerait que je te fasse changer d'avis. J'accepte donc ton demi-sou. On va commencer par une potion ; tu en prendras une cuillerée par jour. Reviens me voir quand tu n'en auras plus. Il se peut que ça te donne des crampes et puis tu vas trouver le goût désagréable…

Kaloo fut incapable de se retenir et sa réaction indignée prit L'Ferrti de court.

— Ce n'est pas de ça qu'il s'agit ! Je veux connaître ma période de chance. Est-ce que vous pouvez me la révéler pour un demi-sou ?

— Pourquoi ne t'adresses-tu pas à ta mère ? demanda L'Ferrti, soupçonneux.

Kaloo rougit, obligée d'expliquer ce qui lui faisait honte.

— Je ne l'ai jamais connue. Je n'avais que quelques mois quand elle m'a abandonnée. Personne ne sait qui elle est ni ma date de naissance.

— Ah ! C'est donc ça, grommela le sorcier. Laisse-moi voir tes mains.

Confiante, la gamine tendit ses fines mains bronzées à L'Ferrti. Il les prit dans les siennes et ses yeux se réduisirent à deux fentes. Sa respiration se fit bruyante et ses paupières se mirent à palpiter. Kaloo retenait son souffle. Mais après que L'Ferrti eut découvert au creux des paumes les petites cicatrices et les cals, preuves d'un travail manuel, après qu'il eut habilement évalué le solide tissu de la jupe faite maison et après avoir remarqué que les brides des sandales avaient bien besoin d'une réparation, il pinça les lèvres, amer. S'il y avait de l'argent à se faire avec cette gosse, il ne se montrait pas. Il ne savait vraiment pas comment il pourrait découvrir sa période de chance ; peu importe ce qu'il lui dirait d'ailleurs : elle demanderait probablement une preuve. Graine de commerçant, elle saurait comment marchander ; ce ne serait pas facile de la rouler. Mais il était réduit à en passer par là. Il inspira profondément et émit un bruit de gorge, un grognement étouffé. Il ressentit de la satisfaction en constatant que la gamine frissonnait. Il ouvrit les yeux et se renfonça dans sa chaise, comme hors d'haleine.

— Qu'y a-t-il ? demanda Kaloo, le souffle court.

— Ce n'est pas facile à expliquer. Tu dois comprendre que la période de chance n'est pas la chose simple que la plupart des gens imaginent. Je suis sûr que tu as les connaissances de base : à la date anniversaire de la naissance, chaque année, la chance est accessible. Et tu sais que, six mois plus tard exactement, un sorcier est soumis au côté malchanceux de sa magie. Tu sais peut-être aussi qu'un maître-sorcier peut puiser dans sa chance pendant les quelques moments de chaque journée qui correspondent exactement à ceux de sa naissance. (À partir de là, L'Ferrti se lança dans des fioritures.) Ce que tu ignores peut-être, c'est que la période de chance est comme la marée. Elle peut varier selon les mois, mais elle se produit tout au long de l'année. D'après le flux de ton sang, je peux te dire que ta période favorable ne s'est pas encore présentée cette année. Mais nous n'en sommes plus loin. (Le signe de tête ravi de Kaloo lui confirma qu'il avait visé juste.) Je dois te prévenir que c'est une entreprise délicate qui nous attend ; cela prendra beaucoup de temps. Ton demi-sou n'y suffira pas. Si tu pouvais m'apporter cette même somme, disons chaque semaine, et me permettre d'étudier le flux de ton sang, je crois pouvoir t'assurer que, d'ici un mois ou deux, nous aurons trouvé ta chance.

— Un… un demi-sou, c'est beaucoup pour moi, soupira Kaloo, gênée. C'est toujours aussi cher, la magie ?

— Tu n'as pas un objet de valeur que tu pourrais vendre ? demanda aussitôt le sorcier, qui négligea la question posée par la fillette.

— Je… non, rien.

Kaloo baissa les yeux sur son giron puis fixa un coin désert de la pièce.

— Je vois. Eh bien, un demi-sou, ça ira pour cette fois, mais n'hésite pas à venir me revoir quand tu en auras un autre.

— Il sera peut-être trop tard : ma période de chance sera passée ! Je vous en prie, ne pouvons-nous pas trouver un arrangement ? Je veux dire que je sais cuisiner et faire le ménage. Je peux m'occuper des courses…

En empochant la pièce, L'Ferrti avait secoué la tête. Tout à coup, il s'arrêta. Il la fixa avec un intérêt nouveau. N'était-il pas en train de refuser la seule bonne carte que sa chance lui ait distribuée ces derniers temps ? Elle était assez menue pour passer par une fenêtre. Il étudia son visage : mince, mais avec une belle ossature. Et le regard impérieux de ces yeux-là… Qui lui rappelait-elle donc ? Bah, il repoussa la réponse à plus tard.

— Si je te trouvais une tâche qui te permette de payer ma magie, où pourrais-je te joindre ?

— Envoyez un message à Kaloo, à *La Chope et l'Ancre*. Mais soyez discret. Ma mère adoptive n'approuve pas ma quête.

— La subtilité, ça me connaît. À présent, va-t-en vite avant que tes courses ne prennent un coup de chaud. J'ai une potion à surveiller.

Elle le remercia une bonne douzaine de fois avant qu'il ne puisse la mettre à la porte. Il retourna à sa bouilloire et réfléchit, en mélangeant doucement le contenu. Sa préparation n'était qu'une banale tisane médicinale pour soigner les problèmes circulatoires. Les formules magiques étaient destinées à impressionner Kaloo. Comme les gens le rémunéraient davantage qu'un simple herboriste, il fallait leur en donner pour leur argent. Il répartit la potion dans des flacons bouchés et les rangea sur les étagères du cabinet, l'air maussade. Qu'un sorcier doué de ses talents fût réduit à soigner des crises de foie et des diarrhées, sapristi, ça lui restait sur le cœur ! Il se dirigea en hâte vers sa couche et s'y étendit. Sa période de chance quotidienne – ce petit créneau de magie qu'il lui restait – approchait. Il sentait comme un frémissement. Il ferma les yeux et se lança à la recherche de sa chance.

Elle était toujours là. Les boucles d'oreilles de pierre verte reposaient dans une boîte minuscule soulignée de velours, elle-même à l'abri d'une commode en bois, dans la boutique de Serpent. Zut, zut et zut. Il aurait été plus aisé de les récupérer à peu près n'importe où ailleurs. Cambrioler *L'Œil de Tigre* était hors de question. L'Ferrti envisagea d'y aller, de demander à Serpent si elle vendait bien des boucles d'oreilles de jade ; une fois qu'il les aurait en main, il pourrait prélever sa magie investie dans la pierre et puis… quoi ? Il essaya de réfléchir à un sort qui les sortirait de la boutique, lui et ses boucles, avant que le fouet de Serpent n'entre en action. Mais il ne se faisait pas d'illusion : sa propre chance n'était pas du genre rapide. Ses tours de sorcier se limitaient à de lentes et soigneuses manipulations, à des malédictions rarement levées une fois prononcées.

Sa période de chance passa et il se redressa en soupirant. Il savait au moins où se trouvaient les boucles d'oreilles. Et aussi qui il convenait de blâmer en l'occurrence. Cette perfide Galida… Il aurait dû savoir que c'était une voleuse. Mais non, il l'avait introduite chez lui, dépensé toutes ses économies sur son corps soyeux… Un matin, il s'était réveillé, pas seulement appauvri mais complètement démuni : tout ce qui avait de la valeur et qu'on pouvait facilement emporter avait disparu. Cela incluait les boucles d'oreilles qu'il portait en s'endormant auprès d'elle. Ah, ces mains habiles et tendres qu'elle avait ! La boucle de droite, il s'en fichait ; elle ne lui avait coûté qu'un peu d'or. Mais la gauche… le réceptacle de sa magie. Deux mois plus tôt seulement, le jour de son anniversaire, il avait consacré tout son temps de chance à y investir ses pouvoirs magiques, de façon à ce qu'ils soient en sécurité et toujours à sa portée. Ainsi il pourrait y recourir aisément. Mais alors – il s'étonnait encore de sa propre légèreté – une idée brillante lui était venue. Il avait inclus un maléfice dans la monture et l'anneau, pour contrecarrer quiconque pourrait tenter de lui voler sa magie. Il n'avait sans doute pas pris assez de précautions, car le sort s'était retourné contre celui qui l'avait jeté ; son amante, doublée d'une voleuse, l'avait dépouillé de ses pouvoirs. Son seul atout était que personne n'en savait encore rien. Si quelqu'un découvrait qu'une des boucles contenait sa chance, on pourrait la détruire au bout d'un semestre, en profitant de son jour de malchance : on anéantirait sa magie pour toujours. Y penser lui soulevait l'estomac. Passer sa vie à concocter des potions contre la goutte et les coliques ? C'était au-dessus de ses forces.

Six jours s'écoulèrent dans l'anxiété avant que sa vigilance ne soit récompensée ; il surprit Serpent tenant, dans la paume de sa main, la fameuse paire de boucles d'oreilles. Était-elle en train de les vendre ? Non. Elle les montrait à Thyan, son aide, qui les scrutait par-dessus son épaule, penchée sur le comptoir.

Serpent tournait et retournait les bijoux, les examinant de près. Lorsque Thyan fit mine de les toucher, elle réagit brutalement.

— Pas touche ! Tu attires déjà assez la malchance !

Thyan, dégoûtée, renifla bruyamment quand sa patronne rangea les boucles dans leur boîte.

— Je t'avais prévenue, pourtant ! ajouta Serpent, jetant un regard mauvais à Thyan qui se remit à frotter le comptoir.

Galida embellit toujours la vérité : *voici le dernier cadeau de ma mère, que la malchance me force à vendre.* J'aurais dû me douter que c'était un coup fourré.

Serpent s'était exprimée sur un ton plein de regret et Thyan abonda dans son sens :

— Ça, tu aurais dû !

Serpent haussa un sourcil avant de jeter un regard furieux aux bijoux en question. Soudain un sourire mauvais illumina son visage : elle avait une idée.

— À quoi tu penses ? demanda Thyan.

— C'est du gâchis tout ça ; ces pierres doivent tout de même avoir de la valeur. Je connais quelqu'un qui mériterait bien ce genre de cadeau empoisonné. Même si je me trompe et si les boucles ne sont pas chargées d'un maléfice, leur cuivre tachera au moins de vert les lobes de ses oreilles.

(L'Ferrti sursauta : le plaquage d'or n'était-il pas censé tenir plus longtemps ?)

Thyan écarquilla les yeux, puis sourit.

— Chiche…

— Oui, mais en une minute, il devinera qui les envoie. Il suspectera un piège.

— Pas si tu t'y prends bien.

Serpent semblait ne lui prêter aucune attention. Elle fouillait la boutique du regard. Et soudain…

— Là ! C'est exactement le détail qui manquait. À son tour de se couvrir de ridicule…

Quelques grandes enjambées à travers la boutique et voilà qu'elle coupait une mèche des cheveux blonds d'une poupée exotique arborant les caractéristiques et le costume national de la population des Terres Lointaines.

— Les intrigues, ça te connaît ; voyons si tu devines où je veux en venir.

Elle fourra la mèche d'or entre les boucles d'oreilles, dans leur boîte. Son sourire devint carrément démoniaque. Thyan ne put se retenir quand Serpent prit une feuille de papier blanc.

— Laisse-moi écrire ce billet ! supplia-t-elle.

— Ah toi… File ! dit Serpent en la menaçant de sa plume. Si cela doit se retourner contre quelqu'un, je veux être la seule responsable. Tu as terminé l'inventaire des perles ?

— Serpent !

— Tu t'y mets tout de suite.

Mais Thyan n'obéit pas. Elle sortit de la pièce en traînant les pieds, au comble de la bouderie. Serpent regarda les boucles pour y trouver son inspiration, puis écrivit, de la main gauche : *pour celui dont les yeux noirs ont ensorcelé mon cœur.* Ensuite elle enroula le message anonyme et le fourra dans la boîte.

Le couvercle refermé mit fin à la vision de L'Ferrti. Il entendit vaguement le froissement d'un papier puis la voix de Serpent qui, d'un ton autoritaire, hélait un gosse passant par là.

— Le comte Dashif attend un paquet. Le voici. Je te paye tout de suite mais je te signale que le comte a beaucoup insisté sur le délai de livraison. Je te dis ça pour t'éviter l'idée de t'enfuir avec le colis et l'argent. Maintenant, écoute. Il souhaite que cela se fasse dans la discrétion. Tu vas remettre le paquet au garde, à l'extérieur du Palais, sans un mot. S'il essaye de te retenir, voici ce que tu dois lui dire : *il y va de l'honneur d'une dame* ! C'est tout. Et puis tu prends tes jambes à ton cou. J'ignore le pourquoi de ces instructions. Le comte veut que ça se passe comme ça et je ne suis pas assez idiote pour lui poser des questions. Toi non plus, je suppose… Vas-y !

La voix faiblit. L'Ferrti gisait en sueur, invoquant de plus belle ses pouvoirs magiques, mais la période de chance de son anniversaire n'était plus qu'un souvenir. Ainsi, Serpent avait envoyé les boucles d'oreilles au comte Dashif. Pour quelle raison ? Le regard noir perçant et le visage fermé du comte le tracassaient. L'homme traînait une très mauvaise réputation. Personne ne savait exactement ce qu'il faisait pour Son Éminence Écarlate ; ceux qui étaient intelligents ne le demandaient pas, tant que cela ne les concernait pas. Dashif était un danger ambulant au tempérament de vipère. La malédiction de L'Ferrti faisait encore son effet.

Le désespoir envahit le sorcier. Le comte allait détester les boucles d'oreilles et ne les porterait jamais. Elles seraient sous clé, quelque part dans le palais de Levar, hors d'atteinte. Inutile d'espérer récupérer ses pouvoirs avant un an. Une pensée encore pire le frappa : on racontait que les propres pouvoirs de Dashif étaient considérables. Il devinerait que le cadeau était une ruse. Il se servirait de sa chance à lui pour retrouver la trace de L'Ferrti grâce aux bijoux. Ou alors, pire, il sentirait le pouvoir investi dans la pierre et la détruirait !

L'Ferrti roula en bas de sa couche en grognant et gagna la petite cuisine. Dans l'âtre, il allait se verser une tasse de kaf pour se remettre de ses émotions... Mais soudain, une inspiration lui vint, renforçant l'espoir qui persistait envers et contre tout. Et s'il lui restait une chance ? Si le comte Dashif conservait une once de vanité en lui ? D'accord, le sorcier basait tous ses espoirs sur une possible coïncidence, mais c'était quoi, la magie, sinon la manipulation d'une coïncidence ? C'était du moins ce qu'on lui avait appris à l'Académie de Sorcellerie de Za-Drin. D'accord, c'était une école au rabais qui n'avait existé que le temps de lui enseigner les rudiments de l'investiture. Mais c'était tout ce que ses parents avaient pu lui offrir et un grand honneur pour un fils de poissonnier qu'elle l'ait tout simplement accepté. Il était très reconnaissant à ses parents pour les sacrifices consentis. Il se demanda où ils étaient et ce qu'ils devenaient à présent. Mais ce fut bref... très bref.

Kaloo aurait préféré une invitation plus discrète. Le visage de Roen était blanc de terreur. Ses mains tremblantes lui tendirent le petit panier de prunes tandis qu'il murmurait son message.

— Vous vous souvenez de la livraison que vous avez faite à ma place ? Celui qui l'a reçue vous envoie ces prunes et vous fait dire qu'il serait ravi de vous revoir aujourd'hui, un peu après midi.

Le garçon tremblait encore en repassant la porte de la cuisine. Kaloo, pensive, mordit dans l'un des fruits en le suivant du regard. Ainsi donc, on la convoquait. Mais dans quel but ? Elle déglutit, trouvant le fruit bien aigre tout à coup. Elle posa le panier et se tourna vers Daril. L'imposante aubergiste leva les yeux du ragoût qu'elle mélangeait.

— Puis-je prendre une heure ou deux aujourd'hui ? La salle à manger est presque vide.

Daril pinça les lèvres, d'un air mi-figue mi-raisin.

— Je suppose que oui… Tu n'as pas oublié le Sans-Souci ? ajouta-t-elle plus gentiment.

En voyant l'air surpris de sa fille adoptive, elle étouffa un rire.

— Ne fais pas l'innocente. Même sans avoir des yeux dans le dos, je peux entendre Roen murmurer à la porte de la cuisine ou te voir rougir. Ce n'est vraiment pas la peine de prendre la mouche. Vas-y, je te la donne, ton heure. Je n'oublie pas que j'ai eu ton âge. Mais… assure-toi qu'il est en bonne santé. Et pas de précipitation. Si tu changes d'avis, dis-le-lui sans tarder. Ne…

Kaloo ne retint pas la porte qui claqua avant qu'elle puisse entendre le reste de la phrase.

Kaloo était hors d'haleine quand elle arriva chez L'Ferrti. Elle avait résisté à la tentation de courir. Mais malgré la chaleur, elle s'était dépêchée. Les dernières paroles de Daril résonnaient dans son esprit : *si tu changes d'avis, dis-le-lui sans tarder*. Le seul conseil valable qu'elle lui ait donné… Kaloo le suivrait si les propositions de L'Ferrti s'avéraient trop angoissantes. Elle ferma les yeux, repoussant les vieilles légendes qui circulaient au sujet de maléfices dégoûtants et terrifiants.

Elle frappa deux coups à la porte branlante puis entra, sur l'invitation du sorcier. Assis à sa vieille table, il eut l'air surpris.

— Tu es en avance. C'est bien.

— Et qu'allez-vous me faire faire ? demanda-t-elle, le souffle court.

— Sûrement rien d'aussi intéressant que ce que tu dois imaginer ! Assieds-toi et arrête de t'agiter. C'est vraiment très simple. Chaque jour, à peu près à cette heure-ci, nous irons traîner au Marché pendant une petite heure. Je me comporterai comme si j'étais ton vieil oncle ; toi, tu porteras un panier pour nos petits achats. Je changerai mon apparence pour éviter qu'on me reconnaisse.

— Et moi ? s'enquit Kaloo, anxieuse.

— Ma fille, lui dit-il d'un ton paternaliste, on pourrait te croiser quatre fois en une heure et ne pas te remarquer. Ton visage est parfait pour ce travail, il passera inaperçu parmi tous les autres. À présent, écoute-moi bien. Lors d'une de nos balades, nous rencontrerons le comte Dashif. Ou plutôt nous le croiserons. Il portera des boucles d'oreilles serties de pierres vertes. Quand nous serons très proches de lui, je lui jetterai un petit sort qui provoquera la chute des boucles. Tu t'en empareras et puis tu iras te perdre dans la foule.

— Non !

Au nom de Dashif, Kaloo s'était figée. Elle se levait déjà pour partir quand la main noueuse du sorcier la retint.

— Tu n'as pas envie de savoir quand tombent ton jour et ton heure de chance ?

— J'ai plutôt l'impression que nous allons découvrir le jour et l'heure de ma mort. Tout le monde connaît la réputation du comte Dashif. Il me donne la chair de poule. Vous vous souvenez du Massacre du Marché du Fermier ?

— Des rumeurs… Il n'y a aucune preuve de sa présence là-bas.

— Et ce pauvre chameau ?

— Ce n'était qu'un chameau. De plus, il n'aura pas le temps de te tuer. Tu ramasses les boucles d'oreilles et tu te sauves.

— Je ne peux pas aller plus vite que ses pistolets. Désolée. Ça n'en vaut pas la peine.

— Continue comme ça, alors ! Regarde-toi. Je ne sais pas pourquoi cette idée m'a traversé l'esprit. Maintenant que je te revois, je me rends compte que tu n'as pas la discipline nécessaire pour devenir mon apprentie.

Kaloo était à mi-chemin de la sortie ; elle s'arrêta net et se retourna.

— Apprentie ? Vous voulez dire que vous me donneriez des cours ? Vous me montreriez comment investir mes pouvoirs magiques quand nous aurons découvert ma période de chance ?

— J'y ai pensé.

Le sens des affaires avait pris racine en Kaloo au cours de toutes les années passées avec sa mère adoptive.

— Et si je me chargeais de ce travail pour vous ? Cela suffirait pour que vous deveniez mon tuteur ?

L'Ferrti n'hésita pas longtemps.

— Après ce petit travail, on pourrait voir ce que donnerait un apprentissage. Tu te chargerais de petites corvées ici, entretien et autre, de manière à réduire le coût des leçons. Mais, bien sûr, les trois premières leçons seraient gratuites. Pour l'aide apportée au Marché.

Le sorcier se résignait à lui accorder une faveur car il avait remarqué la consternation sur le visage de la fillette.

— Quand pourrions-nous commencer ?

— Dès que nous aurons mis la main sur les boucles d'oreilles. Un de mes clients les a vues et meurt d'envie de les posséder, mais le comte ne veut pas s'en séparer. C'est une affaire simple.

— Non, marchanda-t-elle. Nous allons commencer aujourd'hui et chaque jour où je vous accompagnerai au Marché, j'aurai droit à une leçon. Qui sait combien de temps peut s'écouler avant que nous rencontrions Dashif et ses fameuses boucles ? On ne pourra compter que sur le hasard ; il faudra une sacrée coïncidence.

— Pas du tout ! Qu'un homme perde une boucle d'oreille, ça, c'est un hasard. Mais si moi je suis à ses trousses, si je veux ses boucles, et s'il arrive qu'il les perde toutes les deux, ça, c'est de la magie. Tu ne le vois pas ? La Coïncidence est le Fondement de Toute Magie. Voilà ta première leçon. Tiens, ton panier. Allons faire notre petit tour.

Kaloo éprouva une pointe de déception quand elle s'aperçut que le déguisement annoncé consistait en un chapeau à larges bords et un manteau brun couvert de taches. Mais elle la ravala bien vite quand il lui fit une recommandation d'un ton pontifiant.

— Et autre chose : ne jamais gaspiller la magie. Jamais de sort quand un mensonge ou une tromperie suffisent.

Mais ils ne rencontrèrent Dashif ni lors de leur première balade, ni lors de la troisième, ni même lors de la cinquième.

Kaloo commença son apprentissage. Elle apprit à tortiller l'orteil du milieu sans que les autres ne bougent. Elle apprit à respirer de différentes manières. Elle apprit à empiler des boules de verre les unes sur les autres, ce qui améliora son habileté manuelle. Elle apprit à baisser les yeux quand Daril la questionnait et à jeter au feu une petite dose de Sans-Souci, jour après jour.

Elle apprit même à apprécier les balades nonchalantes au Marché. Elle s'était imaginé qu'elle connaissait cet endroit comme sa poche, mais L'Ferrti lui présenta les boutiques poussiéreuses que fréquentaient les sorciers, celles où on pouvait se procurer des herbes étranges. Il lui enseigna les usages particuliers que l'on pouvait faire des épices couramment utilisées en cuisine et il lui apprit bien plus encore, grâce à tous les petits potins concernant les gens qu'ils croisaient. Kaloo buvait tout ça comme du petit lait. Elle refusait de penser au fait que ces leçons prendraient fin quand elle aurait subtilisé les boucles d'oreilles. Car elle ne pourrait jamais poursuivre une telle formation, même au rabais. De même, elle ne voulait pas penser à sa peur de Dashif. La sorcellerie lui semblait à présent une profession exigeante, certes, mais combien fascinante. Jusqu'au jour où elle aperçut un manteau de drap rouge dans la foule…

Ce fut une expérience intense et déstabilisante : les battements de son cœur changèrent de rythme ; ses mains se couvrirent de sueur et son estomac se glaça. Quelque chose dans cet homme la repoussait et la fascinait, l'attirant vers lui et la terrifiant en même temps. *Ce ne peut être que lui*, murmura-t-elle à L'Ferrti qui sembla ne pas l'entendre. Pourtant, les doigts du sorcier se resserrèrent sur son bras et elle se sentit propulsée à travers une foule qui s'écartait sur leur passage, comme par miracle.

Le comte Dashif cherchait quelqu'un. C'était évident, à en juger par son allure détendue et la manière dont ses yeux observaient la foule. Ses cheveux noirs bouclés étaient coiffés vers l'arrière ; les rayons du soleil éclairaient ses pendants d'oreilles et les sillons verticaux sous ses yeux. Il s'arrêta pour sourire à la blonde Selita, une marchande de tapis, qui pâlit sous son bronzage et disparut derrière l'étal. Un imperceptible haussement d'épaules et le comte continua sa promenade.

— On m'a raconté quatre histoires différentes sur l'origine des marques de son visage.

Les confidences à voix basse du sorcier n'intéressaient pas du tout Kaloo.

— Il nous a repérés, L'Ferrti. Il nous surveille. Allons-nous-en d'ici ! chuchota-t-elle, une pointe d'hystérie dans la voix.

— Ne sois pas stupide ! Tiens, il drague des blondes, je n'aurais jamais cru ça de lui !

Le sorcier n'en revenait pas. Sa remarque, qui n'avait pas de sens pour Kaloo, ne la réconforta pas. Elle faillit même hurler tandis que L'Ferrti se rapprochait de plus en plus de Dashif, sans relâcher son étreinte. Ils se retrouvèrent dans le sillage du comte ; Kaloo se sentait exposée, mais la foule du Marché les camouflait efficacement. Dashif ne leur prêtait aucune attention.

Kaloo jeta un coup d'œil de côté vers le sorcier, se demandant quand il allait se décider à agir. Ses lèvres remuaient dans sa barbe et il faisait de petits gestes discrets de sa main libre. Il ne se passait rien. La magie du vieil homme ne marchait pas. Kaloo eut tout à coup la bouche sèche et la sueur lui piqua les yeux. Pourquoi n'abandonnait-il pas ? Pourquoi ne pas les sortir de là ?

Mais ils continuèrent à suivre l'homme de main de Son Éminence Écarlate. Kaloo était si essoufflée qu'elle n'arrivait plus à respirer. Un vertige s'empara d'elle, puis une désorientation qui lui donna l'impression de ne faire qu'une avec L'Ferrti. Elle sentit, dans la main qui lui agrippait le bras au-dessus du coude, le fourmillement de la magie. Au même instant, une jalousie féroce la submergea et elle souhaita à Dashif tout le mal qui pouvait frapper un homme. Toutes ces émotions retombèrent aussi vite qu'elles l'avaient envahie.

Il s'ensuivit une belle pagaille. Des femmes hurlaient et des hommes s'indignaient, furieux, alors que le sort jeté par L'Ferrti fonctionnait au-delà de ses espérances les plus folles. Les boucles d'oreilles vertes de Dashif glissèrent. Sa blouse de soie blanche s'ouvrit soudain, dénudant une poitrine velue. Il n'y prêta pas attention car la ceinture qui soutenait ses pistolets céda à son tour. Tout autour d'eux, les sous-ventrières des chevaux pendaient librement, des femmes s'efforçaient de rattraper leurs bracelets et colliers qui dégringolaient. Sans parler des colifichets à la mode, artistiquement noués, redevenus à présent de simples morceaux de tissu volant au vent. Un garde civil, sidéré, se tenait là, dans le cliquetis de sa cotte de mailles en train de se détricoter : il tombait autour de lui une pluie de maillons. Une volée de poulets, entravés pour être vendus, retrouvèrent la liberté, ajoutant encore à la confusion générale. L'Ferrti lâcha le bras de Kaloo, lui fit signe de ramasser les boucles et disparut dans la foule. Il semblait au bout du rouleau.

Kaloo n'hésita qu'une seconde et plongea pour récupérer les bijoux. Sa main se referma sur l'un des pendants d'oreilles et elle fit un bond jusqu'à l'autre qui avait atterri sur le côté, ratant de peu un bol d'offrande de noisettes destiné à Rikiki. Quand elle se redressa, son front faillit rencontrer celui de Dashif qui se débattait pour rattacher sa ceinture tout en jonglant avec ses pistolets. Leurs regards se rivèrent l'un à l'autre et le cœur de Kaloo bondit dans sa gorge. Elle n'entendait plus les hurlements et les jurons de la foule autour d'elle. Ils se tenaient face à face, assez près pour pouvoir s'embrasser ou se tuer. Les yeux de Dashif retenaient les siens comme ceux d'un serpent hypnotisent un oiseau. Il fallut un long moment à Kaloo pour réaliser qu'il était aussi paralysé à la vue de son visage qu'elle l'était par le sien. Il y avait quelque chose… quelque chose qui les stupéfiait. Elle se reprit en même temps que lui et bondit en arrière, autant pour se libérer de son regard que pour récupérer l'autre boucle d'oreille.

Sa chance la sauva. Lui, le désordre de ses vêtements le gênait ; elle, elle avait déjà une longue expérience dans ce domaine. Cependant, au moment précis où elle allait poser la main sur la boucle d'oreille, un petit écureuil brun surgit de nulle part et s'empara de l'objet brillant. Il disparut aussitôt, bondissant sur un poteau pour gagner le toit d'un étal. Puis Kaloo aperçut un éclair brun sur l'étal suivant. Elle entendit le comte crier *Arrêtez cette fille !* Mais une bonne partie de la foule était trop occupée à rajuster sa mise ou ses bijoux pour obtempérer. Quant aux autres, ils n'arrivaient pas à décider de quelle fille il s'agissait. Kaloo s'esquiva, se glissa entre les étals d'une allée et réussit à s'enfuir. Elle tenait une boucle dans son poing.

L'Ferrti était furieux et soupçonneux. Kaloo, elle, ne supportait pas qu'on doute d'elle.

— Un écureuil l'a mangée ?

— Oui !

Après avoir échappé au comte Dashif, elle était rentrée chez L'Ferrti, faisant moult détours en chemin pour brouiller sa piste. Elle avait mentalement reconstitué le déroulement des événements. Elle était en colère et très remontée.

— Qu'est-ce qu'il y a ? Ce n'est pas la bonne ?

Elle regretta sa remarque quand les doigts fermes du sorcier se resserrèrent autour de son poignet.

— Si tu l'as, jeune fille, tu ferais mieux de me la rendre tout de suite. Si tu as découvert de quoi il s'agit, alors tu sais que je suis assez près de toi pour m'en servir.

— Je ne l'ai pas ! dit-elle entre ses dents, furieuse des larmes de douleur qu'elle ne pouvait retenir.

— C'est à espérer…

Son regard la menaça un peu plus longtemps puis il lui lâcha le poignet. Kaloo ne décolérait pas elle non plus.

— Vous avez toujours connu ma période de chance. Vous vous êtes servi de moi.

— Non ! J'ai été aussi surpris que toi quand c'est arrivé. J'avais entendu que c'était possible ; la rumeur dit que les prêtres d'Or étaient reliés de cette façon, mettant en commun leurs moments de chance. C'est évident, nous partageons la même heure, pas le même jour. Mais aujourd'hui, c'était ton jour à toi. Ta chance s'est montrée et, par hasard, j'y ai eu accès, doublant ainsi le pouvoir de mon petit sort. Un sort qui était déjà renforcé par la proximité de mon objet investi.

— Et tout ça s'est produit à votre profit, par pure coïncidence, dit Kaloo, sarcastique.

L'Ferrti la dévisagea : elle venait d'éveiller le spéculateur en lui.

— Il s'agit d'un étrange enchaînement de circonstances, d'une coïncidence fortuite. Ta magie sera très forte dès que tu te seras entraînée.

Il lui décocha un regard perçant et Kaloo baissa les yeux. Ses milliers d'incursions au Marché l'avaient informée sur cette drôle de lueur apparue dans l'œil du sorcier. Daril lui avait expliqué : *quand quelqu'un te regarde comme ça, cela signifie que tu détiens quelque chose qu'il désire. À toi de te méfier, alors. Cela veut presque toujours dire qu'il y a un bénéfice à en tirer.*

Donc, Kaloo observa L'Ferrti à l'abri de ses cils. Il reprit son rôle de professeur.

— Au moment où tu as ressenti cette magie, un souvenir de ta naissance t'est-il revenu ? Cela se produit souvent. Certaines personnes ont même raconté que durant leurs premiers essais d'investiture, des réminiscences les ont troublées : elles ressentaient les émotions éprouvées par leurs mères lors de leur naissance. Qu'as-tu ressenti ?

— Je… rien.

Kaloo se tut brusquement. Quoi qu'il cherchât, il faudrait qu'il paye pour l'obtenir. La jeune fille préserverait jalousement ces quelques moments de communion. Ainsi, elle avait appris que sa mère avait haï Dashif ; c'était un sentiment répandu à Liavek. Et cela ne regardait pas L'Ferrti.

— Je vois. Bon. Peut-être qu'avec un entraînement plus poussé… Et puis, tu ne testais pas vraiment tes pouvoirs magiques, cette fois-ci.

S'il était déçu, il le cachait bien. Kaloo le regarda raccrocher sa boucle d'oreille, d'un air absent.

— Tu n'as pas ramassé d'autre bijou, par hasard ? Ce n'était pas ce qui manquait quand nous avons remonté la rue.

— Je ne suis pas une voleuse !

Ces mots indignés lui avaient échappé mais elle ressentit aussitôt une gêne. Il avait bien dit *nous*… Sa chance à elle avait aidé à provoquer cette splendide pagaille. À parts égales avec celle du sorcier. Mais à présent, les leçons étaient finies. Une ride soucieuse creusa son front ; puis, d'un seul coup, elle masqua son envie de sourire derrière un faciès furieux. Alors, c'était ça que ce vieux bonhomme voulait : se servir de sa magie à elle ! Elle le laisserait faire, bien sûr. Mais à ses conditions… Elle leva les yeux et s'aperçut qu'il l'observait de près, plein de sollicitude.

— Tu as mal à la tête ? Pourquoi ne nous ferais-tu pas du thé pour le soulager ? Nous allons fêter ça : on peut dire que nous venons de remporter un succès partiel, non ?

— Sans doute. Vous avez au moins récupéré une des boucles d'oreilles. Je suis désolée pour l'autre. Et je crains de ne pas avoir fort envie de me réjouir. Je ferais peut-être mieux de rentrer chez moi.

— Tout de suite ? gémit L'Ferrti. Tu n'as pas encore pris le thé ! Je ne peux pas te renvoyer chez toi avec un mal de tête. Ne bouge pas, je m'en occupe. Ne t'en va pas !

Il se précipita vers la bouilloire ; tout en fourrageant pour trouver les tasses et les herbes, il lui sourit d'un air anxieux. Kaloo dut se cacher le visage entre les mains pour dissimuler son plaisir.

— À mon apprentie ! suggéra L'Ferrti quelques minutes plus tard, en versant le thé brûlant dans deux gobelets fêlés.

Mais Kaloo ne leva vers lui qu'un visage lugubre.

— Plus maintenant. Il ne me reste pas un sou pour les leçons. De plus, je connais ma période de chance. C'était mon seul vrai désir. Après l'incident d'aujourd'hui, je sais qu'investir ma chance ne m'attirerait sans doute que des ennuis. Vous avez raison, L'Ferrti, je ne suis pas faite pour des études de sorcellerie.

— Non ! Je me suis trompé ! Un bel avenir t'attend dans ce domaine. Un avenir merveilleux. Kaloo, il ne faut pas que tu te décourages maintenant. Tu es mon apprentie. Et ça ne te coûtera rien.

Elle secoua tristement la tête, le regard perdu dans son thé.

— Pourquoi pas ?

Il tentait de la convaincre, lui tapotant la main à travers la table. Des larmes remplissaient les yeux sombres qu'elle tourna vers lui.

— J'ai peur, avoua-t-elle simplement. J'ai entendu des histoires sur… des choses que l'on doit faire pour devenir apprenti. Vous pourriez me demander de… faire quelque chose…

Sa voix, redevenue celle d'une petite fille, se tut.

— Oh, jamais de la vie ! protesta-t-il, serrant avec chaleur la petite main qui s'abandonnait. Je te promets que tu ne devras jamais rien faire qui te dérange. C'est vrai, ta chance a autant compté que la mienne dans ce que nous venons de faire.

— Vous le pensez vraiment ? dit-elle, avec un soulagement pathétique.

— Je le jure ! Sur ma chance !

Il avait juré avec ferveur et sans trop réfléchir.

Le visage de Kaloo se métamorphosa. Elle se carra au fond de son siège, ramenant en arrière ses cheveux sombres, d'un air désinvolte. Levant son gobelet, elle adressa un grand sourire à L'Ferrti.

— Buvons alors à votre *partenaire* !

Le toast avait bien changé ; Kaloo éprouva une petite satisfaction quand le sorcier s'étrangla et qu'elle lui rappela sèchement qu'il lui devait encore la leçon du jour. Il fut bien obligé d'accepter le marché.

— Je serai bref. Réfléchis à ce que je vais te dire et que cela t'apporte un peu d'humilité. La magie consiste-t-elle dans la manipulation de la coïncidence ou bien la coïncidence est-elle la magie qui nous manipule à ses propres fins secrètes ?

— Bref peut-être, mais quel beau sujet de réflexion !

Kaloo refusait de se laisser intimider. Elle posa son gobelet et lui sourit.

— Je dois y aller. Hier, Daril a rouspété car il semble que Roen ne soit pas lent seulement pour ses livraisons.

— Vas-y donc. Mais reviens demain.

Un sourire effleura le visage de Kaloo qui claqua la porte derrière elle. L'Ferrti se renfonça dans son siège et se prit à sourire, lui aussi. La petite avait la bosse du commerce, certes, mais lui savait comment ferrer un poisson. Il se remémora un principe : il faut toujours que la cliente s'en aille, persuadée d'avoir marchandé au mieux. Elle ne doit jamais savoir qu'elle n'a emporté que ce qu'on a bien voulu lui vendre, au prix qu'on avait fixé. Kaloo aurait dû se douter que leur moment de communion dans la magie avait fonctionné dans les deux sens. L'Ferrti en savait au moins autant qu'elle ; et lui, il n'était pas une adolescente idéaliste, qui pouvait regarder la vérité en face et ensuite se la cacher. La chance du sorcier se promenait peut-être dans la joue d'un écureuil, mais il tenait la fille de Dashif au creux de sa main.

La fortune du pot

Megan Lindholm

KALOO plissait les yeux, aveuglée par le reflet des vagues lorsque la petite embarcation s'enfonçait et émergeait joyeusement des flots de la baie des Ruisseaux. Elle savait que T'Nar, en l'amenant là, avait voulu lui remonter le moral. Quand elle était enfant, la recette fonctionnait toujours. Il lui suffisait d'une journée au soleil, exposée aux embruns, seulement occupée à regarnir l'hameçon avant de ramener les carrelets à la chair blanche ; tous ses soucis s'envolaient alors.

Mais elle se rappela dans un soupir qu'elle n'était plus une gamine. À la regarder, pourtant, on aurait pu en douter. Son visage avait conservé les traits de l'enfance et son corps une allure juvénile. Mais, selon la loi de Liavek, elle était presque adulte. Certains jours, elle se demandait si cela lui tardait vraiment. En effet, depuis qu'elle cherchait à découvrir quand elle était née et donc depuis qu'avait débuté son apprentissage auprès du sorcier L'Fertti, son existence s'était compliquée. D'abord, il fallait compter avec les ruses qu'elle devait déployer pour réussir à assister à ses cours. Daril, sa belle-mère, aurait été scandalisée de savoir que Kaloo voulait investir sa chance afin de pouvoir utiliser la magie qu'elle permettait. Elle avait déjà planifié l'avenir de Kaloo : sa fille adoptive l'aiderait à gérer *La Chope et l'Ancre* jusqu'à ce qu'elle-même atteigne l'âge de lui succéder et ainsi lui permette de prendre sa retraite. Alors, Kaloo s'était inventé un petit ami pour expliquer ses absences… même si cette histoire n'était pas près de se réaliser. Et puis, il y avait L'Ferrti, dont la lenteur la rendait folle. Ses leçons n'en finissaient pas : il avait passé un mois entier à insister sur les avantages de cuire les herbes avant tout usage médicinal… comme si cela avait à voir avec la magie !

Et puis, découvrir sa période de chance ne lui avait pas apporté la satisfaction escomptée. Cela ne l'avait amenée qu'à se poser plus de questions lancinantes sur ses parents naturels et à se demander pourquoi ils l'avaient abandonnée dans un fossé, au bord de la grand-route de Levar. Le pire de tout, c'étaient ces étranges sensations faites à la fois de peur et de fascination qui l'envahissaient à la vue d'un manteau rouge dans les rues de Liavek.

— C'est quoi son nom, dis donc ? grommela T'Nar, la tirant de ses pensées, ce qui la fit sursauter.

— Le nom de qui ?

— De celui qui te fait ressembler à une mouette malade fixant le vide… Ça a mordu trois fois à ta ligne et tu ne t'en es même pas aperçue. Et regarde où on se retrouve ! Tu avais dit que tu surveillerais les rames et nous voilà sortis de la bonne zone de pêche. Ici, on ne ramène rien d'intéressant.

Kaloo haussa les épaules d'un air coupable. Elle tendit sa ligne à T'Nar, bien consciente que l'appât n'était plus qu'un souvenir, et reprit les rames.

— Quoi qu'il en soit, il est l'heure de rentrer. Regarde le soleil. Si nous ne repartons pas maintenant, je n'aurai pas le temps d'aider Daril à se préparer avant l'affluence du souper.

T'Nar la laissa tirer cinq fois sur les rames et elle crut qu'elle ne serait pas obligée de répondre à la question qu'il lui avait posée…

— Il a des yeux de quelle couleur, ce garçon qui a évincé le pauvre Roen ?

Kaloo ne réagit pas. Le sujet avait été abordé tant de fois auparavant, sur le ton de la blague lorsqu'elle était petite fille et de manière plus acerbe maintenant qu'elle grandissait.

— Qu'est-ce qui te fait penser que je ne vois plus Roen ?

— Je l'ai croisé l'autre jour, sur les docks, avec une autre jeune dame, juste après que tu aies quitté l'auberge pour aller le rejoindre. Dois-je comprendre que c'est ça la cause de tes regards moroses ? A-t-il décidé que des yeux verts cachent plus de mystères que des yeux noirs furibards ?

— Si tu veux le savoir, pourquoi ne pas le lui demander ? Il n'est pas le seul poisson dans la mer, même s'il s'imagine constituer la meilleure prise…

Kaloo avait répondu d'un air boudeur, adoptant l'attitude de l'amoureuse éconduite.

— Alors, c'est de cela qu'il s'agit ? marmonna T'Nar. Eh bien, tu as raison. Je n'ai jamais trouvé qu'il était fait pour toi. Cela ne m'étonne pas que tu te sois posé des questions. Je présume que c'est toujours très dur la première fois. Et dire que je pensais que tu avais déjà un autre jeune homme en vue…

— C'est bien possible, répliqua Kaloo dans son premier élan quasi sincère de l'après-midi.

— En voilà une bonne résolution ! Et j'espère qu'il en vaut la peine.

Elle ne répondit pas à cette provocation et garda les yeux fixés sur la plage, s'obstinant à ramer. Si seulement il savait ! Comment réagirait-il s'il s'apercevait qu'elle était fascinée par le comte Dashif, le diabolique bras droit de Son Éminence Écarlate ? Oh, il n'était pas question d'un engouement idiot et romantique comme T'Nar l'en imaginait capable. Non. Il fallait reconnaître que le gaillard était beau : des yeux aussi noirs que son caractère et une chevelure assortie, retombant en boucles sur ses épaules. Sa cape rouge et la soie de sa chemise blanche attiraient tous les regards, qui se baissaient aussi vite qu'ils s'étaient levés. Mais autre chose que son apparence attirait Kaloo. Une force… Mais ce mot lui-même était mensonger. Il s'agissait plutôt d'une réminiscence, de quelque chose qu'elle avait su mais qu'elle ne pouvait se rappeler. Un sentiment éprouvé pour lui. Elle aurait voulu savoir s'il s'agissait d'amour ou de haine.

Elle y pensait encore quand T'Nar et elle arrivèrent enfin à la porte de *La Chope et l'Ancre*, le lourd fardeau de leurs prises se balançant entre eux dans une bassine. Mais toutes les pensées consacrées à Dashif s'évanouirent aussitôt.

— Par les noisettes de Rikiki ! jura T'Nar, bien trop surpris pour élever le ton.

Les larges portes de l'auberge, toujours ouvertes aux marins exténués quel que soit le temps, étaient obstinément closes. Et, encore plus choquant, elles arboraient un écriteau déclarant : *Fermé. Pas de service aujourd'hui. On ne sert pas à manger.*

— Daril ! siffla T'Nar entre ses dents.

Daril n'avait jamais fermé l'auberge auparavant. Ni quand elle avait dégringolé l'escalier et s'était cassé les côtes, ni même le jour où T'Nar avait déposé dans son giron Kaloo, un bébé hurlant, abandonné et sale. Sans un mot, ils se hâtèrent de remonter l'allée latérale. À la porte de derrière, ils laissèrent tomber leur bassine et T'Nar repoussa Kaloo de manière à affronter en premier le désastre qui leur tombait dessus.

Les volets étaient fermés et la pièce plus sombre que Kaloo ne l'avait jamais vue. Mais un autre changement lui coupa le souffle : le foyer de la cuisine ne contenait plus que des braises. La marmite du jour au bout de sa chaîne noircie ne bouillonnait pas, n'exhalait même aucun parfum. La recette qui mijotait là depuis cent cinquante ans allait refroidir jusqu'à se figer. Une silhouette sombre était tassée sur le banc qui faisait face à l'âtre.

Pendant un instant, Kaloo ne reconnut pas Daril. La patronne de *La Chope et l'Ancre* semblait avoir rétréci. Hier encore, elle était rentrée à la maison, après une visite, les cheveux tressés en un chignon ridiculement jeune. Une amie l'avait aidée à teindre ses cheveux gris dans une sorte de roux-carotte évoquant la couleur auburn de sa chevelure de d'antan. T'Nar avait prétendu que cela lui plaisait, mais Kaloo était horrifiée. Dans la posture présente de Daril, la coiffure était d'encore plus mauvais goût, si possible, et loufoque, comme une perruque neuve sur une poupée de chiffon en très mauvais état. L'aubergiste était pelotonnée sur elle-même, comme pour se protéger d'un courant d'air. Elle ne se retourna pas à leur entrée, mais continua à fixer les cendres du feu qui couvait encore.

— Daril ? s'inquiéta T'Nar, lui posant les mains sur les épaules.

— C'est fichu. Plus de cent cinquante années foutues. Oh, T'Nar, que nous est-il arrivé ?

Elle tourna vers eux un visage strié de larmes et sa voix n'était qu'un coassement. Il ne trouva rien à dire pour la réconforter. Kaloo se tenait, immobile, près de la porte. Jamais de la vie elle n'avait entendu un tel désespoir dans la voix de Daril. Jamais non plus elle n'avait vu T'Nar réduit au silence et à l'impuissance face à un problème. Il ne jurait même pas… Kaloo essayait de saisir l'ampleur du désastre. Les ragoûts étaient une tradition à Liavek. Recettes savoureuses, marmites de viandes et légumes mijotant longuement sur le feu. Il n'y en avait pas deux pareils. Tous les jours, on y ajoutait des ingrédients frais et de nouvelles épices ; du coup, chaque ragoût traversait toute une gamme d'états délectables, tout en conservant sa propre marque de fabrique. Celui de Daril était l'un des meilleurs. Personne dans la ville ne se serait risqué à dire le contraire. Et à présent, il avait tourné.

— Tu es sûre ? demanda Kaloo.

— Comment oses-tu poser cette question ? s'indigna T'Nar.

Mais Daril ne s'en formalisa pas autant que lui.

— Il a ranci. Et je ne comprends pas pourquoi. Juste avant ton départ, j'ai fini de hacher les légumes et le poisson. Je les ai mis dans le bouillon et j'ai rajouté mon mélange d'herbes ; j'ai laissé mijoter. Exactement comme je l'ai fait chaque jour de ma vie depuis que je suis assez grande pour mélanger un ragoût. Mais quand je l'ai goûté, c'était…

Elle baissa la tête et la prit dans ses mains. Elle sanglotait en silence, ses larges épaules secouées par le chagrin. Les mains calleuses de T'Nar cherchaient à rasséréner son corps tremblant.

Kaloo respira profondément :

— Daril, nous ne pouvons pas fermer l'auberge. Mais je peux mettre les viandes à rôtir dans l'âtre de la grande salle. Je peux faire une soupe de poisson avec ce que nous avons ramené aujourd'hui et les pains sont tout frais de ce matin, avant mon départ… Si nous fermons, nous n'aurons plus aucun revenu. Et de nombreux marins ne sauront pas où aller manger. Laisse-moi enlever l'écriteau et…

— Et toute la ville sera au courant du scandale ? s'indigna Daril. Un petit fouineur du *Crieur de la rue du Chat* s'est déjà acharné sur le loquet : il voulait savoir ce qui n'allait pas. Je lui ai dit que nous réaménagions la grande salle et que le service ne reprendrait que lorsque ce serait à notre goût. Si je rouvre les portes à présent, on saura que j'ai menti. Quelqu'un demandera forcément du ragoût et il nous faudra refuser la commande ; la vérité éclatera au grand jour. Non, Kaloo, c'est fini pour nous. Nous allons devoir fermer *La Chope et l'Ancre* ; il faudra nous débrouiller autrement… mais comment ?

La voix de Daril s'était de plus en plus enrouée au fil de son discours ; elle finit par éclater à nouveau en sanglots. T'Nar décocha un regard désespéré vers Kaloo puis se pencha vers Daril, s'adressant doucement à elle.

— Je vais t'emmener dans ta chambre ; tu vas t'étendre un moment, je te masserai le dos et nous allons réfléchir tous les deux. La situation ne peut pas être aussi mauvaise qu'il y paraît. Kaloo restera ici et vérifiera nos réserves de viandes et de légumes. Si elle découvre que quelqu'un nous a vendu de la viande avariée ou un produit douteux…

Les mots lui manquèrent et il banda soudain les muscles de ses épaules et de ses bras, tout en aidant gentiment Daril à se relever.

Kaloo se tint là un moment, à écouter la lente et lourde progression de leurs pas dans l'escalier qui menait aux appartements, à l'étage. L'étrangeté de la pièce familière où elle se trouvait la frappa soudain et l'effraya bien plus que toutes les histoires de revenants que T'Nar avait pu lui raconter. Elle se rua vers les volets pour les ouvrir et laisser entrer la chaude lumière de l'après-midi. Ensuite, elle se dirigea vers l'âtre et ajouta du bois sur les cendres. Avec ou sans ragoût, elle aurait besoin d'un feu pour leur préparer le repas du soir. Elle ramena précautionneusement la marmite noircie vers elle et renifla, s'apprêtant à déceler l'odeur désagréable d'une viande avariée.

Ce ne fut pas le cas. Kaloo fronça les sourcils, s'empara d'une cuiller en bois et mélangea doucement le ragoût refroidi. Toujours aucune mauvaise odeur ; tout ça n'avait aucun sens. Kaloo se détourna de la marmite et fouilla rapidement dans les épluchures et les chutes de viande mises de côté pour un de leurs voisins, éleveur de porcs. Rien de suspect non plus. Bien sûr, les déchets avaient un peu bruni et les restes graisseux fondu à la chaleur ambiante, mais rien n'était susceptible d'avoir gâté le ragoût. Kaloo était bien embêtée : son jugement était-il plus fiable que celui de Daril ? Elle repoussa la marmite au-dessus des flammes. Un coup de cuiller et le riche mélange frémit, mijotant à nouveau. Le parfum du ragoût renommé envahit la cuisine. Kaloo en préleva une bonne cuillerée dans un bol et se risqua à goûter. Elle avait beau s'y attendre, c'était délicieux, comme d'habitude. Sa matinée de pêche l'avait creusée et son estomac criait famine. Elle remplit le bol et rompit le bout croustillant d'un des pains fraîchement cuits. Elle mangea debout dans l'âtre ; au début, elle se méfia et testa soigneusement chaque bouchée de viande ou de légumes, à l'affût d'une saveur suspecte, mais bientôt elle se mit à le dévorer de bon appétit.

— T'Nar, cria-t-elle dans l'escalier, viens manger !

— Un moment…

Elle ne fut pas longue à entendre le lourd bruit de ses bottes. Il entra dans la cuisine, reniflant comme un chien sur une piste et, sans un mot, saisit le gros bol que Kaloo lui tendait. À la première bouchée, il leva des yeux incrédules sur elle.

— Comment as-tu fait ? Cela a exactement le goût du bon vieux ragoût !

— *C'est* le bon vieux ragoût. Je me suis contentée de le réchauffer, c'est tout. Rien ne cloche, T'Nar. Il est comme d'habitude !

T'Nar avala une nouvelle bouchée, attentif cette fois, puis une seconde, avec soulagement. Il fit un geste en direction du pain et Kaloo lui en coupa une tranche. Il vida rapidement son bol et, le déposant sur la table, demanda :

— Pourquoi ne nous as-tu pas appelés, là tout de suite ?

— Pour la même raison qui te fait hésiter à appeler Daril. Je ne veux pas être celle qui la contredira à propos de son propre ragoût.

— C'est quoi, cette puanteur ? s'enquit une voix derrière eux.

Comme pris en faute, ils se préparèrent à affronter la patronne.

— Quelle puanteur ? demanda Kaloo.

Elle la remarqua en prononçant les mots ; c'était une odeur affreuse, mélange de charnier et d'épandage. Daril s'avança à grandes enjambées pour éloigner la marmite du foyer. En déplaçant la mixture, elle en accentua encore l'affreux parfum. Les mains sur les hanches, elle se tourna vers Kaloo et T'Nar.

— Qui de vous deux a eu la merveilleuse idée de réchauffer ce gâchis irrécupérable ?

— Moi, soupira Kaloo, avant que T'Nar puisse placer un mot.

— Mais ça sentait bon, au début, et même, *c'était* bon, ajouta-t-il.

Daril leur jeta un regard furieux.

— Je suppose que ce sera bien fait pour moi si vous vous êtes empoisonnés et si je me retrouve à jouer le rôle d'infirmière en même temps que j'essaye de sauver les meubles ? Aucun d'entre vous n'a donc ni odorat ni papilles ? Moi, l'odeur suffit à me rendre malade. Je remonte dans ma chambre. Quant à vous deux, il ne vous reste qu'à me nettoyer tout ça. Et n'allez pas m'empester la cuisine plus qu'elle ne l'est déjà !

Pendant son sermon, Kaloo et T'Nar avaient tous deux adopté la même position, appuyés contre la table de la cuisine. La porte claqua derrière Daril et ils échangèrent un regard. T'Nar prit la direction des opérations.

— Va chercher une bassine pour y verser la tambouille. Elle a sans doute raison. Nous serons malades demain, c'est sûr.

Mais quand la jeune fille commença à verser le contenu de la marmite dans la bassine, elle fronça les sourcils. T'Nar eut l'air surpris, alors elle renifla bruyamment plusieurs fois de suite. Il fit de même et repoussa la bassine tandis qu'elle redressait la marmite.

— Ça sent bon maintenant. C'est la chose la plus surprenante que j'ai vue jusqu'ici.

— Sentie, plutôt, ajouta finement Kaloo. T'Nar, il y a quelque chose qui ne colle pas.

— Rien ne colle là-dedans. À moins que…

— À moins que quoi ?

La solennité du ton employé l'avait alarmée. Kaloo le fixa d'un air ébahi.

— À moins que quelqu'un ne se joue de notre chance. Que pourrait-il se passer de pire pour notre auberge qu'un ragoût qui tourne ? Bon à un moment et mauvais le suivant ? Nous ne saurions jamais si un client va déguster un bol du ragoût de Daril ou avaler une horrible tambouille. C'est le genre de publicité qui fiche une affaire par terre.

— Alors, on en est où ? s'impatienta Kaloo, croisant les yeux sombres et désespérés de T'Nar.

— On est dans de beaux draps.

Kaloo ouvrit la porte branlante de L'Ferrti, obligée de la forcer car elle raclait le sol.

— Je voudrais bien que vous répariez ça, dit-elle au vieux sorcier, impatiente.

Celui-ci ne daigna pas lever les yeux, trop occupé à trier des herbes.

— Et moi, j'aimerais que tu apprennes la ponctualité. Viens me dire les noms exacts de ces plantes et à quoi elles servent. Puis je te ferai dresser la liste des courses. Et mets la marmite sur le feu avant de t'asseoir.

Kaloo ne bougea pas. Ses yeux, sombres et brillants tels ceux d'un rapace, fixaient l'homme comme s'ils le voyaient pour la première fois. Le spectacle n'avait rien de transcendant. Il n'engendrait ni majesté ni mystère. L'Ferrti n'était qu'un vieillard voûté en guenilles. Barbe et chevelure hirsutes. Un anneau de jade à l'une de ses oreilles lui donnait un air penché. Et pourtant, Kaloo avait été témoin de la magie que sa chance engendrait s'il s'en donnait le temps et la peine.

Dernièrement, dans le cadre de son apprentissage, il avait commencé à lui dévoiler des petits tours de magie quotidienne : comment allumer une bougie, déplacer de petits objets, faire disparaître un sou de la table – un sou à elle, bien sûr – et faire tourner un bol de lait. À ce souvenir précis, elle tiqua. Ça lui rappelait quelque chose. Pourtant…

— Vous êtes bon à quoi, en réalité ?

— Je suis assez bon pour que les dames pleurent quand je les quitte le matin.

Kaloo rougit. Tout récemment, il s'était mis à plaisanter sur ce genre de sujet et elle le soupçonnait de trouver un malin plaisir à la déstabiliser ainsi. Mais aujourd'hui elle n'avait pas le temps de se mettre en colère.

— Je pensais à la magie, à l'utilisation de votre chance. Si quelqu'un venait pour vous exposer un problème qu'il n'arrive pas à résoudre, pourriez-vous l'y aider ? Je pense à un truc plus sérieux qu'un mal de ventre ou un panaris.

Il se tourna vers elle avec autorité. Quelques instants de silence s'écoulèrent puis Kaloo fut saisie d'une furieuse démangeaison à un endroit qu'on ne peut pas gratter en public.

— Espèce de vieux cochon pervers ! s'écria-t-elle ; et cela cessa aussitôt. Pour une fois, je viens vous voir avec un vrai problème, quelque chose qui pourrait ruiner ma vie, et tout ce que vous trouvez à faire, c'est des blagues dégoûtantes. Je ne sais vraiment pas pourquoi je me soucie de vous !

— Et j'ignore pourquoi je me préoccupe d'une apprentie si susceptible qu'elle se vexe d'une simple plaisanterie entre amis. Tu insinues que je ne suis qu'un charlatan, et ensuite tu me cries dessus quand je te prouve le contraire. Si on vient consulter un sorcier, d'habitude on commence par exposer le problème et non par exiger ses références. Assieds-toi !

Il hurla cette dernière injonction, tant et si bien qu'au lieu de prendre le siège indiqué, Kaloo se laissa tomber sur le sol où, bien malgré elle, elle éclata en sanglots. Ce qui sembla démonter L'Ferrti autant qu'elle-même, car il ne se livra à aucun commentaire. Le visage enfoui dans ses mains, elle pleurait comme une madeleine, tandis qu'il jetait un sort à sa bouilloire et préparait du kaf. Il lui donna un petit coup de sandale et, lorsqu'elle leva les yeux vers lui, il déposa le gobelet brûlant dans ses mains. Son visage contrit étouffa dans l'œuf la colère de Kaloo.

— Quelqu'un a maudit notre ragoût. Ou autre chose. Ça touche peut-être toute l'auberge. Je ne sais pas. T'Nar et moi on revenait de la pêche et Daril a dit que le ragoût avait ranci, mais nous on a trouvé qu'il sentait bon et on en a mangé, et puis elle est revenue et l'a sorti du feu et il avait complètement tourné. T'Nar dit que notre affaire va couler si on ne peut pas se fier à la qualité des aliments et Daril que nous allons devoir fermer et trouver une autre façon de gagner notre vie et ça lui brise le cœur. Et cet idiot de T'Nar ne sait pas quoi faire, et il est censé savoir quoi faire quand de telles choses se produisent. Que ferons-nous si Daril ferme l'auberge ? Tout ce qu'elle sait faire, c'est cuisiner et tirer de la bière, et moi, je sais comment l'aider, et c'est tout. Alors, j'ignore ce qui va nous arriver. Et quand je viens vous demander de l'aide…

— Ça suffit, aboya L'Ferrti et Kaloo se tut aussi vite qu'elle avait commencé sa tirade. Fais bien attention maintenant et essaye de répondre avec sérieux à mes questions. Tout d'abord… Si je t'apporte mon aide, qu'est-ce que je vais y gagner ?

Kaloo aurait dû s'en douter…

— Je ne sais pas. Si je disais à T'Nar que je veux engager un magicien, ou bien il ne serait pas d'accord, ou alors il ne me laisserait pas m'en charger. De toute façon, il se méfie de toutes les sortes de sorciers. Lui et Daril partagent le même point de vue : *le travail accompli un jour produira des résultats le lendemain, mais la magie ne vaut que ce que vaut le magicien.* Les parents de mes amis ne pensent pas ainsi, mais T'Nar et Daril estiment qu'en se servant de sa chance on finit toujours par en abuser.

— Je vois. C'est une attitude très provinciale. Quel dommage. Eh bien, si j'intervenais, quels avantages pourrais-je en tirer ?

— Je ne vais tout de même pas voler les miens !

— Il ne s'agit pas de voler. Qu'est-ce que c'est qu'un bol de ragoût gratuit un jour d'hiver où je passerai par là ? Ou une bière bien fraîche par une journée d'été comme celle-ci ? C'est tout ce que je veux dire.

Kaloo voyait bien les problèmes qu'un tel arrangement pouvait provoquer, mais son anxiété l'emporta sur sa prudence naturelle.

— On pourrait s'arranger, entre nous. Mais êtes-vous capable de nous sortir de là ?

— Ne mets pas la charrue avant les bœufs. Comment résoudre un problème dont j'ignore les données ? Tout d'abord, qui aurait intérêt à ce que *La Chope et l'Ancre* fasse faillite ?

— Personne !

La réponse avait fusé et L'Ferrti leva les yeux au ciel.

— Fascinant… Un commerce prospère, sans concurrence, ne fait donc envie à personne, pas plus qu'il ne menace de prendre des clients à une autre affaire… Allez, essaye encore.

Kaloo fronça les sourcils sous l'effort.

— Liana, peut-être. Un jour, Daril l'a surprise en train de sortir en douce une soupière de notre ragoût. Daril était sûre qu'elle allait recourir à la magie pour copier notre recette et elle lui a retourné le récipient sur la tête, en lui disant que c'était la dernière fois qu'elle goûtait à notre cuisine. Kenuki, lui, est fâché contre T'Nar et Daril depuis qu'ils ne lui achètent plus ses crustacés. Daril lui avait payé un panier de crabes vivants et, après son départ, nous avons découvert que la moitié d'entre eux étaient morts, dans un état déjà bien avancé. Il n'a pas voulu le reconnaître et a clamé partout sur les docks que T'Nar se repentirait d'avoir sali sa réputation. Ou alors Dori… Elle gère une gargote minable sur une péniche, près du canal. Chaque fois qu'elle vient à l'auberge, elle clame qu'avec une situation comme la nôtre, elle doublerait le chiffre d'affaires. Et quand elle tourne les talons, T'Nar dit toujours que si nous servions la nourriture qu'elle propose, notre commerce ferait faillite. Ou alors… L'Ferrti, c'est impossible. Trop de gens nous souhaiteraient du mal. Mais je ne peux pas les croire capables de faire quelque chose de ce genre.

— Tu es trop jeune pour imaginer la moitié des choses dont les gens sont capables. Continue. Et tant que tu y es, rappelle-toi les marins expulsés de l'auberge pour tapage, et aussi ceux qui vous doivent de l'argent, et ceux à qui vous en devez. Pense aussi à ceux à qui vous êtes redevables de faveurs. Mais surtout, pense à ceux que tu crois reconnaissants. Si je me réfère à mon expérience, ce sont ceux-là qui, le plus souvent, font du mal à leurs bienfaiteurs.

— Vous avez une piètre opinion du genre humain, n'est-ce pas ?

— Je suis seulement réaliste. Tu ferais bien d'en prendre de la graine. Allez, continue.

Elle se sentait mal et vieille à l'intérieur, assise là, à dresser la liste de tous ceux qui pouvaient souhaiter du malheur à sa famille. Elle n'avait jamais pris le temps de s'y arrêter auparavant. Il y en avait tant et tant… comment L'Ferrti découvrirait-il les coupables et leurs manœuvres ? Un souci plus immédiat la frappa brusquement.

— Est-ce que vous devrez venir à l'auberge pour découvrir le sort qu'on nous a jeté ?

— Évidemment !

— Mais on ne peut plus y entrer. Daril a fermé toutes les portes et fait savoir que nous aménageons l'auberge. Elle nous tolère à peine, T'Nar et moi. Un étranger ne pénétrera jamais dans sa cuisine.

— Laisse-moi faire. Et souviens-toi : à notre prochaine rencontre, tu feras celle qui ne me connaît pas, ajouta-t-il sur un ton théâtral.

La soirée se fondait dans le crépuscule. De la fenêtre de sa chambre, Kaloo regardait toutes les nuances de rose envahir le ciel. Elle appréciait d'habitude le spectacle des tours blanches et des arches gracieuses de Liavek se teintant des reflets du soleil couchant. Mais ce soir, le contraste était trop fort avec son humeur lugubre. Elle roula à bas de son lit et ferma brutalement les rideaux. Elle allait se recoucher quand la voix chevrotante d'un vieil homme troubla le calme de la rue.

— S'il vous plaît, aidez-moi ! Personne ne se soucie donc de secourir un vieillard ?

Un grand coup retentit à la porte de l'auberge. Kaloo avait déjà descendu la moitié des marches quand un T'Nar dépoitraillé la dépassa. Il tira le verrou et ouvrit les battants, arrachant l'écriteau de Daril dans l'opération. Un vieil homme émacié s'écroula à ses pieds, dans une tunique bleue, tachée et en lambeaux. Une balafre de rouille dans ses cheveux blancs attestait d'une blessure. Les gestes de T'Nar furent vifs mais prévenants alors qu'il relevait le vieux et l'amenait vers l'âtre.

— Kaloo ! Referme la porte et va chercher de l'eau fraîche. Vite !

Le temps qu'elle s'exécute, T'Nar avait déjà installé le vieillard sur de confortables coussins et l'avait recouvert d'un léger plaid. Il l'aida à se redresser et lui mit le bol entre les mains. Le vieil homme but une gorgée, s'étrangla puis réussit à avaler une longue goulée.

— Merci…

Il s'était exprimé dans un soupir mais Kaloo sursauta quand elle reconnut la voix de L'Ferrti. Quand il changea de position et réussit à s'asseoir sans l'aide de T'Nar, elle le fixa, tout étonnée de s'être fait surprendre. Les traits étaient les mêmes, mais sa dégaine et les mimiques de son visage l'avaient trompée. Il ignora l'intérêt qu'elle lui portait, se bornant à caresser la couverture sur ses jambes comme pour en apprécier la douce chaleur.

— Pouvez-vous nous dire ce qui vous est arrivé ? demanda T'Nar.

— Un moment, encore. Je me sens si faible et je dois essayer de retrouver mes esprits. Cela dit… je ne sais depuis combien de temps je n'ai ni mangé ni bu, ou alors simplement éprouvé de bien-être.

T'Nar, soupçonnant que le récit attendu regorgerait de rebondissements, se pencha vers le vieillard.

— Kaloo, va nous chercher un peu de notre meilleur cognac et vois si tu peux lui trouver quelque chose à manger. Une petite soupe, peut-être.

— Ou quelque chose de plus consistant, si vous n'y voyez pas d'inconvénient. Une tranche du rôti d'hier, un bout de pain, avec de la sauce ou alors un morceau de fromage, ou un peu de poisson fumé. Tout m'irait, pourvu qu'il s'agisse de restes dont vous pouvez vous passer. Je n'ai plus de force et j'ai un tel creux à l'estomac…

La voix de L'Ferrti faiblissait et ses yeux étaient sur le point de se fermer.

— Ne reste pas là, mon enfant, la houspilla T'Nar. Prépare-lui une assiette, et pas avec des restes d'hier. Je ne laisserai jamais dire que *La Chope et l'Ancre* a lésiné sur son aide à un homme dans le besoin.

Dans la cuisine, Kaloo reporta sa hargne sur les couverts et les plats, en rassemblant un repas pour le vieux scélérat. À cause de lui, elle se retrouvait obligée de mentir à T'Nar ! Elle ne pouvait rien imaginer de plus pendable ! Elle saisit la sauce au poivre ; elle allait en verser une cuillerée dans le verre de cognac quand sa raison reprit le dessus. D'accord, elle n'approuvait pas les méthodes du vieux grigou, mais, au moins, il avait réussi à s'introduire dans l'auberge et trouvé ainsi le moyen d'approcher T'Nar.

Elle regagna la salle commune à temps pour entendre une partie du récit de L'Ferrti.

— … et quand j'ai refusé, ils m'ont jeté dans la soute et m'y ont laissé, sans une miette de pain ni une seule goutte d'eau. Et tout ça parce que je ne voulais pas maudire le bateau de ce pauvre homme en leur nom. Ils m'auraient sûrement battu plus sévèrement, mais j'ai pu recourir à ma chance pour me protéger des pires de leurs coups.

— Pourquoi ne vous êtes-vous pas servi de votre magie pour vous libérer ? demanda T'Nar d'une voix submergée par l'émotion.

En effet, la simple évocation d'une malédiction prononcée contre n'importe quelle embarcation suffisait à déclencher la fureur de tout marin de Liavek qui se respectait.

— Est-ce que vous m'avez écouté, jeune homme ? Pensez-vous que tous ceux qui exploitent leur chance abusent de leur pouvoir ? Non, j'ai préféré affronter leurs mauvais traitements jusqu'à ce que je trouve une occasion de m'échapper.

— Dites-moi au moins qui vous a fait ça et je veillerai à leur rendre la monnaie de leur pièce, grommela T'Nar.

— Je vous l'ai dit. Ils m'ont abordé par derrière, m'ont enlevé sur mon propre seuil et ne se sont jamais démasqués. Je n'ai aucune idée de leur identité ; quant au bateau, eh bien, quand j'ai réussi à m'extraire de la soute, je me suis aperçu qu'il ne s'agissait que d'une carcasse échouée en train de pourrir. Et même si je connaissais leurs noms, je ne pourrais pas vous les révéler, car je ne tolérerais jamais le genre de vengeance que vous envisagez.

T'Nar se mordit les lèvres, dépité. Kaloo déposa l'assiette sur un banc au côté de L'Ferrti. Elle reconnaissait sa grande inventivité : par cette seule histoire, il s'était établi la réputation d'un gentil sorcier, une belle âme, une de celles qui savaient qu'il n'existe pas pire canaille que celui qui maudit un bateau.

L'Ferrti huma le cognac avec délectation et l'avala cul sec. Il attaqua l'assiette avec un enthousiasme rappelant à Kaloo qu'elle n'avait pas fait les courses pour lui ce jour-là. Mais si T'Nar fut surpris par un tel appétit, il n'en laissa rien paraître. Les cendres semblaient le fasciner et il les fixait, le regard perdu, absorbé en lui-même.

Une soudaine et furieuse envie de se gratter le sommet du crâne s'empara de Kaloo ; elle décocha un regard furibard au sorcier mais il leva les yeux au plafond, tout en le lui indiquant par de petits signes de tête. D'abord, elle ne sut quoi en penser mais elle finit par comprendre l'allusion.

— T'Nar, pourquoi Daril n'est-elle pas descendue ?

— Elle dort comme un loir ; elle a pleuré toutes les larmes de son corps et s'est épuisée. Il faudrait un tsunami pour la réveiller.

— Ah, soupira L'Ferrti. C'est ce que je redoutais. Pourtant j'espérais me tromper.

— Que voulez-vous dire ? demanda T'Nar, inquiet. De quoi aviez-vous peur ?

— Je croyais avoir la force de regagner ma maison mais, en passant devant *La Chope et l'Ancre*, j'ai été submergé par une faiblesse et une sorte d'appréhension ; je soupçonnais la présence d'une magie utilisée à des fins égoïstes et méchantes. J'ai alors eu peur qu'une malédiction ne pèse sur votre auberge. Comme vous m'avez accueilli et reçu si gentiment, il m'est difficile d'imaginer que vous avez vous-mêmes des problèmes. Ne dit-on pas : *seul est charitable l'homme dont la poche est plus qu'à moitié pleine.*

— Ce qui veut dire ? demanda Kaloo.

— Eh bien, qu'il faut être idiot pour demander l'aide de quelqu'un qui a déjà ses propres soucis. Quelles personnes victimes d'un sort injuste trouveraient le temps d'aider un pauvre hère comme moi, ou seraient assez charitables pour le faire ?

— Celles qui n'ont pas oublié la tradition d'hospitalité de Liavek.

Une once de fierté teintait la voix de T'Nar qui se rengorgea. Mais Kaloo le connaissait assez pour déceler le trouble qui le faisait encore hésiter.

— Vous… vous êtes sorcier, c'est ce que vous avez dit.

L'Ferrti lui sourit alors avec gravité :

— Oui. Et j'ai une grande sensibilité. Je voudrais vous remercier en mettant mes talents à votre service et pourtant je vous sens réticent à l'égard de ceux qui se servent de leur chance, même s'ils l'utilisent à votre profit. Je vous demande donc, au nom des lois anciennes de l'hospitalité à Liavek, de ne pas me mettre dans une situation gênante. Ne me renvoyez pas en tant que votre débiteur ; laissez-moi plutôt alléger votre fardeau comme vous avez allégé le mien.

Kaloo soupira d'aise devant tant d'habileté. C'était parfait. T'Nar aurait eu du mal à accepter qu'on l'aide, mais là, c'était L'Ferrti qui implorait une faveur.

— Je doute qu'on puisse faire quelque chose pour nous… même quelqu'un doué de votre talent. Mais si vous voulez vraiment essayer…

— J'y tiens. Et en ce qui concerne ce que je perçois… attendez… le ragoût. Cela a quelque chose à voir avec la cuisine et la nourriture… je ne discerne pas encore très clairement… la nourriture est tantôt bonne, tantôt mauvaise… le ragoût semble au cœur du problème… Je dois suivre ma chance…

L'Ferrti se leva dans un bruit d'articulations rétives, les yeux mi-clos dans ce qui ressemblait à une transe. Ses longues mains quittèrent gracieusement ses flancs et semblèrent flotter devant lui, l'entraînant vers la cuisine. Kaloo et T'Nar ne le quittaient pas des yeux, elle dégoûtée par la mise en scène, lui désarçonné. Quand les portes battantes se refermèrent derrière le sorcier, Kaloo entendit T'Nar marmonner.

— Je jurerais l'avoir déjà rencontré quelque part. J'en suis sûr.

— Il t'est peut-être arrivé de le croiser ici ou là, à Liavek. Allons vite voir ce qu'il nous prépare.

L'Ferrti se tenait au centre de la cuisine, les yeux fermés, les poings serrés sur ses hanches. À ses pieds, sur le sol de bois récuré, il avait dessiné à la craie un cercle de symboles mystérieux. Des herbes inconnues de Kaloo mijotaient dans l'une des meilleures sauteuses. Elles puaient. Le sorcier était à l'œuvre ; *Enfin* se dit Kaloo. Et à point nommé. Un voile de sueur lui recouvrait les sourcils et il affichait la concentration qui le coupait du monde lorsqu'il recourait réellement à ses talents. Kaloo savait qu'un certain temps serait nécessaire. Il s'agissait là d'une magie lente, requérant de la réflexion, et la jeune fille ne s'attendait pas à ce qu'il l'expédie aussi aisément que l'allumage d'une bougie ou l'ébullition d'une casserole d'eau.

Elle ne se trompait pas. Les étoiles remplissaient déjà le ciel dégagé de Liavek et le sorcier était toujours à la tâche. T'Nar quittait la pièce pour un moment de détente quand L'Ferrti sembla émerger de sa transe. Kaloo, assise en tailleur sur le sol, attendait patiemment lorsque le vieillard émit soudain un souffle venu de loin.

— Le lieu n'est pas en cause. La nourriture est irréprochable, tout comme les ustensiles… tu te rends compte du nombre de cuillers qu'on trouve ici ? L'eau est bonne, la batterie de cuisine aussi… Oh, il n'y a rien à dire, chaque objet de cette cuisine est parfait, jusqu'aux briques du foyer. Pas de malédiction ni de tours de magie, on ne trouve nulle part la patte d'un sorcier. Es-tu sûre que cela ne vient pas de ta belle-mère ? Un jour sans ? Ou avec, peut-être ? Cela secoue bizarrement les femmes. Un jour, j'ai connu une dame…

Le regard furieux et offensé de Kaloo le stoppa net. Et aussi la froideur de sa voix quand elle s'adressa à lui.

— Pourquoi ne pas le demander à T'Nar ? Je suis sûre qu'il serait ravi de discuter de tous les détails intimes de la condition physique de Daril.

— Chut ! Ne te mets pas encore dans tous tes états ! Je m'efforçais seulement de ne rien négliger.

À cet instant, ils entendirent un bruit de bottes dans la salle commune.

— Il a trouvé quelque chose ? s'enquit T'Nar en voyant que le vieillard avait ouvert les yeux.

— Le problème ne vient pas de la cuisine, mais c'est là qu'il provoque des dégâts. Ne bougez plus, vous deux.

L'Ferrti retomba en transe. Kaloo et T'Nar, haussant les épaules, obtempérèrent pourtant. Une éternité de silence et d'attente plus tard, le verdict tomba.

— Non, aucun de vous deux n'est en cause.

T'Nar plissa les yeux.

— Pourquoi l'un de nous apporterait-il le malheur dans notre propre auberge ? Ça n'a aucun sens. Peut-être que ce coup sur la tête vous a endommagé les neurones. Je savais que j'aurais dû examiner cette blessure. Montrez-moi ça.

Kaloo toussa pour cacher son trouble. L'attitude de T'Nar à l'égard du sorcier venait de changer subtilement. S'agissait-il seulement de son manque de confiance habituel dans les sorciers ? S'y ajoutait-il une autre considération ?

— Ma tête va bien à présent, merci. J'ai veillé à me soigner puisque votre généreuse collation m'a donné la force de le faire. Non, bien sûr, je ne voulais pas dire que l'un de vous avait jeté un sort à la cuisine, mais seulement qu'involontairement, à votre insu…

La porte battante de la cuisine s'ouvrit à la volée et Kaloo comprit pourquoi T'Nar avait changé d'humeur. *Tout ça va être de ma faute*, se dit la jeune fille, amère. Daril s'encadrait dans la porte.

— Permettez-moi de vous présenter la patronne de *La Chope et l'Ancre*, dit T'Nar. Daril, voici le type dont je t'ai parlé quand j'ai vu que tu t'étais réveillée. C'est… je vous demande pardon mais je crois que vous ne vous êtes pas présenté.

— Laf, Laf tout court, un homme tombé aux mains d'une méchante racaille, affamé et battu, qui tente à présent de rendre la pareille à celui qui l'a aidé à se remettre de ces mauvais traitements.

Ce discours n'impressionna guère Daril. Son regard furieux englobait le cercle de craie, le sorcier et la casserole dont il s'était servi.

Kaloo affronta son courroux :

— Cet homme est magicien, Daril. Il essaye de découvrir pourquoi les aliments tournent parfois. Nous… il pense qu'on a peut-être jeté un sort à l'auberge.

Le visage de Daril se tordit de colère. Kaloo ne l'avait jamais vue aussi furieuse.

— Idiots ! Vous avez fait la seule chose que je ne voulais pas ! Mettre quelqu'un au courant de notre déshonneur ! Pourquoi ne pas aller le clamer sur les toits de Liavek ? Vous ne pouvez donc pas accepter le sort qui nous frappe ? Ce n'était pas encore assez grave : il a fallu que vous attiriez un vieux fou ici, histoire d'en rajouter. Je ne sais pas ce que vous entendez par *les aliments tournent parfois.* C'est constamment immangeable !

Avarié, puant, ranci, fichu ! Comment avez-vous pu imaginer que je voudrais recourir à la magie pour y remédier ? Avec la menace que tout ne dépende que du sort jeté, quitte à rechuter comme avant ? *La Chope et l'Ancre* m'appartient et le ragoût que l'on y sert est *mon* ragoût. Pas une version ensorcelée qui y ressemble ou devrait y ressembler ! Qu'est-ce qu'il vous arrive à tous les deux ? Avez-vous perdu tout respect à mon égard ? Mes sentiments ne comptent donc plus pour vous ?

Soudain, la colère déserta son regard, ses épaules s'affaissèrent et elle se laissa lourdement tomber sur le banc près de l'âtre.

Depuis toujours, dans la vie de Kaloo, Daril représentait la force ; elle était comme un roc omniscient. Elle savait aussi bien soigner les maux d'estomac que rattraper une gelée qui refusait de prendre. Elle n'était pas du genre à pleurnicher ni râler à tort et à travers. Elle faisait face aux problèmes et les résolvait au mieux. Mais cette histoire de ragoût était en train de la détruire. Sur ce banc, elle ressemblait à toutes les vieilles femmes que Kaloo voyait dans la rue : blessées, fatiguées, usées par les années. Pour une fois, on aurait dit qu'elle espérait que quelqu'un la déchargerait de ses responsabilités.

T'Nar, quant à lui, c'était l'homme des câlins, celui qui avait fait sauter Kaloo sur ses genoux, lui avait prodigué des papouilles quand elle était petite. Il la taquinait, plaisantait et la réconfortait. Daril au contraire était celle qui conseillait, menait la maison selon ses règles et éduquait la jeune fille. Kaloo avait bien du mal à se rappeler quand sa belle-mère l'avait prise dans ses bras ou embrassée pour la dernière fois.

Elle ne se souvenait pas que Daril lui eût jamais dit qu'elle l'aimait.

Le chemin fut très long, à travers la cuisine, jusqu'au banc où elle s'assit à côté de Daril et enlaça les épaules de son aînée. Elle remarqua que T'Nar n'arrivait pas à les regarder. Même L'Ferrti avait l'air gêné ; il fixait le plafond, les yeux réduits à des fentes, les poings serrés le long du corps.

— Daril, dit Kaloo d'une voix enrouée. Nous ne voulions pas te mettre dans cet état. Nous voulions seulement que tout redevienne comme avant. C'est à n'y rien comprendre : la nourriture est tantôt bonne, tantôt immangeable. Lorsque T'Nar et moi avons goûté le ragoût, il était excellent. Alors, tu es entrée, tu l'as mélangé et il s'est mis à puer. La cuisine embaumait jusqu'à présent et…

Kaloo porta une main à son nez. Une odeur de pourriture se développait. Daril se leva et, à grands pas, se dirigea vers le comptoir. Elle souleva le couvercle du ragoût refroidi et une puanteur infecte s'échappa de la marmite, polluant l'air.

— Je croyais vous avoir demandé de me jeter tout ça ! gémit-elle, comme écrasée par cette preuve de leur malheur.

— Non !

Tous sursautèrent au rugissement de L'Ferrti. T'Nar ouvrait déjà la bouche pour remettre ce dernier à sa place, mais le sorcier lui intima le silence d'un geste de la main.

— Ce n'est pas le ragoût. On ne peut rien lui reprocher. Mais… je sens un maléfice à l'œuvre. Il va falloir que je tente une expérience. Maîtresse, auriez-vous la gentillesse de sortir de la cuisine ?

— Je t'en prie, supplia Kaloo. Qu'est-ce qu'il y a de mal à ça, Daril ?

— Tout Liavek sera au courant de notre honte. Nous serons la risée de la ville entière.

Daril marmonnait entre ses dents, mais elle se retira et quitta la pièce en envoyant la porte battante rebondir contre le mur. Kaloo, anxieuse, se retourna vers L'Ferrti qui avait fermé les yeux et dont le visage trahissait la concentration.

— J'ai eu un matelot qui avait cet air-là juste avant de dégobiller partout dans la cambuse, ricana T'Nar. Qu'est-ce qu'il lui arrive ?

— Chut ! Il se concentre. Sa magie nécessite du temps et pas mal d'effort.

— On dirait que tu en sais bien long tout à coup.

Le ton rude de T'Nar fit que Kaloo se mordit la langue ; elle se demanda ce que son beau-père avait en tête. Rien ne lui échappait jamais, on pouvait lui faire confiance là-dessus.

L'Ferrti émit soudain un grognement et parla.

— C'est lié à la cuisine, annonça-t-il avec un sourire satisfait.

— Vous n'aviez pas dit que cela ne se passait pas dans la cuisine justement ? s'étonna Kaloo.

Tout ça ne les menait nulle part. Ramener le sorcier n'avait servi qu'à troubler Daril et, en plus, T'Nar n'allait pas tarder à découvrir où la jeune fille passait vraiment son temps libre. La situation ne pouvait pas être pire, d'autant plus que le sorcier venait de se contredire lui-même.

Pas du tout désarçonné, L'Ferrti insista.

— Vous l'avez constaté par vous-mêmes et pourtant cela ne vous a pas sauté aux yeux. Quand vous les avez goûtés, les aliments étaient irréprochables. Mais quand Daril est entrée dans la cuisine, le ragoût a ranci. Humez autour de vous à présent. Qu'est-ce que vous sentez ?

Kaloo s'exécuta puis haussa les épaules :

— Rien.

— Ça sent le rat, remarqua T'Nar *mezza voce*, pour éviter que le sorcier ne l'entende.

— Exactement, Kaloo. On ne sent rien. Aucune odeur suspecte quand Daril n'est pas ici.

— Si vous insinuez que Daril est la source de tout ceci, je vous conseille vivement de trouver une autre explication, grommela le pêcheur.

— Ce n'est pas exactement ce que je veux dire. Je ne dis pas que Daril est la cause de cet inconvénient. C'est tout le contraire. Quelqu'un lui a jeté un sort. D'abord, j'ai pensé qu'un maléfice frappant cette pièce s'activait lorsqu'elle y entrait. Mais ce n'est pas tout à fait ça. Le maléfice ne pèse que sur Daril qui l'active chaque fois qu'elle entre dans la cuisine. Donc votre problème est moins grave qu'il n'y paraît. Il suffit que Daril n'entre plus dans la cuisine et que Kaloo la remplace aux fourneaux.

— Pas de problème ! La moitié de la ville sera malade…

Kaloo était outrée.

— C'est vraiment ce que vous proposez comme solution ? Exiler Daril de sa propre cuisine et cela pour toujours ? On devrait peut-être tenter quelque chose de plus simple ; par exemple construire un autre local qui n'activerait pas le sort à son entrée ? Ou alors installer le foyer dans la salle commune ? Nous devrions peut-être déménager toute l'auberge…

— Des alternatives parfaites à mes propositions, ricana L'Ferrti.

— Je pensais que vous pourriez résoudre le problème, pas seulement le contourner par la tangente. Vous ne comprenez pas ça, vieux chameau ? Vous nous proposez de priver Daril de tout ce à quoi elle tient. Comment réagiriez-vous si on vous retirait votre magie ? Pour elle, ce serait exactement la même chose !

La comparaison parut émouvoir le vieil homme et il s'accorda un moment de réflexion.

— Il faut que je parle à la dame et que je détermine la source du maléfice. A-t-elle reçu un bijou récemment ? Un nouveau vêtement ? Dans ce dernier cas, nous pourrions le brûler dans l'âtre. S'il s'agit de pierres précieuses, il me faudra les emmener en un lieu où leur nocivité ne pourra s'exercer.

— Ça nous n'en doutons pas, marmonna Kaloo entre ses dents.

— Laissez-moi m'entretenir avec elle, suggéra T'Nar. Ce n'est pas une femme facile, parfois, et elle répugne à recourir à la magie. Son accord n'est pas gagné d'avance. Et moi je partagerais assez son point de vue. J'ai perdu jadis une personne qui m'était très chère par la faute des contacts trop fréquents qu'elle entretenait avec le mauvais côté de la magie. Je ne voudrais pas que quelqu'un d'autre connaisse le même sort.

Ce disant, il avait adopté un ton grave, les yeux fixés sur Kaloo. Elle soutint son regard d'un air innocent. Il hocha la tête – si elle n'était pas convaincue, lui l'était – et quitta la grande salle.

Kaloo s'en prit aussitôt à L'Ferrti.

— Il se doute qu'il y a quelque chose entre nous.

Le vieil homme se contenta de hausser les épaules ; un peu plus tard, la voix de T'Nar leur parvint.

— Kaloo… et vous le sorcier. Elle veut bien vous écouter à présent.

Daril les attendait sur un banc qu'on avait approché de l'âtre. Ses boucles rousses les défiaient curieusement au-dessus d'un visage fermé au regard méfiant. T'Nar, debout derrière elle, avait posé une main sur son épaule. Les yeux de Daril fusillèrent Kaloo puis se rivèrent à ceux de L'Ferrti.

— Je n'ai pas reçu de bijoux. Et j'ai cousu moi-même les vêtements que je porte dans le tissu acheté quelques mois auparavant. Je ne suis qu'une honnête aubergiste qui prépare de la nourriture saine et appétissante pour des marins qui en ont bien besoin ; je gère et entretiens une auberge aussi honnête que moi. Alors, ne vous imaginez pas que je vous achèterais un sort pour remédier à ma malchance : je n'en ai pas l'intention.

L'Ferrti ne se laissa pas démonter.

— Je ne vous demande rien, si ce n'est de me permettre d'examiner votre aura.

— Et je ne me laisserai toucher par aucun sorcier, en plus ! dit Daril, que T'Nar n'eut que le temps de retenir avant qu'elle ne se lève et se rue sur le vieillard.

— Tout se passera bien. Si ce n'est pas le cas, je le dégoûterai à jamais de la magie... promit T'Nar.

— Ce n'est pas la peine d'être violent, risqua L'Ferrti.

— Non, ce n'est pas votre genre, n'est-ce pas ? grimaça T'Nar qui n'en pensait pas moins.

Grommelant dans sa barbe, L'Ferrti se pencha pour dessiner un motif à la craie sur le sol de la salle commune. Il y eut un moment de flottement quand il dut prier T'Nar de sortir du cercle qu'il traçait autour de Daril ; finalement, le marin recula. Lorsqu'elle fut entourée d'une triple barrière que L'Ferrti avait voulue de six couleurs différentes, ce dernier parut satisfait. Il s'accroupit pour dessiner une figure plus petite à ses pieds, qu'il décora de symboles à chaque angle. Puis, il se redressa, croisa les bras sur sa poitrine et ferma les yeux.

Comme les jambes de Kaloo s'engourdissaient, elle préféra s'asseoir. Daril ne bougeait pas, les yeux mi-clos, la respiration de plus en plus profonde. On aurait dit une servante fatiguée s'offrant un petit somme après une journée bien remplie. On ne pouvait en dire autant de L'Ferrti. La sueur brillait sur son visage et des plis profonds creusaient son front. Des cercles humides s'étendaient sous ses aisselles. Il gardait les yeux clos et seuls les mouvements spasmodiques de ses doigts troublaient son immobilité. À un moment, Kaloo quitta la pièce et revint avec deux gobelets de kaf brûlant. Alors qu'elle en tendait un à T'Nar, celui-ci s'adressa à elle, tout bas.

— Avec Roen, au moins, il n'y avait pas une telle différence d'âge.

Kaloo réagit aussitôt : ce n'était plus la peine de jouer la comédie.

— Il ne s'agit pas de ça, T'Nar.

— Je sais. Sinon, penses-tu que ce Laf serait encore debout ? Pourtant, je préférerais presque qu'il ne s'agisse que d'une affaire de cœur entre vous plutôt que ce que je suspecte. Je sais que tu es presque une femme à présent. Je ne peux pas vraiment empêcher ça. Tout ce que j'espère, c'est que sa motivation correspond à la tienne.

— Pense ce que tu veux ; mais comme tu le dis, je serai bientôt une femme adulte. Je n'ai pas d'explications à te donner et je ne le ferai pas.

— Je ne te poserai donc aucune question là-dessus, dit T'Nar, avec une froideur qui convainquit Kaloo de sa détermination. Mais j'espère que tu seras prudente, j'espère…

Un lourd bruit de chute attira leur attention. L'Ferrti se retrouvait assis dans la figure qu'il avait tracée. Il tremblait. Daril bougea et leva la tête.

— Ne vous approchez pas ! siffla le sorcier, coupant court à l'élan de T'Nar et Kaloo.

Il s'écoula quelques minutes éprouvantes puis les dessins de craie se mirent à se fondre dans un magma qui ne voulait plus rien dire.

— C'est du kaf que je sens ? Allez nous en chercher.

Kaloo ne se le fit pas dire deux fois, alors que T'Nar se précipitait pour soutenir Daril. Quand elle revint de la cuisine, le sorcier secouait lentement la tête.

— C'était presque trop subtil pour moi, expliqua-t-il en prenant un gobelet des mains de Kaloo. Quel que soit le commanditaire de ce sort, cela a dû lui coûter une fortune. Et s'il s'est bien adressé au spécialiste de ce genre de magie, je suis prêt à parier que ce dernier ne s'est pas fait payer en monnaie sonnante et trébuchante. En effet, il a d'autres exigences. Il s'agit ici d'un sort raffiné. Pourtant, au final, il n'a pas pu m'échapper. Maîtresse, je me vois obligé de vous poser une question personnelle. Est-ce que vos cheveux sont… naturels ?

Daril se raidit et piqua un fard en portant une main à ses boucles.

— Pourquoi ? C'est tellement laid ?

— Au contraire, je trouve ça charmant, lui assura L'Ferrti, ce qui lui valut un regard furieux de T'Nar. C'est même ensorcelant, ajouta-t-il un ton plus bas.

— Je n'étais pas convaincue dans un premier temps, mais Dori a insisté.

— Dori, c'est bien celle qui tient le boui-boui de la péniche sur le canal ? intervint L'Ferrti, qui décocha un regard supérieur à Kaloo.

— Eh bien, oui, mais vous ne devriez pas appeler ça un boui-boui. Elle fait du très bon pain et sa soupe…

— … est le meilleur ragoût de chat à Liavek. Quand ses clients entonnent le blues du Ragoût, ils y mettent du cœur ! intervint T'Nar.

— T'Nar, ne sois pas méchant. Elle se débrouille fort bien, compte tenu de ses conditions de travail.

Kaloo rompit le silence où elle s'était enfermée.

— Est-ce qu'elle ne nous doit pas de l'argent ?

— Un ou deux levars, concéda Daril.

— Ou trois ou quatre, ajouta T'Nar à mi-voix.

Daril l'avait entendu et elle se tourna vers lui.

— Eh bien, je ne dirais pas que cela ne compte pas pour nous, mais pour elle, c'est une somme beaucoup plus grosse. Elle doit payer un loyer et son affaire est loin d'être florissante…

— Mais elle nous doit donc de l'argent. A-t-elle réglé une partie de sa dette récemment ? demanda Kaloo.

— Eh bien, non. Kaloo, qu'est-ce qu'il t'arrive ? Depuis quand t'intéresses-tu à ce genre de choses ?

— Combien nous doit-elle exactement ? demanda T'Nar.

Ses yeux sombres allaient de Daril à Kaloo et son calme ne présageait rien de bon.

Daril hésita, tout à son émoi.

— Il faudrait que je refasse le calcul pour être sûre, mais…

— À ce point, vraiment ? Quand a-t-elle parlé de nous rembourser pour la dernière fois ?

— Elle s'est engagée à en rembourser une partie le Jour du vent. Je n'y pensais même pas en allant lui rendre visite. Mais elle s'est troublée quand elle m'a vue et elle était sur le point de fondre en larmes quand elle m'a avoué qu'elle n'avait pas la somme promise.

Daril commençait à se détendre et retrouva sa volubilité coutumière en s'adressant au client qu'aurait pu être L'Ferrti.

— Que sont quelques sous entre amis ? C'est ça que je lui ai dit. *Quelques sous pour vous*, m'a-t-elle répondu, *mais je sais que vous pourriez saisir mon bateau pour les récupérer. Vous ne pouvez pas comprendre. Vous n'êtes jamais resté là, au lit, à ne pas pouvoir dormir et à redouter la perte de votre affaire et de votre maison.* Et elle a continué longtemps comme ça, entre colère et larmes. Je ne savais pas quoi lui dire.

Daril jetait des regards anxieux autour d'elle, quémandant la sympathie de son cercle d'auditeurs. Mais le visage de T'Nar resta de pierre :

— Les gens de son acabit se comportent toujours de la même façon. Ils s'imaginent que nous n'avons pas de problèmes parce que nous n'allons pas les hurler sur tous les toits de Liavek. Et leur malchance, à les entendre, ils la reprochent toujours aux autres, à ceux qui se débrouillent bien… jamais à leur propre bêtise.

— Elle a alors fini par se calmer et s'excuser de sa grossièreté. Je lui ai dit que ça ne faisait rien, mais elle a insisté pour faire un geste, pour me prouver sa bonne foi. *Je vais vous coiffer, pas pour vous payer, mais comme preuve de mes sentiments pour vous. Une aubergiste aussi réputée que vous devrait soigner son apparence. Ce n'est pas comme si vous ne pouviez pas vous offrir des soins de beauté.* Bien sûr, ce n'était pas ce que j'aurais souhaité, mais comme je l'avais toujours complimentée sur sa manière de se coiffer, il m'aurait été difficile de refuser. Elle a réussi à faire tenir mes boucles quand moi, je n'y suis jamais arrivée. Et elle a même utilisé les dernières de ses herbes spéciales qui rendent aux cheveux leur couleur de jeunesse. Voilà ce qu'elle a dit, bien que je ne pense pas que mes tresses aient vraiment retrouvé leur couleur d'antan. Et quand je suis rentrée, quand T'Nar m'a complimentée, je me suis sentie mieux. Vous ne pouvez pas savoir quel soulagement j'éprouve, par cette chaleur estivale, avec le cou et le front dégagés.

L'Ferrti avait hoché la tête tout au long du récit. À présent, il se tourna vers Kaloo.

— Une grande cuvette ou une bassine. Du savon doux, de l'eau tiède et beaucoup de vinaigre. Vite. Certaines de ces herbes peuvent irriter la peau, sans parler de la magie qu'on y a ajoutée.

Aussitôt dit, aussitôt fait. Une Daril penaude se retrouva assise, tête penchée sur la cuvette, alors que Kaloo la savonnait et la rinçait. L'Ferrti ne s'estima satisfait qu'après qu'elle eût utilisé deux brocs de vinaigre et trois autres d'eau pure. T'Nar emporta le bassin d'eau sale au-dehors ; on irait sur la plage plus tard, pour le déverser en mer et disperser ainsi sa magie. Quand il ouvrit la porte, une lueur grise surprit Kaloo, qui soupira.

— C'est le matin, déjà, et nous n'avons pas fait le pain du jour, ni renouvelé le ragoût.

— De toute façon, nous n'allons pas ouvrir aujourd'hui, lui rappela Daril par-dessous la serviette avec laquelle elle séchait ses cheveux gris. Souviens-toi que nous avons prévenu le *Crieur* que nous réaménagions l'auberge. Je vais devoir modifier un peu le décor avant de rouvrir, sinon on saura que c'était un prétexte.

— Et Dori ?

— Quoi, Dori ?

Daril ne se détourna pas assez vite pour que Kaloo ne voie pas combien elle était blessée :

— Sois contente de ne pas avoir à vivre avec sa conscience.

— Mais pourquoi a-t-elle voulu faire ça ?

— On dit que le malheur aime la compagnie. Elle a peut-être estimé que je ne méritais pas une existence si facile.

— Et si elle renouvelle sa tentative ? grogna T'Nar.

— Je la connais mieux que toi. Elle n'aura pas le courage de recommencer. La prochaine fois qu'elle me verra, je suppose qu'elle saura que je ne suis pas aussi bête que j'en ai l'air. Non, laisse courir, T'Nar. Toi aussi Kaloo, je ne veux pas que tu t'en mêles. À propos, dit-elle en changeant de sujet, que penserais-tu de nouvelles tentures murales ? J'en ai vu des rouge et jaune au Marché, hier.

— Si je peux me permettre, pourquoi dépenser de l'argent pour du tissu neuf, quand cela vous coûterait moins cher de recourir à mes pouvoirs magiques pour changer l'aspect de vos anciennes tentures ?

Daril foudroya L'Ferrti du regard.

— Je vous remercie de ce que vous avez fait pour moi, sorcier. Mais *La Chope et l'Ancre* est une auberge honnête. Si je remplace les vieilles tentures, c'est pour en accrocher des neuves qui s'useront à leur tour. Si vous jetez un sort sur mes anciennes tentures, je saurai qu'il s'agit toujours des vieilles, peu importe l'aspect que vous leur aurez donné. Et mes clients s'en apercevront quand le sort n'agira plus ou alors si une charrette vous passe dessus. Je ne veux pas de votre magie chez moi.

— Moi non plus, intervint T'Nar.

Le ton du pêcheur était plus rude que le sujet débattu ne semblait l'exiger. Il se leva…

— Daril, cette histoire de nouvelles tentures attendra. Il nous faut régler un autre problème. Quant à vous, le sorcier, que se passe-t-il exactement entre vous et Kaloo ? Depuis combien de temps cela dure-t-il ?

Le silence envahit la pièce. L'Ferrti resta bouche bée et Daril hoqueta quand elle saisit le sens des questions posées par le marin.

— Mais je pensais que c'était toi qui avais ramené le sorcier ?!

— Je vous assure, maîtresse, je ne suis que de passage… s'en mêla L'Ferrti.

— C'est trop tard, l'interrompit Kaloo, dégoûtée. Non, Daril, c'est moi qui ai entraîné L'Ferrti dans cette histoire.

— Qu'est-ce que tu as à voir avec les sorciers et leurs manigances ?

Daril n'en croyait pas ses oreilles. Kaloo ne l'aurait pas plus surprise si elle avait annoncé qu'elle flirtait avec Son Éminence Écarlate.

Le regard de Kaloo passa de Daril à T'Nar. Elle fit un signe rapide à L'Ferrti pour lui demander qu'il se taise.

— J'étudie avec lui. J'ai l'intention d'investir ma chance.

Daril s'assit et la serviette humide lui échappa des mains. Elle lança à Kaloo un regard de douleur muette. T'Nar, acerbe, reprit la parole.

— Cela m'importerait beaucoup moins si elle savait ce qu'elle faisait. C'est vous que je blâme, sorcier, pas cette enfant.

— Je ne suis pas une enfant. Et je sais très bien ce que je fais. Et il n'y a pas de quoi avoir tellement peur, T'Nar. Regarde ce que la magie a fait pour nous cette nuit. Où était le danger ? Si

L'Ferrti n'était pas intervenu, nous aurions perdu notre commerce.

— Oui, mais si la magie ne s'en était pas mêlée au départ, nos affaires n'auraient pas été menacées ! contre-attaqua Daril. Kaloo, mon enfant, ce recours à la chance n'est pas une chose pour des gens comme nous. Je suppose que c'est très bien pour ceux qui ne peuvent pas ou ne veulent pas travailler, ou alors pour une jeune fille sans autres perspectives. Mais ce n'est pas pour toi. Tu vois bien que cela va à l'encontre de tout ce que tu es. Depuis des générations, notre famille exploite cette auberge, offrant un bon repas pour un prix honnête. Ce n'est peut-être ni excitant ni prestigieux, mais il n'y a pas de quoi avoir honte non plus.

— Tu parles de ta famille, là, pas de la mienne. Qui sait ce que ma famille fait depuis des générations ?

Un froid s'installa dans l'air et Kaloo mit un instant à réaliser ce qu'elle venait d'énoncer à voix haute. Elle essaya de se rattraper, mais le mal était fait.

— Je voulais dire…

Les yeux de T'Nar lui lancèrent des éclairs. Ceux de Daril, écarquillés, étaient vides. Après la malédiction qui l'avait frappée, ceci était de trop. Elle enfouit son visage dans ses mains. Kaloo en éprouva une gratitude coupable : ainsi elle n'avait pas à affronter l'expression de sa belle-mère.

— Il faut vraiment que je m'en aille, lança L'Ferrti d'une voix chevrotante. Et il avait déjà fait un pas vers la sortie.

— Vous n'avez pas le cran de regarder votre œuvre en face ? ricana T'Nar, les mains posées sur les épaules de Daril, secouée par le chagrin. Restez, sorcier. On va mettre de l'ordre dans tout ça.

L'Ferrti s'immobilisa aussitôt et T'Nar reporta son regard sur la jeune fille. Le sang lui monta au visage ; il vieillissait à vue d'œil. Et quand il s'exprima, sa voix chevrotait.

— Si j'avais su que ce jour viendrait, je me demande si je me serais occupé de toi.

— T'Nar ! Ne dis pas ça ! hoqueta Daril, outrée.

Kaloo dut desserrer les dents pour répondre.

— Et bien, tu n'auras plus à te soucier de moi. Si tu ne peux pas accepter que je doive trouver ma voie, quelle qu'elle soit, alors je n'ai plus ma place ici. Je vais m'en aller. J'ai l'âge pour le faire. Je peux me débrouiller toute seule.

— Magnifique ! Va-t'en alors ! aboya T'Nar.

Mais Daril se mit à pousser des cris d'orfraie.

— T'Nar, non, oh non, ne dis pas ça. Il ne faut pas qu'elle parte. Kaloo, tu peux être qui tu veux, faire ce qui te chante, mais je t'en prie, ne pars pas !

La voix de Daril grimpa d'une octave tandis qu'elle saisissait le bras de T'Nar, le suppliant.

— Ne la laisse pas s'en aller ! Arrange-toi pour qu'elle reste. Elle est tout ce que j'ai. Et elle est tout ce qu'il te reste aussi !

Daril tremblait, ses yeux larmoyaient et son nez coulait ; son visage était marbré de rouge et de blanc sous la coiffure grise échevelée encore mouillée. Kaloo ne lui avait jamais connu un tel désespoir, ni soupçonné que ses manières pragmatiques cachaient une telle force des sentiments. Elle s'était imaginé que le tumulte des émotions qu'elle-même éprouvait épargnait sa belle-mère. Elle réalisa soudain que sa remarque irréfléchie avait réveillé un tas de choses, de celles que l'on cache au plus profond de l'âme, et elle se sentit coupable.

— Je t'en prie ! la supplia Daril, se levant et lui ouvrant les bras. Si tu pars, tout est perdu !

Kaloo s'avoua vaincue. Elle ne sut comment elle traversa la pièce, mais Daril fut soudain dans ses bras. La jeune fille pleurait sur la peine qu'elle avait causée et qu'elle ne pourrait jamais racheter. Daril s'agrippa à elle, toisant les deux hommes avec un air de défi.

— Trouve un arrangement ! intima-t-elle à T'Nar, hystérique.

Lui, il était cloué sur place, déchiré. Dans un cri, il abattit ses deux poings sur une table qui vibra sous le choc et se déplaça sur le sol inégal. Le sorcier hurla et se recroquevilla. T'Nar balançait la tête tel un taureau hébété. Il ramena ses poings derrière son dos et prit une profonde respiration.

— Très bien, concéda-t-il d'un ton féroce. Très bien. Mais ce sera à mes conditions. Toi, le sorcier, tu viendras ici pour donner ces *leçons.* Je ne veux pas qu'elle aille traîner du côté de la rue des Sorciers, s'acoquiner avec dieu sait qui ou quoi. S'il faut la former, alors tu t'en chargeras ; mais fais-le bien. Je veillerai à ce que tes heures de cours soient rémunérées, alors pas question pour toi d'envisager un autre mode de paiement. On se comprend bien ?

Son regard froid et sagace ne quittait pas le sorcier…

— D'accord, à cent pour cent d'accord, assura L'Ferrti, surexcité.

Il tourna les talons et disparut, passant la porte comme un lapin détalant vers son terrier.

Le regard noir que T'Nar jeta à Kaloo la terrorisa, mais Daril ne l'en étreignit que plus fort.

— Elle est à moi, T'Nar. À moi. Et tout va bien se passer. Tu verras.

— Qu'est-ce que je t'ai donc fait ? demanda-t-il d'une voix affligée.

Et il claqua la porte de la cuisine derrière lui. Kaloo se demanda qui d'elles deux sa question visait ; Daril poussa un pauvre soupir et se passa la main sur le visage. Elle libéra Kaloo tout en jetant un regard autour d'elle, secoua ses jupons et testa l'état de sa coiffure.

— C'est ça, de nouvelles tentures et tout sera différent ici, décida-t-elle d'un ton encore peu assuré.

— Bleues, peut-être ? suggéra Kaloo, toussant pour s'éclaircir la voix.

Daril fut immédiatement d'accord et chercha des yeux le regard de sa belle-fille, mais c'était prématuré.

— Bleu, ce serait ravissant… Ne te tracasse pas pour T'Nar. Il s'en remettra. C'est plus dur pour un homme de voir sa fille devenir une femme. Du coup, il se sent vieux et inutile. Veux-tu me regarder ? Je ferais mieux de monter m'arranger. On dirait que je viens de traverser une guerre !

Sa voix avait retrouvé un ton décidé.

Une femme, murmura Kaloo. La pièce vide ne lui répondit pas. En définitive, elle avait gagné. Daril savait à présent que sa belle-fille avait l'âge de prendre ses propres décisions. Kaloo allait étudier avec L'Ferrti et investir sa chance. Le ragoût était sauvé et l'auberge allait arborer de nouvelles tentures bleues. Elle avait tout pour être heureuse ; ses problèmes étaient résolus pour le mieux.

— Jamais plus il ne m'emmènera pêcher, dit-elle à voix basse.

Elle fixa les cendres mourantes dans l'âtre et frissonna.

Un acte de foi

Steven Brust

L'HÉRITIER du comté jadis appelé Dashforth longeait le chemin de Levar menant au Palais, quand il s'avisa qu'on le suivait.

S'il ne porta pas la main sur les documents rangés dans la poche de son manteau écarlate – et récemment volés à un agent tichenien à Hrothvek – il ne put s'empêcher d'y penser. Il ignorait leur teneur exacte, sachant seulement qu'ils impliquaient un geste de bonne volonté de Ka Zhir et qu'il avait fallu les soustraire à des mains ticheniennes avant qu'ils ne provoquent, selon les propres mots de Son Éminence Écarlate, *un incident*.

Dashif s'en était donc emparé et n'était plus très loin du but, à savoir leur restitution à son maître. Sa mission serait ainsi accomplie.

Et voilà qu'il réalisait qu'on le suivait…

Ce n'est pas difficile de suivre quelqu'un s'il l'ignore. D'abord, essayez de vous fondre dans la foule et, si la personne ne vous entraîne pas dans des lieux trop déserts, elle ne remarquera probablement pas qu'on la suit.

Par contre, si quelqu'un suspecte qu'on le file, il est quasi impossible pour le suiveur de passer inaperçu. Dashif n'avait jamais l'esprit tout à fait tranquille à ce sujet. Et il avait raison. Il traînait à ses basques le fantôme d'Erina, l'amante jadis trahie et plus tard assassinée par lui. Et les souvenirs de tous les services rendus à Son Éminence Écarlate, le Régent de Liavek, le hantaient ; sans compter les regards apeurés, presque palpables, de tous ceux qui, le croisant, s'écartaient sur son passage, certains parce qu'ils le connaissaient et d'autres qui n'avaient même pas cette excuse.

Cette fois, cependant, il eut la conviction d'avoir affaire à une personne en chair et en os, de celles que l'on peut questionner. Avec les fantômes, il s'en tirait en niant leur existence ; les souvenirs, il contestait leur bien-fondé ; la peur des autres, il l'ignorait. Quant aux individus qui le suivaient, il les entraînait dans une allée où il pouvait les attendre, braquant sur eux ses pistolets à double canon.

À ce jeu-là, il faillit bien la manquer.

C'était un de ces matins frisquets que Liavek réservait en automne : poches de brouillard tapies au coin des bâtiments, comme prêtes à bondir sur des passants sans méfiance, ou rabattues sur le piéton par une rafale de vent pour accompagner ses pas. Quand elle émergea de la brume qui l'entourait, Dashif s'aperçut qu'elle lui arrivait à la poitrine et qu'il visait donc trop haut. Mais elle fut encore plus surprise que lui.

La part du cerveau qui contrôlait les actions du comte en de telles occasions prit la relève et lui souffla qu'il suffirait d'effrayer la gamine. Il la saisit à la gorge, l'attira dans l'allée et la projeta violemment contre la brique grise de l'hôtel désaffecté, jadis vanté pour une vue qui n'avait pourtant séduit personne.

La peur qu'il lisait dans les yeux de la petite et qui étouffait ses cris le conforta dans son impression. Lui braquant son pistolet sur la tempe, il se dépêcha de la questionner avant qu'elle ait le temps de se reprendre.

— Comment t'appelles-tu ?

— Kal... commença-t-elle, la frayeur refermant la bouche que le choc avait ouverte.

— Et encore ? insista-t-il d'une voix qu'il n'avait pas à forcer.

— Kaloo.

— Kaloo... Pourquoi est-ce que tu...

Et puis, tout lui revint. Un peu après le Massacre des Prêtres d'Or, il avait reçu un cadeau anonyme, une paire de boucles d'oreilles en jade et or, enveloppée dans la probable mèche de cheveux d'un habitant des Terres Lointaines. Tentative d'assassinat sous le prétexte d'une livraison ? Un signal auquel il ne s'attendait pas ? Une erreur commise par l'agent d'un tiers, ou une ruse ? Ou alors – c'était possible – un cadeau qu'il avait mérité.

Il avait choisi de prendre un risque en portant les boucles en public, une seule fois, pour être exact. Car à cette occasion, alors qu'il traversait le Marché, un sort l'avait frappé, causant la perte de ses pendants d'oreilles : ils s'étaient décrochés. Un écureuil ou une bestiole de ce genre avait emporté l'un d'eux, l'autre avait été ramassé par une petite fille aux yeux sombres.

Il avait eu le temps de croiser longuement son regard avant qu'elle ne se perde dans la foule.

C'était ce même regard qu'il croisait à présent.

Il sourit.

— Bien. Je suis ravi de te rencontrer.

Elle le fixait, les yeux ahuris comme ceux d'un poisson gisant au fond d'un bateau, quand il a arrêté de battre des nageoires, mais s'efforce encore de respirer.

— Nous devrions peut-être aller dans un endroit plus confortable pour parler. Le Palais n'est pas loin. L'as-tu déjà visité ? Il y a beaucoup de choses que je voudrais te demander.

Il désarma les chiens du pistolet et le rengaina. Puis il empoigna le bras maigrelet de la fillette et la poussa hors de l'allée. Ils en sortaient quand une voix dans son dos l'interpella : *bonjour comte Dashif…* Sans desserrer sa prise sur la gamine, il jeta un coup d'œil aux alentours. … *et adieu*, poursuivit la voix, qui le fit se jeter d'un côté et la fille de l'autre. Quelque chose siffla à son oreille à l'instant précis où il percevait le bruit caractéristique d'une arbalète décochant son carreau. Il eut la vision d'une femme vêtue de vert, brandissant l'arme, une quarantaine de mètres plus bas dans l'allée, mais elle avait déjà disparu quand il sortit son pistolet pour la viser. Il eut cependant le temps de la reconnaître et poussa un juron.

La fille, Kaloo, s'était enfuie, elle aussi ; le bruit de sa course s'évanouissait au loin. Qui que fût cette gosse, elle était rapide. Dashif se demanda s'il se pouvait qu'elle et cette femme soient de connivence. À propos de Kaloo, il se posait une autre question. La petite avait un joli visage qui lui rappelait quelqu'un.

Il se releva et chassa cette idée tout en brossant la poussière de son manteau ; il ne croyait pas aux fantômes. Et maintenant qu'il avait son nom, ce ne serait qu'une affaire de temps pour la retrouver.

Il reprit le chemin du Palais.

L'Éminent Pitullio, un homme svelte, au caractère joyeux et disert, se pencha en arrière sur son siège dont les pieds avant quittèrent le sol. Depuis des années, Dashif attendait que la chaise dérape et que son occupant s'étale comme une crêpe, mais cela ne s'était pas encore produit. Pitullio était sans doute le seul homme dans la cité qui rencontrait quotidiennement Son Éminence Écarlate. Selon Dashif, seul son naturel enjoué lui permettait de supporter les manières abruptes et sinistres du Régent.

Dashif lui tendit les documents.

— Il sera ravi. Je suppose que tout s'est déroulé sans encombre ?

— On peut dire ça. Mais il semble bien que j'aurais dû tuer l'agent qui me suivait. Elle m'a presque touché avec son arbalète, sur le chemin du Palais.

Et pourquoi ne pas l'avoir fait ? La tuer, je veux dire.

Dashif préféra ne pas répondre, bien que lui-même se soit brièvement posé la question. Pourquoi ? Parce que cela ne s'imposait pas. Mais une telle raison avait-elle jamais arrêté son bras auparavant ? Il préféra penser à autre chose.

— Je vais aller lui remettre ces documents, reprit Pitullio. Et où en est votre grande quête ?

Quelle grande quête ? Oh, cette femme qui avait l'artefact des prêtres Blancs… Dashif leva les yeux puis détourna le regard. Il se demanda avec un malin plaisir s'il allait répondre. Mais Son Éminence voudrait probablement en savoir plus ; tout compte fait, Pitullio était un interlocuteur plus commode que le Régent.

— Ce n'est plus qu'une affaire de jours. Elle pratique le spiritisme et se targue de communiquer avec les morts.

— J'imagine qu'elle y réussit mieux que la plupart de ses collègues. *Lui* – Pitullio fit un signe de tête vers le mur mitoyen du bureau d'à côté – il a piqué pas mal de crises quand il semblait possible que quelqu'un amène l'artefact à Levar. Notre Éminence serait dans de sacrés beaux draps si elle pouvait s'entretenir avec l'esprit de son prédécesseur.

Dashif ne répondit pas ; en fait, Son Éminence Écarlate avait lui-même reconnu ces craintes en sa présence.

— Vous l'aurez bientôt attrapée, alors ? s'inquiéta Pitullio.

— Oui. Nous sommes au courant de ses allées et venues quasi quotidiennes du mois dernier. Nous savons quel bateau elle compte prendre, où elle a acheté une roulotte et où elle se trouve, à peu de chose près. Un ou deux jours devraient nous suffire. Je veillerai personnellement à mener à bien sa capture.

— Bien. Je m'en vais le lui dire.

— J'ai besoin d'autre chose.

— Hmmm ? fit Pitullio qui dressa la tête.

— Il s'agit d'une fille appelée Kaloo. Elle a environ douze ou treize ans ; elle a…

— Eh ! On s'intéresse à la jeunesse, Dash…

Il ne put aller plus loin. Dashif franchit le mètre qui les séparait et saisit Pitullio à la gorge, le foudroyant du regard. Il sentit que celui-ci tremblait et lut la peur dans ses yeux.

— Désolé, Dashif, dit doucement Pitullio, d'une voix qu'il réussit à contrôler.

Dashif le lâcha et sortit de la pièce à grands pas, avant de commettre un geste fatal.

Il toucha les cicatrices verticales et symétriques soulignant son regard et renonça à analyser ce qui venait de se passer.

Dashif ne se demanda jamais, sur le moment ou plus tard, pourquoi les mots de Pitullio l'avaient mis dans une telle rage. C'était trop simpliste de relever que la plaisanterie de Pitullio contenait une part de vérité. En fait, depuis que sa femme l'avait quitté, Dashif avait montré peu d'intérêt pour toute sorte d'histoire sentimentale. Et Erina, qu'il avait abandonnée pour épouser la fille du riche vavasseur, avait trouvé le moyen de détruire l'instrument de sa chance de façon à l'anéantir à jamais. Il l'avait tuée.

Mais Erina le hantait. Elle le hantait surtout à travers d'autres femmes aux longs cheveux noirs et lisses flottant sur leurs épaules. Il s'y était fait dans l'ensemble, bien qu'en une certaine occasion cela l'eût conduit à massacrer neuf prêtres sans défense, ce qui lui avait valu ses dernières cicatrices. En réalité, il s'y était si bien fait qu'il n'était pas conscient d'avoir rencontré quelqu'un qui ressemblait *vraiment beaucoup* à l'Erina qu'il avait perdue.

Il retourna à ses affaires.

Quelques mois plus tôt, les prêtres de l'Église de la Vérité avaient découvert ou peut-être inventé un objet qui permettait de communiquer avec les morts. Comme on pouvait s'y attendre de leur part, au lieu de s'en servir, ils ne songèrent qu'à le remettre entre les mains de cette pauvre folle, Levar, et ainsi provoquer sa vindicte contre le Régent qu'ils détestaient. Leur plan avait échoué grâce à Dashif, mais l'objet avait disparu. Des efforts considérables avaient été consentis pour retrouver la fille qui le détenait ; Dashif y avait consacré beaucoup de temps et, à présent, il approchait du but. Il ne lui manquait plus que quelques renseignements lui indiquant l'emplacement exact de la tente dressée au bord de la route de Saltigo, là où la médium en question exerçait ses talents.

Il disposait donc d'un moment de détente, qu'il mit à profit pour se promener au crépuscule dans le parc de Levar ; il espérait que l'agent tichenien tenterait encore de l'assassiner et qu'il pourrait mettre un terme à ses visées.

Après une matinée bizarrement frisquette, la soirée s'annonçait au contraire particulièrement chaude et humide. L'atmosphère était étouffante et la sueur refusait de s'évaporer. Avant que le soleil ne se cachât derrière les arbres séparant le Marché du Parc, une intuition frappa Dashif : il se dirigea vers la vieille femme qui écrasait de son poids un tabouret octogonal, à l'ombre d'un dattier.

Une femme aux tresses blanches s'entretenait avec elle ; elle se tourna vers le nouveau venu, se renfrogna et décida de s'en aller, au rythme de sa canne.

— Bonsoir, Asie.

Asie Blackfinger leva les yeux, curieusement lumineux à travers le filtre de l'âge.

— Tu viens pour ton portrait, chéri ? Ce sera une première depuis ces cicatrices… elles sont plutôt attirantes, tu sais. Assieds-toi et…

— Du calme. J'ai besoin du portrait d'une jeune fille : à peu près douze ans, des cheveux très sombres, lisses, fort longs, séparés par une raie au milieu. Elle a un visage allongé et mince, et une fossette au menton. Non, creuse plus les joues… pas autant… c'est ça. Maintenant…

Il la paya un levar et reprit sa route en examinant le portrait. Retrouver la gosse devrait être aisé. Il poursuivit sa traversée du Parc, les sens en éveil au cas où quelqu'un l'aurait suivi, pour une raison ou une autre.

Il écuma ses repaires habituels, montrant le portrait à différents contacts. Il aimait ça, traîner du Mur aux quais, du Marché à la Colline du Mystère.

Il avait le sourire aux lèvres quand il entreprit de descendre jusqu'aux canaux depuis la rue de la Pluie. La fille avait probablement rejoint son logement après leur rencontre de ce matin et ne s'était plus montrée. Mais pourquoi le suivait-elle ? Et, si on allait par là… *est-ce que l'agent tichenien me suit en ce moment ?* Il tendit l'oreille et ouvrit l'œil de plus belle ; il en conclut que, soit elle ne le suivait pas, soit elle était très forte.

Eh bien, en tout cas, il valait mieux vérifier.

Il se glissa dans le chemin de la Fortune, près du Crâne de Narkaan, et tourna encore dans une allée en cul-de-sac.

Dashif se retrouva seul, avec pour unique compagnie un jeune homme efflanqué qui fouillait un tas d'ordures. Il se tint prêt à dégainer son pistolet.

Comme personne ne se montrait, il décida de ressortir de la ruelle.

— Ne bougez pas, comte Dashif.

La voix venait d'au-dessus de lui, dans son dos, sur sa droite. Il se maudit dans son for intérieur. Elle connaissait évidemment bien son affaire : elle s'était installée sur un toit.

Par contre, elle n'avait pas encore tiré sur lui.

— Je n'ai plus les documents, dit-il sans se retourner.

— Quant à moi, mon maître ne me fait plus confiance. Et vous, vous allez bientôt perdre la vie.

— Il va falloir que vous appreniez à être moins susceptible, dit-il avec un petit rire dépourvu d'humour.

Il se demanda s'il aurait le temps de plonger derrière une pile de détritus. Il en doutait, mais il était prêt à jouer le tout pour le tout. Elle reprit la parole.

— L'Ambassadeur avait confié ces documents à mon maître, qui m'a fait confiance à son tour. Je me sens donc concernée.

Le regard du jeune chiffonnier allait de l'un à l'autre ; il écarquillait les yeux. Dashif le prit pour témoin.

— Qu'en penses-tu ? Va-t-elle m'exécuter rapidement ou s'amuser avec moi ?

Le garçon fixa le comte, puis secoua la tête et s'en alla en clopinant.

— Est-ce que nous pourrions trouver un arrangement ?

— Sûrement, dit la voix sur le toit. Je suis disposée à me charger de transmettre vos dernières volontés à qui de droit.

— Ce n'était pas ce que j'avais…

Sur ce, il sauta vers le tas d'ordures, se rétablit et sortit un pistolet. Il entendit à nouveau le bruit de l'arme et l'impact d'un carreau sur le mur. Il s'accroupit dans les détritus et arma son pistolet, mais elle avait disparu ; le soleil s'était couché et il ferait bientôt trop sombre pour pouvoir la suivre.

Dashif se leva et reprit le chemin du Palais. Il n'avait pas l'intention de partir à la recherche de la gamine, cette Kaloo, alors qu'il sentait le putois.

Le lendemain, avant l'aube, il reçut un message lui décrivant une tente et précisant l'endroit où elle se trouvait, sur la route de Saltigo. Il s'autorisa un petit sourire satisfait. On avait retrouvé la voyante… bientôt ce serait la fin de ses ennuis. Il fit sa toilette et endossa des vêtements propres. Il ajusta le col de sa chemise blanche, se lissa les cheveux avec une brosse à poils doux, vérifia les charges de ses pistolets et enfila ses gants gris.

Il rassembla huit hommes de la Garde Écarlate ; les chevaux venaient des écuries de Son Éminence. Il se choisit une jument blanche, qui mettrait en valeur son manteau rouge volant au vent. On allait assister à l'épilogue d'une affaire de longue haleine et Dashif voulait se présenter à son avantage.

Ils prirent la chaussée de la Veuve, une artère où se dressaient des maisons jadis élégantes, dont des façades neuves et blanches masquaient à présent la décrépitude. *Est-ce que l'agent tichenien me suit ?* se demanda Dashif. Il n'y avait rien à faire si c'était le cas… Il ne se voyait pas chevaucher dans les rues de Liavek en regardant par-dessus son épaule. Mais quand ils eurent passé la Porte du Soldat, laissant la cité derrière eux, Dashif vérifia ses pistolets, une fois encore. Il sentit dans son dos les regards qu'échangeaient ses hommes. Le soleil se levait à peine.

Quand ils atteignirent la première des tentes dressées pour exploiter les visiteurs venus assister à la Fin du Festival du Vin, le soleil venait d'entamer sa course quotidienne. Ils ne s'arrêtèrent qu'une fois arrivés à la tente décrite par le message. Un peu à l'écart se tenait une roulotte et un homme y amenait un coffre. On verrait ça plus tard… Dashif descendit de cheval, entrava la jument et posta rapidement les gardes, sauf un, qu'il envoya interrompre le chargement. Il fit un tour complet de la tente, repéra la sortie arrière et s'assura que deux des soldats la gardaient. Ensuite, il vérifia encore ses pistolets et entra dans la tente.

Il faisait très clair à l'intérieur, la toile étant peu épaisse. Une silhouette menue présentait le dos à Dashif, occupée à tisonner un petit brasero. Elle se retourna. Son visage correspondait à la description faite, à condition de ne pas tenir compte du grimage. Son regard fixa aussitôt les cicatrices jumelles qui soulignaient les yeux du visiteur et la femme se voila hâtivement.

Elle s'assit sur un tabouret derrière une petite table carrée en bois noueux et lui sur un siège identique, en face d'elle. Elle baissa les yeux, les mains jointes dans son giron, sans doute pour les empêcher de trembler.

— C'est combien pour communiquer ? demanda-t-il.

Il ignorait d'où lui venait ce besoin de la taquiner ; sans doute la chasse avait-elle été trop longue.

Elle bégaya, s'empêtra, marmonna et grommela, avant de s'exprimer finalement dans ce qu'elle estimait sûrement une bonne imitation de la voix d'une vieille femme.

— Je ne… n'organise pas de séance aujourd'hui. Je… je m'en vais…

— Je n'en doute pas. Pourtant, il faut d'abord que vous et moi nous réglions… une petite transaction.

Il sourit ; elle jeta un regard par-dessus son épaule, vers la sortie. Il tapa sur la table et secoua la tête, prenant l'air accablé.

— Vous ne pouvez aller nulle part. J'ai des soldats dehors ; ils viennent d'empêcher votre homme de charger une malle à bord du wagon ; vous savez, celui que vous avez acheté le Jour du Vent. Faut-il que je vous dise où vous aviez l'intention de vous rendre ? Quel bateau vous alliez prendre ? Vous voyez, j'en sais beaucoup sur vous. Vous vous êtes bien débrouillée en si peu de temps, trop bien, pourrait-on dire.

— Vous êtes le comte Dashif, commença-t-elle sur un ton normal.

Il lui arracha son voile et elle se tut, étourdie.

— Et vous, jeune fille ? Cela m'a coûté pas mal de temps et d'argent pour vous retrouver ; je veux votre nom à présent.

Les yeux de la fille s'étrécirent et il put presque la voir raidir l'échine.

— Jolesha, cracha-t-elle comme si ce mot pouvait le chasser.

— Jolesha. C'est tout ?

Elle semblait décidée à faire la grève des réponses.

— Très bien, mon enfant. À présent, il me faut l'artefact. Je vous en prie, ne me racontez pas d'histoires à dormir debout. Elles m'ennuient vite.

Aucune réponse ni réaction de la jeune femme qui posa une bourse de cuir sur la table entre eux. Cela avait été si facile ! Dashif jeta ses gants à côté de la bourse, la ramassa et en sortit le cylindre doré qui le reliait au passé. Pour la première fois, il lui apparut qu'il pouvait aussi constituer un lien avec son *propre* passé. Il le fixa. Il s'entendit demander comment ça marchait et elle lui suggéra de prononcer un nom. Un seul lui vint à l'esprit, mais n'atteignit pas ses lèvres.

Mais elle continuait à parler et il l'entendit dire quelque chose à propos du précédent régent ; il leva les yeux, subitement intéressé.

— Qu'est-ce que vous en savez ?

— Il vaudrait peut-être mieux vous adresser à Erina, suggéra-t-elle en touchant le cylindre.

Il la scruta du regard : comment était-elle au courant ? Comment ? Personne n'était au courant. Si elle connaissait cette information, alors elle savait peut-être tout de lui. Un instant avait suffi à le plonger dans une panique jusqu'alors inconnue de lui. Il laissa tomber le cylindre et ses mains cherchèrent les pistolets…

Il sentit sa présence.

Ses muscles se liquéfièrent et il resta là, hébété. La fille parlait encore, elle prononçait des mots vides de sens, mais Erina était là aussi. Sa sorcière aux yeux sombres, l'ensorceleuse de l'île du Vairon, celle qu'il avait aimée, trahie – qui l'avait trompé aussi – et qu'il avait fini par assassiner.

Fini ? Une fin était-elle possible ? Cela finirait-il jamais ?

— Dashif ?

C'était sa voix, elle venait de sa bouche : elle était là. Il sentait l'odeur de ses cheveux et devinait les mèches sur son visage. Des larmes lui montèrent aux yeux, qu'il ignorait pouvoir verser, et grâce à elles, il eut conscience de sa propre faiblesse.

— Dashif, je te pardonne.

— Non ! s'écria-t-il, s'éjectant de la tente dans un mouvement de recul.

Il émergea à la lumière crue du jour ; les têtes de quatre gardes se tournèrent aussitôt vers lui. Il s'obligea à afficher un visage calme et à poser sa voix.

— Qu'on les laisse tranquilles. Après tout, elle n'a rien d'intéressant pour nous.

Il laissa un petit sourire flotter sur ses lèvres, plein de sous-entendus. *Qu'ils s'imaginent donc ce que bon leur semble…*

Jolesha l'appela, de sa voix de vieille femme. Elle s'approcha de lui et leva la main. Il vit qu'elle tenait quelque chose. L'artefact ? Une bouffée de panique l'envahit alors qu'il ébauchait un geste de refus. Puis il réalisa qu'elle lui tendait la paire de gants oubliée dans la tente. Il les prit et leurs regards se croisèrent un court instant.

Il se dirigea vers son cheval. Dans son dos, il l'entendit qui retournait à la tente. Il fallait qu'il réfléchisse, qu'il mette un plan au point, qu'il décide de la façon de gérer tout ça. Et il devait le faire *sur-le-champ*, avant que la chance ne le quitte. Une seule chose était sûre : quelqu'un qui en savait autant sur lui n'avait pas le droit de continuer à vivre.

Il fit demi-tour et reprit le chemin de la tente, plongé dans ses réflexions. Son pouls et sa respiration retrouvaient leur calme. La meilleure tactique serait peut-être d'y aller carrément et de la tuer dans la foulée avant qu'elle ne puisse parler à quelqu'un. Mais non, ce n'était pas suffisant. Il lui fallait découvrir où elle avait appris tout ce qui concernait son passé. Grâce aux fantômes ? Possible. Il allait lui poser la question et devrait veiller à se trouver alors seul avec elle.

— Vous tous, retournez au Palais.

Il attendit qu'ils soient partis, ne quittant pas la tente du regard. Il ignorait ce qu'il allait faire de l'artefact, mais cette fille, Jolesha, était condamnée à mort.

Une fois son escorte hors de vue, Dashif se dirigea à nouveau vers la tente. La roulotte était encore là, mais l'homme avait disparu. Personne ne le surveillait… Il dégaina ses pistolets. Si c'était nécessaire, il laisserait l'artefact au sol. S'il attendait, il pourrait peut-être le toucher à nouveau, et sans danger cette fois. Mais Jolesha devrait…

Il longeait la roulotte quand un carreau d'arbalète frappa sa jambe gauche, juste au-dessous du genou. Une moitié de son esprit réagit en hurlant : la souffrance physique qu'il endurait était aussi violente que l'agonie mentale éprouvée quelques minutes auparavant. L'autre moitié soupesa la situation. Il avait affaire à une excellente tireuse, elle devait donc se trouver à une certaine distance. Donc, il aurait le temps… Soudain, il prit conscience qu'il ne pouvait plus bouger. Il baissa les yeux et s'aperçut que le projectile qui traversait sa jambe s'était fiché dans la roue de la roulotte. Bizarre comme accident… Il se tourna rapidement dans la direction d'où le trait était venu et braqua son pistolet. Un éclair vert et puis…

Il hurla et une de ses armes lui échappa quand un autre carreau atteignit son bras gauche, le clouant à la cloison de la roulotte. Il était à présent doublement immobilisé et le moindre mouvement provoquait une telle douleur qu'il faillit hurler à nouveau. Dans un effort surhumain, il s'accrocha à son autre pistolet, tentant de tenir la souffrance à distance pour pouvoir penser… Si seulement il avait ses pouvoirs magiques. La magie. Erina. *Non ! Réfléchis, idiot ! Cet agent te hait ; elle veut te voir souffrir. Elle ne va sans doute pas te lâcher comme ça, sans t'accabler de ses sarcasmes ; sinon pourquoi jouerait-elle avec toi comme elle le fait ? Tu as le temps, réfléchis donc. Ce visage devant toi, ignore-le : ce n'est pas celui de l'agent, ce n'est qu'une illusion de plus. Réfléchis.*

Il s'agrippait à son pistolet comme un homme qui se noie s'accroche à une planche, mais il ne lui voyait qu'un usage possible : il allait se tuer avant d'avoir à affronter plus de douleur et d'humiliation. Il lut de la pitié sur le visage de son illusion, ce qui était déjà cruel en soi, mais à présent il ressemblait à une Erina plus jeune. Il s'ébroua mais l'image resta.

— Comte Dashif ? dit l'illusion.

Il réussit à la distinguer clairement pour la première fois et se retrouva face à face avec la gamine, Kaloo. Elle l'observait de dessous la roulotte.

— Vous allez vraiment mourir ?

Cela suffit à le convaincre de son illusion. Elle continuait à le regarder…

— Faut-il que j'aille chercher un garde civil ?

Il secoua la tête, incapable de parler et faillit fondre en larmes quand elle lui demanda pourquoi il n'utilisait pas sa magie.

— Dashif ! cria la voix de l'agent tichenien.

Eh oui, elle se tenait derrière lui ; à un ou deux mètres, à en juger par le son de sa voix. Il avait bien son pistolet, mais c'était inutile, puisqu'il ne pouvait pas se retourner pour viser, crucifié qu'il était par les deux traits d'arbalète. Il se sentit mal, la tête lui tournait, son corps s'avachit, ce qui provoqua des vagues de douleur dans son bras et sa jambe.

— Dis au revoir, Dashif. Une dernière volonté ?

Il fixait la fille, celle qui s'appelait Kaloo, réalisant que son corps la dissimulait au regard de l'agent tichenien. Comment pouvait-elle se trouver là ? Bon sang, elle était bien réelle. Est-ce qu'il pouvait compter sur une étrangère, une enfant, une personne qui ressemblait à…

— Moi aussi je te pardonne, marmonna-t-il.

Dans un mouvement imperceptible, il releva les deux canons du pistolet qu'il tenait encore, le retourna crosse en avant, se servant de son corps comme d'un paravent, de sorte que l'agent ne put rien voir.

— Oui, j'ai une question, lança-t-il par-dessus son épaule.

Il tendit le pistolet à Kaloo, qui s'en saisit, yeux écarquillés, bouche bée devant l'objet. Il eut à nouveau l'impression qu'il allait s'évanouir.

— Quelle question, Votre Éminence Balafrée ? Ou plutôt… Votre Éminence Paniquée ?

— Vous croyez vraiment qu'une longue carrière vous attend si vous réagissez chaque fois de manière aussi per…

Kaloo agrippa le pistolet à deux mains, se dressa devant lui et déchargea les deux barillets sur l'agent tichenien. Un cri, le bruit d'un carreau que l'on lâche, puis celui d'un corps qui s'effondre… Puis il entendit Erina sangloter. Non, c'était quelqu'un d'autre. À son grand étonnement, Dashif avait fermé les yeux.

Il se pencha et, de son bras indemne, il arracha de la cloison le trait encore fiché dans son bras gauche. Il haletait de douleur. Il se baissa et ramassa son second pistolet dont le coup n'était pas parti, allez savoir pourquoi. Il se retourna mais l'agent tichenien avait disparu. Il plongea son regard dans celui de Kaloo, dans ses yeux rouges remplis de larmes.

— Je ne l'ai pas tuée.

— C'est bien, dit Dashif sans comprendre pourquoi.

— Attendez, je vais vous aider.

Aussitôt dit, aussitôt fait. Ensemble, ils le détachèrent de la roue de la roulotte et il s'effondra par terre. Il se débattit pour se relever.

— Restez tranquille…

— Je ne peux pas. Je dois me relever.

— Pourquoi ?

— Je dois tuer…

Il s'interrompit, en découvrant que sa jambe blessée ne le supporterait pas. Il s'écroula encore, se retrouva sur le dos, fixant le visage de la gamine. Elle lui avait demandé *pourquoi*… Il gisait là, haletant. Le visage au-dessus du sien tantôt distinct, tantôt non. Il l'appela : *Erina*… ou alors il le pensa. Des cheveux lui chatouillèrent le visage et il sourit.

Dashif fixait l'endroit du lit où aurait dû se trouver le reste de sa jambe gauche, sous le genou. L'Éminent Pitullio était à son chevet.

— Il dit qu'il n'y aura rien de changé entre vous, de toute façon, Dashif.

— Cela me surprend.

— Oui. Mais il y a quand même cet artefact : où en êtes-vous ?

Dashif prit son temps. Bien sûr, l'artefact… Il pensa à Kaloo. Il pensa à Jolesha et aux derniers regards échangés avec elle. Il était convaincu qu'elle était assez intelligente pour ne plus se montrer.

— Je m'en suis occupé, dit-il enfin.

— Je le lui dirai, opina Pitullio, interloqué.

— Comment m'a-t-on retrouvé ?

— Un message anonyme nous a prévenus que vous étiez blessé. Il était bourré de fautes d'orthographe, si ça peut vous aider. J'ai mis le mot de côté et vous le verrez quand vous vous sentirez mieux. On vous a aussi fait un bandage très grossier, mais sans lui, vous n'en seriez pas sorti vivant.

— Dans cet état…

— Dans cet état. Est-ce que je vous ai bien vu sourire ?

— S'il me garde à son service, il me faudra une jambe de bois, la meilleure possible. À vous de me la trouver. Et ne parlez à personne de tout ceci.

— C'est évident, opina Pitullio.

Il quitta la pièce, abandonnant Dashif aux prises avec les problèmes qu'il devrait affronter et résoudre dans sa nouvelle existence quotidienne. Le comte fixa l'endroit où une partie de sa jambe manquait. Sous le regard de la gamine, quand elle était venue à son secours, il avait éprouvé un sentiment dont il se serait cru incapable. Des zones mortes en lui étaient en train de renaître et cela lui faisait mal, autant que sa jambe.

Il se demanda s'il se pouvait que cette douleur – qu'elle soit morale ou physique – et la perte de sa jambe lui procurent un gain substantiel. Avait-il perdu au change ? Il ne se rendait pas compte – pas encore – qu'en se posant cette question il y avait déjà répondu.

Un acte de miséricorde

Steven Brust
&
Megan Lindholm

KALOO dévala l'escalier de sa chambre, sous les toits de la taverne, jusqu'à la salle commune de *La Chope et l'Ancre* ; ses pieds en effleuraient à peine les marches. Le petit éventail de soie qu'elle avait épinglé sous sa robe irritait son décolleté. C'était le jour de son anniversaire. Sa période de chance débuterait l'après-midi même : il n'y avait pas un moment à perdre si elle voulait investir ses pouvoirs. Les précieux instants durant lesquels on pouvait insérer dans un objet la magie liée à l'heure de la naissance ne revenaient qu'une fois l'an ; on pouvait alors faire appel à ses pouvoirs magiques comme on le voulait. Kaloo avait assez attendu cette occasion ; ce soir-là, elle pourrait enfin tenir sa chance dans sa main. Au bas de l'escalier, elle rata son virage et sa tête heurta l'étagère abritant les lanternes en réserve. Au bruit de protestation produit par la faïence, Kaloo fit la grimace, s'attendant à ce que tout s'écroule autour d'elle. Mais rien ne se passa. *Un signe de chance,* se dit-elle, se frottant le front. Ce qu'elle venait de penser la fit sourire.

— Tu grandis, ma fille. Grandis encore un peu et il va me falloir adapter la charpente de l'auberge à ta taille !

— Cela ne m'étonnerait guère, répondit-elle prudemment. T'Nar, son beau-père, était assis à l'une des tables à tréteaux dressées devant l'âtre où brûlait un feu discret. La pièce, d'habitude bruyante, aurait dû être vide : les marins étaient tous sur les quais à cette heure-là, vaquant à leurs affaires ; ils réparaient les filets, calfataient les coques de leurs bateaux, bref préparaient leur matériel pour une nouvelle saison de pêche. Kaloo fut un peu surprise d'y trouver T'Nar, une chope de bière bien entamée devant lui.

Le silence régnait dans la salle. Les grosses mains calleuses de T'Nar s'emparèrent de la chope et il la fit tourner lentement, comme pour évaluer le niveau de la bière. À en juger par le goudron qui tachait ses doigts, à voir le couteau à ragréage à sa ceinture et d'après l'odeur d'étoupe qui flottait dans la pièce, Kaloo savait très bien qu'il travaillait sur l'un des bateaux. Il lui semblait qu'il ne pêchait plus autant que par le passé, mais on sollicitait toujours ses talents chaque printemps, quand venait le temps des réparations de la flotte de pêche.

Elle ne l'avait pas beaucoup vu dernièrement, mais ce n'était pas la faute des nombreuses heures de travail qu'il devait fournir. Elle se doutait bien qu'il l'avait évitée autant qu'elle. Ils ne pouvaient plus s'adresser dix mots sans que cela dégénère en dispute. C'était nouveau. Il valait mieux ne plus se parler du tout. Elle haussa les épaules et se dirigea vers la cuisine, où elle pouvait être sûre de trouver L'Ferrti, son tuteur en matière de chance et de sorcellerie. Il n'en décollait plus, ces jours-ci.

— Tu grandis et tu prends de l'âge, insista la voix de T'Nar. Tu seras grande et élancée.

— Sans doute.

Elle s'était arrêtée, sur ses gardes. Il parlait lentement, en choisissant ses mots comme si chacun d'eux avait un sens précis. Était-il déjà saoul, d'aussi bon matin ? Peut-être que la mélancolie de son ton était réelle ? Elle le regarda mieux et se surprit à le dévisager avec insistance. Quand sa barbe s'était-elle mise à grisonner autant ? Et ses rides, à se creuser de cette façon ? C'était difficile de reconnaître l'homme qui faisait sauter sur ses genoux la petite Kaloo ou qui pouvait porter sous son bras musclé la fillette d'une dizaine d'années qui se débattait et hurlait.

— Kaloo, reprit-il en soupirant, tu arrives à un âge où tu dois savoir certaines choses. Qui te concernent de près. Des choses qui peuvent changer l'opinion des gens à ton sujet ou alors l'idée que tu te fais de toi-même. Des choses que tu aurais peut-être dû savoir…

— Ah bon ? dit-elle en avançant prestement de deux pas.

Elle devinait des secrets dans ce qu'il venait de lui dire, des choses qu'elle le soupçonnait de garder pour lui et qu'il n'avait jamais voulu révéler. Par exemple, l'identité de ses parents et la raison pour laquelle ils l'avaient abandonnée dans un fossé où lui, T'Nar, l'avait trouvée.

Mais son brusque intérêt parut le refroidir et il se tut, les yeux levés vers elle.

— Alors ? insista-t-elle.

Il se contentait de la regarder, de ses yeux sombres remplis de peine. Elle eut soudain la sensation désagréable qu'il voyait quelqu'un d'autre. Il se remit à parler, comme contre son gré.

— Tu ressembles presque… eh bien… mais…

Soudain, il secoua la tête, s'interdisant de poursuivre. Il s'obligea à sourire, ce qui n'échappa pas à Kaloo. Et quand il reprit la parole, il adopta un ton d'une gaieté forcée.

— Il serait temps que tu portes des vêtements qui t'aillent bien. C'est à ça que je pensais. Cette robe, elle est trop courte et trop large. Elle ne te va pas. C'est tout.

Il avala une gorgée de bière éventée. Kaloo lui décocha un regard furieux puis fit demi-tour. La façon dont T'Nar la traitait commençait à la fatiguer. Elle n'était plus une enfant, comme Daril et lui semblaient le penser. Elle savait que la robe ne lui allait pas. Elle refoula la colère qui bouillonnait en elle. Aujourd'hui, elle n'avait pas le temps de se disputer avec T'Nar. Des affaires plus importantes l'attendaient. Et si elles étaient couronnées de succès, Kaloo pourrait bientôt modifier l'apparence de sa tenue, la rendre plus flatteuse. Un pantalon et une tunique Zhir, bleu pâle, peut-être.

Elle poussa la porte battante menant à la cuisine, où des voix l'accueillirent… *et puis, Daril, vous roulez les légumes dans les herbes fraîches finement hachées avant de les ajouter au ragoût. Ainsi, vous mariez les parfums avant la cuisson. C'est une simple suggestion.*

L'Ferrti était appuyé contre le mur de la cuisine, au milieu d'un désordre plaisant. Le ragoût, dans sa marmite noircie, mijotait sur les flammes du foyer, répandant des senteurs savoureuses. Daril hachait des légumes sur la lourde table en bois. Elle leur tournait le dos.

— Et moi, je tiens à dire que je confectionne ce ragoût depuis que j'ai été assez grande pour touiller une marmite et ce n'est pas près de changer. Je reconnais que vous vous y connaissez un peu en herbes et en épices, mais ceci est une recette de famille, depuis plus de cent cinquante ans ! Un sorcier des rues ne va tout de même pas me la changer…

— Sorcier des rues ! s'indigna L'Ferrti, aussitôt interrompu par Kaloo.

— L'Ferrti… À propos, ma leçon d'aujourd'hui…

— Plus tard, Kaloo. Cet après-midi, peut-être. Daril, comment osez-vous m'appeler…

— Plus tard, ça n'ira pas, L'Ferrti. Il faut y aller maintenant.

Le ton sec de sa voix attira leur attention. Mais l'étonnement affiché sur le visage du sorcier ne dura pas. D'un ton sévère, il ne se gêna pas pour contredire son apprentie.

— Au contraire, Kaloo. Je pense que nous devrions renoncer à la leçon d'aujourd'hui. Et je te conseille d'aller faire une petite sieste.

Il chipa un morceau de tubercule sur la planche à découper de Daril et le croqua en décochant un regard de mise en garde à Kaloo.

— Elle n'a pas l'air dans son assiette, observa Daril, débitant toujours ses légumes. Mais c'est toujours comme ça avant ses règles. Et puis elle est acariâtre, comme en ce moment.

L'Ferrti, vous ne m'avez pas dit que vous aviez une tisane d'herbes pour cette sorte de désagrément ?

— En fait, oui. Vous prenez une racine de pissenlit et…

Kaloo explosa.

— C'est vous qui me rendez malade ! J'en ai marre de la façon dont tout le monde me traite ici ! Daril, comment oses-tu parler de mes règles devant L'Ferrti ! Et vous, vous êtes censé me guider, m'apprendre à maîtriser ma chance ; au lieu de quoi, vous passez toutes vos journées dans la cuisine, à discuter de recettes avec Daril et à minauder auprès de la laitière ! Je n'investirai jamais ma chance, à l'allure où vous me donnez vos leçons !

Le silence régna un instant dans la cuisine. Puis les deux adultes échangèrent des regards.

— Je minaude, moi ? demanda le sorcier d'un air pincé. Moi ?!

Daril lui jeta un regard complice puis s'exprima sur un ton conciliant.

— Eh bien, ma petite Kookaloo, pourquoi ne pas laisser L'Ferrti te montrer la recette de cette tisane aujourd'hui ? C'est très utile pour une femme – qu'elle prétende devenir sorcière ou non. Cela pourrait faire disparaître cette vilaine impression qui peut la pousser à s'en prendre à la première personne venue. Et…

Kaloo l'ignora et, plissant les yeux, fixa d'un regard noir le sorcier se faisant tout petit dans son coin. Elle lui adressa la parole d'une voix froide, posée.

— Je veux ma leçon, L'Ferrti. Et pas un cours sur les tisanes médicinales. Vous savez de quoi je parle.

— Permets-moi de te corriger, mon apprentie. Je sais de quoi *moi* je parle. Il est évident que tu n'as aucune idée de ce que tu demandes. Je te conseille vivement de rester tranquille aujourd'hui.

— Non, j'ai d'autres projets et j'ai l'intention de les mener à bien. Avec ou sans vous.

L'ultimatum de Kaloo avait été débité sur un ton calme et L'Ferrti ne put que renifler de mépris.

— Je ne sais ce que tu t'imagines pouvoir faire sans moi, mais vas-y. Va tenter ta chance. Cela te donnera peut-être une leçon dont tu as fort besoin, une bonne leçon d'humilité. Et ça t'apprendra le respect dû à ton professeur. Vas-y. Va chercher la preuve que tu ne sais pas grand-chose.

— J'y vais.

Kaloo leur tourna le dos ; tout son corps tremblait de colère.
Elle ouvrit brutalement la porte et traversa la salle commune à grandes enjambées. T'Nar leva soudain les yeux vers elle.

— Kaloo, j'ai décidé que le moment est venu.

— Moi aussi, lança-t-elle avec amertume.

Elle le dépassa. Du coin de l'œil, elle le vit se lever pour la suivre. *Qu'il fasse comme bon lui semble.* Il ne pourrait jamais la rattraper. Elle l'aurait semé dans les allées avant de s'être éloignée de trois pâtés de maison de l'auberge. Bien fait pour lui ! Et bien fait pour eux tous... Ils la prenaient pour une gosse, une pauvre petite fille sans défense. Qu'ils attendent un peu son retour ce soir ! Ils allaient voir. Le petit coucou qu'ils avaient élevé, leur petite Kaloo, allait ouvrir ses ailes. Elle sentait sa chance gonfler en elle, comme une rafale un jour d'été, l'entraînant dans les rues de Liavek, dans la lumière éclatante du printemps.

Le moignon de la jambe gauche de Dashif le faisait encore souffrir : une petite douleur persistait au contact de la prothèse de bois. Mais cela ne suffit pas à entamer son humeur. Son maître, le Régent, veillait à son activité, mais sans excès et, ce jour-là, il était libre de son temps.

En quittant le Palais, il se concentra sur ses pas, s'entraînant à marcher sans claudiquer. Ses espions n'avaient pas entendu parler de rumeurs concernant sa récente blessure ; il en déduisit que ses ennemis n'en avaient pas eu vent, ce qui était un bon point. Ses affaires courantes étaient sur les rails et roulaient toutes seules vers une conclusion heureuse. De plus, ses rêves d'Erina, assassinée depuis si longtemps, le hantaient moins depuis qu'il avait entendu – imaginé ? – sa voix qui lui pardonnait, venue du pays des morts.

Ces pensées refluèrent quand il trouva une chaise à porteurs et leur ordonna de l'emmener sur les quais. À présent, il devait consacrer du temps à sa propre affaire. À cette fille qui lui avait sauvé la vie, malgré la terreur qu'il lui inspirait. Ses espions avaient pris le relais de sa surveillance jusqu'à ce qu'il ait récupéré ses forces ; il n'y avait en effet aucune urgence.

Il huma l'air près du canal. L'odeur de poisson grillé lui rappela qu'il commençait à avoir faim et le bleu profond du ciel, si beau, lui fit presque mal. Il décida d'en profiter. Aujourd'hui, il allait découvrir qui elle était et pourquoi elle l'avait suivi. Cette affaire ne regardait que lui et il pouvait prendre tout son temps. De plus, pour une fois, elle ne présentait aucun danger particulier.

Il vérifia les charges de ses pistolets et les glissa dans sa large ceinture de cuir. Les porteurs s'arrêtèrent devant *La Chope et l'Ancre*. Dashif arrondit leur course à un levar : c'était son jour de générosité.

Kaloo était essoufflée et ses cheveux lui collaient dans la nuque. Elle sauta, attrapa le haut de la barrière de bois branlante et s'y hissa. Pendant quelques secondes, elle profita de la vue sur le canal, sur son eau bleue aux reflets brunâtres et les bateaux qui l'encombraient. Puis elle se laissa tomber dans la jungle négligée que L'Ferrti appelait son jardin d'herboriste. Elle se fraya un chemin à travers les tiges mortes de la dernière floraison et atteignit la porte de derrière. Elle espérait que l'accès serait libre.

C'était le cas. Une poussée suffit et la porte s'ouvrit sur la minuscule cuisine du sorcier et son foyer. Au-dessus de la table, des mouches bourdonnaient ; elles survolaient un plat contenant une substance grisâtre. Sans doute un vieux porridge. Très vieux. De la poussière recouvrait la table et les cendres étaient complètement froides dans l'âtre. En effet, le sorcier passait plus de temps à traîner dans la cuisine de *La Chope et l'Ancre* qu'il ne se consacrait à ses médicaments et à ses potions. Après tout, pourquoi se serait-il gêné ? Il profitait des petits plats et de la compagnie de Daril, et il gourmandait Kaloo à volonté. Les marins s'étaient mis à lui acheter des onguents miraculeux pour soigner leurs mains infectées et leurs douleurs arthritiques. Kaloo s'attendait à ce que Daril mette un holà à ce commerce, dès qu'elle le découvrirait. Mais, pour le moment, L'Ferrti n'était pas là et Kaloo trouverait chez lui tout ce qu'il lui fallait pour mener à bien l'opération « investiture ». Ce n'était que justice, selon elle.

Elle sortit l'éventail multicolore et l'étendit sur la table poussiéreuse. Il contiendrait sa chance dès qu'elle l'aurait capturée. De sa poche, elle tira le petit guide défraîchi. Elle tenta d'imaginer la tête de L'Ferrti s'il avait su qu'il était entre ses mains. Il aurait moins fait son important, ce matin. Elle étala la brochure dont les caractères pourpres alambiqués proclamaient, sur la couverture jaunissante : VOUS AUSSI, VOUS POUVEZ INVESTIR VOTRE CHANCE ! Une bordure de signes cabalistiques et de calligraphies étranges soulignait le texte. La brochure lui avait coûté trois sous chez Dumps, un ami de Saffer, qui vendait aussi des petits livres comme *Les Secrets amoureux de Zhir, Potions pour les amoureux* et *Dix manières d'invoquer Rikiki.*

Kaloo essuya la sueur de ses mains sur le devant de sa robe. Elle ouvrit la brochure à la table des matières. Elle décida de se limiter cette fois-ci à *L'Investiture pour les débutants* et alla à la bonne page. L'année prochaine, elle essaierait une des formules plus imaginatives, quand elle pourrait s'offrir les bols de cristal et les parfums coûteux qu'elles exigeaient. Mais cette fois-ci… son doigt parcourut la liste des ingrédients nécessaires. Des chandelles noires, L'Ferrti en avait toujours ; et pour les herbes, pas de problème. Une boucle de cheveux… elle en sacrifierait une des siennes. De même pour la cuillerée de sang d'une vierge. Heureusement qu'elle n'avait pas encore perdu sa virginité ! Elle n'avait aucune idée de l'endroit où elle aurait pu dénicher ça, à Liavek. Pour le reste, il semblait que cela faisait partie de l'équipement standard d'un sorcier. Une fouille rapide dans les armoires de L'Ferrti lui permettrait de trouver le matériel requis. En fredonnant, elle se leva pour allumer un feu et faire chauffer de l'eau. Dans une heure à peu près, elle pourrait commencer. Plus sa résolution grandissait, plus le calme s'installait en elle. D'ici ce soir, elle aurait investi ses pouvoirs.

Dashif eut parfaitement conscience du silence qui s'abattit sur *La Chope et l'Ancre* quand il en franchit le seuil. Il savoura l'effet produit. Il regarda autour de lui, espérant repérer Kaloo. L'endroit n'était pas spacieux mais assez bien entretenu, quoiqu'un peu sombre ; il y flottait un arôme tenace de ragoût, mélangé aux senteurs marines des clients. Un petit feu brûlait dans l'âtre immense, à un bout de la pièce. Sept habitués interrompirent leur conversation, évitant d'échanger des regards ou de dévisager le nouveau venu. Une femme entre deux âges, bien en chair, le fixait d'un air de défi. À en juger par son tablier et les chopes qu'elle tenait, c'était la patronne des lieux.

Dashif retroussa ses lèvres en un sourire forcé et s'approcha d'elle. Il ne lui laissa pas le temps de prendre la parole.

— Vous devez être Daril. Je cherche Kaloo. Où est-elle ?

Dashif remarqua du coin de l'œil que l'un des clients sursautait. Daril le vit aussi et décocha à ce dernier un regard furieux, avant de se tourner à nouveau vers le comte, la mâchoire serrée. Au bout d'un moment, elle se décida à le questionner.

— Pourquoi voulez-vous le savoir ?

— Je n'ai pas à vous répondre. Allez tout de suite chercher la fille.

Du coin de l'œil, il vit que le client, un grand type maigre à la barbe grise, se raidissait.

— Je ne sais… commença Daril, qui s'arrêta en voyant Dashif sortir un pistolet.

Il fit deux pas en direction du vieil homme et braqua son arme sur sa tête.

— Est-ce que vous tenez à ce type, patronne ?

Daril marqua une pause, ses yeux écarquillés allant de l'un à l'autre. Le rose lui monta au visage, mais elle choisit de bluffer.

— Pas vraiment. Si tous ces témoins ne vous gênent pas, allez-y, descendez-le.

— Daril ! cria le vieil homme, avant de se tourner vers Dashif. Seigneur, je vous demande…

— Dites-moi où elle se trouve ou taisez-vous.

— Elle est sortie… Mais pour quelques pièces…

— L'Ferrti ! hurla Daril.

— Ah ! C'est donc vous ! Très bien, dites-moi où elle est. Sinon, je vous tue. Tentez un de vos trucs magiques idiots et je vous transforme en tabouret tripode et vous jette au feu.

— Je l'ignore, dit L'Ferrti, tout pâle. Elle s'est enfuie.

— Eh bien, vous êtes sorcier et elle est votre apprentie. Trouvez-la.

— Je ne peux pas.

— Alors vous êtes mort.

L'Ferrti s'agrippa la barbe, puis ferma les yeux, se concentrant soudain.

— L'Ferrti, non, cria Daril.

— Encore un esclandre de votre part, patronne, et je vous tue. Ce qui ne m'empêchera pas de trouver ce que je veux. Il se trouve que je sais que Kaloo tient à vous. Pensez à elle si vous n'êtes pas assez sensée pour sauver votre propre peau.

Un long silence s'installa, puis L'Ferrti se redressa brusquement sur sa chaise.

— La petite peste ! Elle est chez moi, elle fouille dans mes réserves. Qu'est-ce qu'elle s'imagine ! Je me le de… Oh non !

Il retomba au fond de son siège ; Dashif l'observa un moment.

— C'est son jour de chance ?

L'Ferrti hocha la tête. Daril s'étrangla et se dirigea vers le sorcier. Dashif fit passer son pistolet dans sa main gauche, sans cesser de viser la tête du vieil homme. De la main droite, il gifla Daril. Poussant un cri, elle recula.

— Seigneur… dit L'Ferrti en se levant.

— Où habitez-vous ? lui demanda Dashif sur son ton le plus sinistre.

L'Ferrti se rassit et s'enfouit le visage dans les mains.

Maintenant qu'elle était sur le point d'agir pour de bon, les instructions lui paraissaient tout sauf claires. Elle avait dû s'entailler trois doigts pour récolter une cuillerée de sang virginal et, dans l'armoire de L'Ferrti, ce qui ressemblait le plus à une coupe d'argent était un sucrier passablement terni. Elle posa son éventail en travers du livret pour le maintenir ouvert et fronça les sourcils en étudiant l'illustration grossière. On parlait d'une mèche de cheveux, mais il n'était dit nulle part où il fallait la mettre ni ce qu'il fallait en faire. De colère, Kaloo secoua la tête et mit les cheveux de côté. Elle s'essuya les mains sur sa robe. Il était temps de commencer. Pas la peine de tergiverser.

Elle était révolue, cette époque où elle ignorait même sa date d'anniversaire et ses heures de chance. L'Ferrti l'avait aidée à les découvrir et à en reconnaître les signes subtils. C'était ici et maintenant que cela devait se passer : le moment de l'investiture était venu. L'attente était terminée. Maintenant.

Elle alluma la chandelle noire, consulta la brochure. Elle laissa trois gouttes de cire brûlante tomber dans la coupe de sang. Elles se figèrent et flottèrent. Un autre coup d'œil au livret… La formule, à présent. Elle les murmura, ces syllabes qui n'avaient pas de sens et ne ressemblaient à aucun langage qu'elle connaissait. Elle ne ressentait rien. D'après les instructions, elle aurait déjà dû avoir l'impression de flotter. Elle psalmodia à nouveau la formule, plus sûre d'elle, cette fois. Rien. Rien du tout. Et elle ne ressentait pas le fourmillement discret qui la parcourait quand L'Ferrti lui apprenait l'un de ses tout petits tours de magie.

La panique l'envahit. Non. Du calme. *Fais l'un de ses exercices.* Aspirer, retenir son souffle, expirer. *Essaye d'avoir conscience de ta peau, du tissu qui l'effleure, du sol sous tes pieds, de l'air sur ton visage. Centre-toi à l'intérieur de ton corps. Détends-toi.*

À présent, elle le sentait, le flottement… Ce n'était pas physique, seul son esprit lévitait. On aurait dit que ses pensées avaient pris leur envol. La petite boule de cire noire dans le sang… Elle ressemblait à… à… Déconcertée, elle détourna le regard. Ses yeux se posèrent sur la flamme de la bougie. Elle la fixa, comme enchantée. Elle se sentit attirée vers elle. La chance de sa naissance, comme dans un mouvement de ressac, la libéra de tout ce qui l'amarrait à sa vie quotidienne, l'emmena avec elle. La flamme se transforma en un tunnel brillamment éclairé. Elle s'y engouffra telle une voiture folle, fuyant sa vie, retournant vers une autre époque, d'autres lieux, d'autres identités. Elle savait qu'elle devait saisir et maîtriser sa chance, mais le moment n'était pas encore venu, pas encore. C'était tellement fort, elle avait encore tant à voir, si seulement elle voulait bien s'abandonner, se rendre. Des murmures, des promesses ; tout ça l'emmenait au cœur de tous les secrets, au centre d'elle-même. Un courant l'entraînait, comme le vent pousse une voiture à voile, d'une brève image à la suivante. La côte de l'île du Vairon et sa guirlande de brume argentée. Une table éclairée à la bougie, la main fine d'une femme sur celle d'un homme, leurs visages dans l'ombre. Un homme, de la carrure de T'Nar, mais beaucoup plus jeune, courbant le dos sur l'aviron d'un doris. Un manteau rouge froissé, étalé sur le sol accueillant d'une prairie aux herbes jaunies par le soleil. Un homme debout à côté de lui. Kaloo sentit se dérober son identité, sa personnalité lui échapper alors qu'elle s'approchait de lui. Elle resta près du manteau et observa l'homme. Il était en train d'ôter sa chemise blanche. Elle lui cachait le visage mais dénudait son torse musclé, souligné par une ligne de poils qui partait du nombril et s'évasait sur sa poitrine. Quand il se débarrassa des manches, il libéra des bras aux muscles déliés. Quelque chose dans sa façon de bouger garantissait la promesse – non, la menace – d'immenses plaisirs. Il se pencha légèrement, fit passer la chemise par-dessus sa tête aux boucles sombres. Il la laissa tomber dans l'herbe. Il se redressa, hochant la tête, et tourna vers elle un visage souriant. Des yeux sombres, sombres… des yeux qu'elle connaissait, des yeux trop proches des siens…

Il la secoua. Lentement, l'hébétude déserta le regard de Kaloo et ses yeux cherchèrent ceux de Dashif. Pendant un moment, le comte aurait juré tenir Erina… l'ancienne Erina. Mais l'expression de la jeune fille trahit une confusion qui se mua vite en peur et elle se mit à hurler.

— Tais-toi. Il n'y a pas une seconde à perdre. Combien de temps dure ta période de chance ?

— Je ne sais pas.

Le regard de Kaloo fixait la main droite de l'homme qui tenait ses instructions. Il leur jeta un coup d'œil, se renfrogna, les froissa et les jeta à travers la pièce.

— Non ! Il me faut ces…

— Tu n'en as vraiment pas besoin.

— Mais…

— Si tu ne te calmes pas un peu pour m'écouter, ta période de chance sera passée et tu mourras. Est-ce que tu comprends ?

La terreur défigurait le visage de la gamine, mais Dashif n'y prenait aucun plaisir. Elle finit par acquiescer.

— Bien. Va t'asseoir et débarrasse-moi de tout ça.

Il joignit le geste à la parole et envoya valdinguer les chandelles et la mèche de cheveux.

— À présent, il te faut un objet pour y investir ta…

— Ça, je le sais ! dit-elle d'un ton indigné qui faillit faire sourire Dashif.

— Bien. Prends-le dans ta main droite. Voilà, maintenant… *Où as-tu eu ça ?*

Kaloo baissa les yeux vers l'éventail et se remit à trembler.

— J'ai seulement… je ne sais pas. Qu'est-ce qui ne va pas ?

— Rien. Ne fais pas attention. Un jour, j'ai connu quelqu'un qui a investi sa chance dans un objet qui lui ressemblait beaucoup.

Il n'avait vraiment pas besoin de ça en ce moment. Il fallait qu'il pose des questions à cette fille et ce serait fichu si elle tombait malade et mourait au cours d'une investiture manquée. Que faire à présent ? Quand il détenait encore ses pouvoirs magiques, il avait investi sa propre chance à plusieurs reprises ; mais comment l'enseigner à quelqu'un d'autre ?

La sage femme lui avait dit qu'il avait été utile, lors de la naissance de deux de ses enfants… Dans le fond, il s'agissait d'une autre sorte de naissance, il pouvait donc aider cette fois aussi… Affichant une confiance qu'il n'éprouvait pas, il se mit à diriger les opérations.

— Détends-toi. Il n'y a pas de raison de se faire du souci. Des millions de sorciers ont fait ça avant toi, depuis des millénaires. Laisse ton corps se détendre. Palpe ton év… ton objet de chance. Tâte-le, soupèse-le, étudie-le, examine ses détails. Bientôt, il aura pris une bien plus grande valeur et il en sera de même pour toi.

« Évalue tes pouvoirs, ta chance. Elle est là, mais encore virtuelle, irréalisée. Elle va devenir réalité. C'est facile d'obtenir un léger changement dans l'éventail grâce à ta chance, non ? Le chauffer ? Le refroidir ? Refroidis-le un peu. Tu le sens ? À présent, tu tiens le lien, le plus difficile est derrière toi. (*Quel mensonge !)* Laisse courir ta chance, le sentier est tout tracé ; c'est tout ce que tu as à faire. Tu le vois, ce sentier ? Une piste, un couloir, une route, le lit d'une rivière. Le lit d'une rivière et ta chance est la rivière…

Comme Kaloo se détendait, sa vision acquit une clarté particulière. Ses yeux se dessillèrent. Elle fixa l'éventail dans sa main, se sentant plus spectatrice qu'actrice. Bizarre, elle ne l'avait pas vraiment vu auparavant. Bien sûr, elle l'avait tenu, ouvert et admiré les scènes peintes, mais ce n'était pas pareil. Une rivière parcourait l'éventail. Comment le savait-il ? Et quand elle l'observa de plus près, la rivière coulait et charriait sa chance de naissance. Elle coulait et rafraîchissait l'éventail dans sa main. Exactement comme il l'avait dit.

Soudain, elle sut qu'il l'aidait. Comment, elle l'ignorait, mais elle était sûre que la magie de Dashif la remplissait de confiance et de force. Il lui prêtait son expérience, il la guidait. Elle ne pouvait pas échouer. Tout ce qu'elle avait à faire, c'était l'écouter et lui obéir. Il l'aiderait à mener à bien son investiture. Il savait ce qu'il faisait. Le pouvoir maléfique de la chance de Dashif alimentait sa légende à Liavek. Il fallait le redouter… elle faillit perdre sa prise sur sa chance. Oui, il fallait le redouter mais aussi y croire. Plus tard, elle découvrirait pourquoi il l'aidait. Pour le moment, elle devait l'accepter. Avec son soutien, elle savait qu'elle pourrait y arriver. Elle fixa l'éventail et, avec une soudaine intensité, sa volonté y inséra sa chance. Elle l'y poussa, la pressa, la piégea dans les plis du délicat papier, elle était presque prisonnière.

— Elle va s'échapper…

Elle leva les yeux vers lui pour l'appeler au secours. Il s'accroupit devant elle, les yeux au niveau des siens. Les cicatrices jumelles, balafres verticales, semblaient creusées par des milliers de larmes qu'il aurait versées. Kaloo se sentit captive du labyrinthe de son visage ; la perfidie et la dureté y avaient creusé des rides que croisaient les sillons laissés par la peine et les regrets. Elle se pencha vers lui, captivée par la carte qu'avait dessinée une existence. Elle avait envie de tendre la main, de le toucher, de balayer la souffrance qui l'avait changé à ce point. Une main – la sienne ? – se leva, se tendit lentement.

— Mon pauvre Dashif, dit-elle.

Elle ressentait une pitié sans limites en touchant sa joue. Elle s'efforça d'ôter le masque dissimulant le visage. Celui de l'homme qui avait engendré… qui avait engendré…

Elle sentit que les traits se raidissaient au contact de ses doigts, en une grimace de surprise outragée ; ou alors c'était autre chose. Elle sut soudain qui il était vraiment et retira brutalement sa main. Derrière lui, le tonnerre se déchaîna et la porte vola en éclats, cédant le passage à une tornade : T'Nar.

La rage le privant de mots, il se contenta de rugir ses griefs à l'égard de Dashif. Son regard furieux allait de Kaloo à Dashif et la haine lui tordait le visage. Sa peau était couverte de taches blanches et rouges.

— Vous avez frappé Daril et vous vous en prenez à présent à ma Kaloo… !

Le vieux marin s'étrangla et ravala ses accusations. Il précipita en avant sa carcasse trapue, ses mains aux doigts vigoureux visant la gorge de Dashif.

Assis, tournant le dos à une porte sans surveillance, plongé dans mes pensées… je mérite ce qui m'arrive. Dashif se maudissait lui-même, mais cela ne l'empêcha pas de réagir et le vieux marin – de quoi parlait-il ? – n'agrippa que de l'air.

Dashif décocha un coup de pied qui toucha la cheville de l'intrus. Le marin s'écroula. Le comte lui décocha un coup de pied à la tête. Une tentative de se relever et un autre coup plus tard, l'homme poussa un gémissement et puis plus rien.

— Non, pleurnicha Kaloo.

Dashif dégaina un pistolet.

— Non, répéta Kaloo.

Daril arma les deux canons.

— Non. Je vous en prie ! cria Kaloo.

Dashif pointa le pistolet sur la tête du pêcheur.

— Père ! Pas ça ! hurla Kaloo.

Il se tourna vers elle ; il s'était mis à trembler.

— Que dis-tu, fillette ?

Elle écarquillait les yeux et se mordait le dos de la main, muette. Il la dévisagea et, cette fois-ci, quand il vit Erina, il sut qu'il contemplait la Vérité.

Ses balafres s'enflammèrent comme une blessure ravivée par du sel. Il désarma prudemment son pistolet, craignant que le coup ne parte à cause de ses frissons. Il le rengaina, d'un geste lent et irréel. Il s'agenouilla à côté de la gamine.

— Alors ce serait donc ça ? dit-il d'une voix rauque, tendue.

— Je vous en prie, ne lui faites pas de mal.

— Je ne lui ferai rien, je le promets.

Il jeta un regard au marin inconscient puis ses yeux revinrent sur la fille… sur sa fille. Était-ce vraiment possible ? Elle lui rendit son regard et elle était Erina, qui lui avait dit *Je te pardonne.* Il lui fallait se secouer.

— Nous avons peu de temps, mon enfant. Nous devons en finir.

Elle regardait T'Nar, allongé sur le sol. Assommé par l'homme qui l'avait engendrée, il lui échappait et elle sentit soudain qu'elle ne serait plus jamais capable de l'atteindre à nouveau. Elle ne pourrait plus le toucher comme le faisait sa Kookaloo, son petit oiseau adopté. À présent, elle était différente. La fille du comte Dashif, de l'homme le plus impitoyable et le plus redouté de Liavek. Le rejeton de la noblesse et de l'intrigue, l'héritière du pouvoir et des biens. Pouvoir et biens, les bienfaits qu'elle avait imaginés et qu'elle attendait de sa chance investie. Son regard ne quittait pas T'Nar.

— Tu dois achever ton investiture. Le temps va te manquer…

Dashif insistait. Il s'agenouilla devant elle et ses yeux dévoraient le visage de Kaloo. Il la dégoûtait et elle ne désirait rien venant de lui. Elle se força à lui faire face.

— Je ne peux pas. Je ne veux pas.

— Tu dois le faire. Sinon, tu mourras.

Elle riva son regard dans celui de son père. Toute l'éducation que Daril lui avait donnée, tous les principes moraux qu'elle lui avait inculqués se rebiffaient contre cet homme. Mais au plus profond d'elle, dans les ombres de son âme, elle avait abrité quelque chose qui se reconnaissait une parenté avec lui. Cet homme-là, il ne se serait pas étonné que sa fille ait besoin d'intimité, de moments de solitude. Il se serait attendu à la voir investir sa chance. Il aurait reconnu en elle les motivations si peu puériles qui l'habitaient et il les aurait canalisées.

Il posa les mains sur elle et elle se contrôla. L'enfant de Daril, lui, aurait pris peur. Elle était vraiment l'enfant de Dashif quand elle s'exprima, d'un air de défi.

— Je ne le ferai pas.

Il resserra sa prise sur le poignet de Kaloo, tandis que son autre main appuyait sur sa nuque. Il l'obligea à regarder la main qui tenait l'éventail.

— Tu le feras parce que tu ne pourras pas t'en empêcher. Regarde. Regarde cet éventail. Ta chance coule là. Tu le sais. Tu peux la voir. Elle coule là parce que c'est ta volonté. Tu veux qu'elle coule là, parce que tu veux y placer ta force, tes pouvoirs. Ne serait-ce que pour pouvoir me dire non et le penser, peut-être. Alors, tu pourras me dire *Je t'interdis de tuer cet homme !* au lieu de *Non, je vous en prie, ne lui faites pas de mal, s'il vous plaît.*

Il avait prononcé ces derniers mots sur un ton plaintif, se moquant de l'impuissance de Kaloo. La colère et la haine l'envahirent ; elle était furieuse que quelqu'un ose lui parler sur ce ton, la traite de cette façon. Et, enfourchant cette hargne, tout à coup, elle aperçut sa chance. Tout ça était lié à ses frustrations, à toutes les rancœurs qu'elle n'avait jamais exprimées. On avait tenu sa chance à l'écart, durant toutes ces années. Tous, ils savaient, elle n'en doutait pas : Daril, T'Nar et même Dashif. Ils l'avaient tenue à l'écart, tout comme les circonstances de sa naissance et ses périodes de chance. Ils avaient écarté d'elle ce qui lui appartenait.

Mais c'était fini. Même submergée par cet énorme accès de rage elle vit sa chance se précipiter dans l'éventail. Une vague de fureur et de chance tourbillonna dans la rivière qui menaçait de déborder, d'inonder ses rives. Elle allait déraciner les fleurs délicates et les arbres gracieux qui la bordaient. Sa chance serait emportée au fil de l'eau et allait l'abandonner là, faible et mourante. Elle ne savait pas comment la retenir.

Et puis la solution lui apparut : elle ferait comme lui. Elle adopterait son calme glacial et méprisant, sa maîtrise froide et sans pitié, le visage tel un masque. Il lui fallait trancher dans le vif. Elle dressa soigneusement le bilan de tout ce qu'elle avait connu depuis son enfance, peurs et souffrances, espoirs et plaisirs refusés. Toutes les émotions qu'elle avait éprouvées, haine et colère, amour et joie. Et sa chance aussi. Tout ça rangé et enfermé dans un éventail. Dans un endroit auquel elle seule aurait accès. Investi.

Dashif l'avait lâchée. À quel moment, elle l'ignorait. Elle ignorait aussi pendant combien de temps elle avait fixé l'éventail. Cela n'avait pas d'importance. Son père était assis sur ses talons, il l'observait, ne quittait pas son visage des yeux. Cela n'avait pas d'importance. Ce qu'il cherchait n'était plus là. Elle referma l'éventail d'un geste vif et le garda à la main, fermé. Son âme bourdonnait en lui.

— Tu as réussi, dit doucement Dashif.

— Oui.

Aucune émotion dans sa réponse… Elle se sentait fatiguée, c'était tout. Pas d'exaltation, ni la joie qu'elle avait imaginée. Elle se demanda si cela se passait ainsi pour tous ceux qui investissaient leur chance. Elle découvrit que cela lui plaisait assez de garder ses émotions bien enfermées dans sa main. Comme son père. Elle croisa son regard et ne sourit pas. Derrière lui, T'Nar avait ouvert les yeux et elle y lut une promesse mortelle. Il brandissait un couteau dont la vieille lame étincelait. Elle dévisagea Dashif, passant en revue ses yeux sombres, le menton qu'il lui avait légué, les cheveux bouclés qui, chez elle, formaient des vagues indisciplinées. Quand le vieux marin se dressa derrière lui, elle ne trahit rien. Car elle ne ressentait rien du tout.

Dashif devina qu'on bougeait dans son dos et se jeta sur le côté. Le coup censé le décapiter se limita à une brise effleurant sa joue. Il pensait avoir réagi au bon moment, mais en se relevant, il s'aperçut d'une douleur sur le côté de sa tête.

Il recula aussitôt. Le vieux marin, le regard haineux, tenait à la main un vilain coutelas. Du sang tachait sa lame, mais ce n'était pas le moment de se poser des questions. Ni de réagir à la douleur fulgurante du membre absent. D'autant plus que le couteau s'abattit à nouveau.

Il esquiva, fit une roulade et se retrouva debout. Le marin se rapprochait. *C'est la faute du rembourrage de ma botte vide. Mes coups de pied ne sont plus aussi efficaces qu'ils l'étaient.*

Il recula encore, cherchant une parade. L'homme, le corps ramassé, le regard déterminé, avançait. Dashif risqua un coup d'œil autour de lui. Une chaise se tenait derrière lui. S'il pouvait s'en emparer, il pourrait faire perdre l'équilibre à son adversaire.

Un nouveau mouvement rapide de celui-ci, un bond en arrière du comte qui se retrouva coincé par la chaise. Dans un réflexe, il s'y assit. Lorsque le couteau s'abattit, il ne rencontra que du bois, Dashif lui sacrifiant sa jambe gauche. Le marin eut l'air éberlué. Le comte secoua la jambe et le couteau s'envola vers le sol. Il atterrit bruyamment près de Kaloo. Elle ne fit pas un geste.

Dashif se leva, un pistolet à la main, avant que le vieux ne puisse l'attaquer à nouveau. Il lui donna un coup de crosse dans les parties puis le frappa à la tête. Le marin s'écroula. Dashif arma son pistolet.

— Vous m'avez promis de l'épargner.

La voix le pénétra, comme venue d'un autre monde. Il leva les yeux. Kaloo. Oui. Le côté de sa tête lui faisait mal. Sa fille haussa les épaules, le regard de glace. Dashif pointa son arme vers le marin.

— Vous avez promis, répéta-t-elle.

Elle ne plaidait pas une cause, elle énonçait un fait.

Un objet sur le sol, entre eux, attira l'œil du comte. Il lui fallut un moment pour réaliser qu'il s'agissait de son oreille. Il ravala la bile qui lui montait à la gorge et comprit qu'il était sur le point de se trouver mal ; il allait s'évanouir et se retrouver à la merci de son assaillant.

— J'ai promis. Oui. Je suppose que je l'ai fait.

Il désarma et rengaina le pistolet. Il repoussa un pan de son manteau, sortit son propre couteau et découpa soigneusement l'une de ses manches immaculées aux ruchés vaporeux. Il l'enroula autour de sa tête. Avait-il perdu beaucoup de sang ? Allait-il perdre connaissance ? Combien de temps cela prendrait -il ? Une minute encore ? Cinq ? Dix ? Qu'allait-elle faire ?

Elle avait sûrement vu le marin s'approcher de lui et pourtant, elle ne l'avait pas averti.

— Il se trouve que tu es ma fille, en effet.

— Oui.

— C'est triste.

— Oui, concéda-t-elle, semblant comprendre ce qu'il voulait dire.

— Tu as survécu parce que tu es devenue froide. Tu ne vivras à nouveau que quand tu sentiras la chaleur.

Elle ne comprenait pas et, pire, cela n'avait pas l'air de l'atteindre.

— Je t'aime, ma fille, poursuivit Dashif.

Il venait de s'en rendre compte et cela lui fit plus mal que son oreille coupée.

— Je te retrouverai ou alors, ce sera toi. Tu ne devras jamais me craindre.

Elle le voyait saigner pour la seconde fois. Et c'était la seconde fois qu'elle le voyait vaincu. Mais cette fois-ci… tout ce sang qui coulait de sa tête, imbibant sa belle chemise blanche et s'étalant sur son épaule… Et s'il… Elle renifla et ce bruit incongru chassa la pensée qui la gênait. Qu'il se débrouille. Ne l'avait-il pas laissée se débrouiller toute seule, toutes ces années ?

Elle parcourut la pièce du regard, se sentant étrangement détachée de tout ce désordre, et même de l'homme qui grognait sur le sol. C'était comme ce jour où T'Nar lui avait extrait ce gros hameçon de la paume ; elle aurait voulu perdre connaissance mais cela ne s'était pas produit. Il savait qu'elle était salement blessée mais elle ne pouvait pas situer la douleur. La main de T'Nar s'agitait sur le sol. Il s'en remettrait. Elle avait assisté à assez de combats d'ivrognes pour s'en rendre compte. Et puis, d'après ce qu'elle avait vu, elle avait compris que la jambe dont Dashif s'était servi était artificielle. Les lourds pantalons de velours de T'Nar avaient absorbé le plus gros de son impact.

Trop de choses venaient de se passer et trop vite. Elle sentit qu'elle ne pourrait pas gérer tout ça. Elle avait investi sa chance, retrouvé son géniteur et prit le contrôle de sa vie ; tout ça en une courte après-midi… À présent, elle avait grandement besoin de se poser, de réfléchir dans un endroit tranquille.

T'Nar grogna à nouveau. Elle le regarda, n'éprouvant qu'ennui à son égard. Il n'était qu'un détail gênant à régler avant qu'elle ne puisse se consacrer à elle-même. Comptait-il plus que cela ? Elle rechercha des souvenirs d'enfance désormais muets et sans vie. Non. Ce n'était qu'un vieil homme exaspérant, un fil de la trame à renouer.

Elle alla glisser un bras sous ses épaules et le redressa en position assise. Il ouvrit les yeux et lui jeta un regard de côté.

— Il est parti… Ma pauvre petite Kaloo.

Sa pitié la dégoûtait. *Il devrait garder ce genre réflexion pour lui.*

— Tu devrais te lever et rentrer à l'auberge.

— Oui, bien sûr. Tu as raison.

Il se hissa, en prenant appui sur elle. Kaloo, trébuchant sous son poids, fit un écart et faillit glisser sur quelque chose. Elle jeta un coup d'œil par terre, s'attendant à y voir une épluchure de pomme de terre.

Une oreille. Celle de Dashif.

Elle la fixa, fascinée, ne pouvant détourner le regard. Il y avait de quoi rire à un spectacle aussi ridicule. T'Nar la sortit de là gentiment.

— Viens, ma fille. Ne prends pas tout ça trop à cœur. Je n'aurais jamais pensé que ça se passerait de cette manière. J'ai toujours cru que je trouverais le moment, l'endroit… Mais ça ne fait rien, n'est-ce pas ? Ça ne changera rien entre nous, nous y veillerons, non ? Tu seras toujours ma petite Kookaloo à moi. Rentrons à la maison, maintenant.

Elle l'entendait à peine. Il s'appuya sur elle, la poussant vers la porte. Au passage, elle enjamba l'oreille. Elle ne pensait pas qu'elle reviendrait ici de sitôt. Elle y avait commis trop d'erreurs et, tout à coup, elle en fit le décompte. S'être fiée à L'Ferrti, ce vieux faux jeton. Avoir révélé à Dashif sa période de chance et aussi dans quel objet elle avait investi ses pouvoirs. Avoir attendu que T'Nar retrouve ses esprits. Le temps de ces erreurs était fini. Elle aurait besoin d'un bon professeur, ça elle l'avait compris. Et d'un endroit bien à elle, où elle pourrait s'isoler et réfléchir. Elle se surprit à faire le compte de ses biens. Possédait-elle un objet qu'elle pourrait vendre pour s'offrir un mois de loyer ?

Que marmonnait le vieil homme ?... *sera mieux quand nous serons à la maison. Et pas besoin d'en parler à Daril, tu ne crois pas ? Nous deux, on avait toujours nos petits secrets, non ? Et celui-ci la blesserait, c'est tout. Personne n'y gagnerait. Nous allons lui dire que Dashif t'a prise pour quelqu'un d'autre, une connaissance à lui...*

Kaloo le laissa radoter, les mots ne l'atteignaient pas. *C'est aussi bien de penser que tu m'as prise pour une autre. Une personne que tu as jadis connue...*

Il se traîna jusqu'à la porte, retrouva le monde qui continuait. Ses balafres brûlaient, son pied gauche le démangeait. Le sang battait dans sa tête et bloquait tous les sons. Il se retrouva dans la rue où, sans savoir comment, il arrêta une chaise à porteurs. Il se vit régler le prix de la course, s'entendit indiquer le palais de Levar. Il s'efforça de se concentrer sur les propos du porteur que couvrait le vacarme dans sa tête.

— ... beaucoup trop, mon seigneur.

— Il se peut que je sois inconscient à l'arrivée, répondit-il, malgré sa langue enflée. Veillez à ce que l'on me fasse entrer par la porte est ; là, on me soignera. Laissez votre nom et je vous donnerai une bourse de pièces d'or quand j'irai mieux.

Le porteur écarquilla les yeux et hocha la tête.

Pendant quelques minutes, les cahots du parcours avivèrent ses douleurs, mais ensuite il sombra dans l'hébétude. L'arrière de la tête du porteur pivota, cédant la place au visage d'Erina qui lui dit au revoir. Un petit tour encore, et ce fut Kaloo qui le fixait, sombre et glacée. Dashif connaissait le chemin qu'elle allait suivre. Mais il savait aussi qu'il avait fini par payer sa dette à Erina.

Il souriait quand enfin l'inconscience le délivra.

Un acte d'amour

Steven Brust
Gregory Frost
Megan Lindholm

1

LES ACTEURS

Il était une fois un homme appelé Imman Toriff Curihan Denbar ola Vedneigh, vavasseur de Roc-Ardent et Aiguevives, comte de Dashif.

Il était né dans la principale maison du domaine de Dashif. La maisonnée comprenait : une nourrice aux yeux pétillants qui fut la première complice de ses jeux, bien qu'il eût du mal à se souvenir d'elle plus tard ; une jolie servante, fille de cuisine aux cheveux sombres, qui ne s'exprimait qu'en chuchotant ; un majordome aux énormes favoris qui peinait à empêcher Tori de mettre son nez partout, même où il n'avait rien à faire ; un jardinier à la peau sombre qui lui avait appris des centaines de choses intéressantes sur les mauvaises herbes et les saules ; une mère encore moins diserte que la servante, mais qui fredonnait sans cesse, et un père qui lui chantait des berceuses le soir.

Quelque trois siècles et demi plus tôt, le premier comte Dashforth s'était vu offrir ces terres pour services rendus à

Levar. Auparavant, les ola Vedneigh étaient une famille de sorciers, et ce, depuis plusieurs générations. Le père de Tori poursuivait la tradition et consacrait le gros de son énergie à des sorts faisant appel à une magie douce pour améliorer la productivité de ses terres. Par exemple, il n'exterminait pas les sauterelles, mais rendait ses champs moins attractifs pour ces petites bêtes. Il ne forçait pas le rendement des graines réticentes, mais cherchait à découvrir lesquelles ne l'étaient pas. Il ne contrôlait pas la météo, mais s'efforçait de déterminer le moment le plus favorable pour planter.

Lorsque Tori eut quinze ans, il investit sa chance dans une solide boucle de ceinture en argent. À l'âge de dix-sept ans, il s'engagea dans la Marine de Levar, où lui furent révélées les facettes destructrices de ses pouvoirs. L'une de ses missions le conduisit à Tichen pour y rédiger un rapport sur la taille et la composition de ses flottes.

À dix-neuf ans, envoyé sur l'île du Vairon, il tomba amoureux d'une autochtone nommée Erina. Le père de la donzelle n'approuvait pas leur relation alors ils décidèrent de partir ensemble pour le Port d'Or. Le comte de Dashif mourut sur ces entrefaites et cela modifia leurs plans ; la fuite prévue fut remplacée par des noces officielles qui se dérouleraient dès que la décence le permettrait.

Mais avant même la publication des bans, le cœur du nouveau comte de Dashif – ou du moins son œil – fut séduit par Neelya, fille du Margrave de Vulpin. Dashif quitta Erina et épousa Neelya. Il ne comprenait pas le sang de l'ancienne lignée S'Rian qui courait – quasi pur – dans les veines d'Erina.

Il ne savait pas non plus que celle-ci venait d'arrêter le Sans-Souci. Erina ne révéla jamais à Dashif qu'elle portait son enfant ni, plus tard, qu'elle venait de lui donner une fille. Laquelle elle fut, hélas, incapable d'élever.

Dashif et Neelya eurent deux enfants. Plusieurs mois s'étaient écoulés depuis la naissance du second, un garçon, quand Erina parvint à voler la boucle de ceinture de Dashif et à la détruire un semestre exactement avant la date de chance du comte.

Dashif tomba malade mais n'en mourut pas. Une fois guéri, il avait perdu ses pouvoirs de sorcier et Neelya l'avait quitté, en emmenant leurs deux enfants. Il ne fit aucun effort pour les retrouver. Au lieu de ça, il se procura une paire de pistolets à silex et à double canon ; il alla abattre Erina, en plein jour, sur un petit marché de l'île du Vairon.

Jamais il ne comprit le changement d'humeur qui l'affectait. Il savait qu'il avait été cruellement blessé, mais il ne s'expliquait pas l'absence de douleur. Il savait qu'il aurait dû éprouver de la colère, mais seule l'habitait une froide rationalité.

Lorsqu'on l'arrêta, un ami lui envoya un mot pour lui souhaiter bonne chance. Cela lui parut étrange et, à y réfléchir de plus près, Dashif réalisa qu'il l'avait perdue, sa chance : Erina l'avait emportée. Son seul espoir à présent était de se lier avec quelqu'un qui en disposait à foison et pourrait le protéger. Qui avait plus de chance que le Régent de Levar ? Avec le cynisme qui le caractériserait bientôt, Dashif exhiba devant ceux qui l'avaient arrêté son brevet d'officier naval et sa feuille de démobilisation. Il leur expliqua qu'il avait travaillé en secret pour

Levar. L'affaire vint aux oreilles de la Marine, où il avait assez de relations pour décrocher une entrevue avec Son Éminence Écarlate, le Régent Resh. Nul ne sait ce qui se dit durant leur entretien, mais quand il en sortit, il était pardonné. Il confia son domaine à son jardinier et s'installa au palais de Levar.

Pendant les années suivantes, il fut en secret l'âme damnée de Son Éminence Écarlate. Ses activités couvraient des domaines aussi variés qu'obtenir la coopération forcée d'un émissaire de Tichen, organiser le massacre de plusieurs prêtres d'un clergé obsolète et voler des documents détenus par un agent zélé de Zhir, une dénommée Brajii.

Les choses en seraient restées là si une certaine Jolesha n'avait pas croisé sa route ; par sa faute, Dashif put communiquer brièvement avec l'esprit de la défunte Erina. Peu de temps après, il découvrit l'existence de Kaloo et apprit qu'elle était sa fille.

Le Dashif solitaire et froid, fuyant sa douleur, avait vécu. Il aurait pu se demander quelle sorte d'homme prendrait sa place, mais encore eût-il fallu qu'il soit capable de se poser la question.

Kaloo mettait une touche finale au ménage de sa chambre, seulement au cas où…

Dashif – elle ne pouvait pas, ne voulait pas encore penser à lui comme à son père – devait bientôt appeler. En fait, il n'était jamais entré dans sa chambre, mais elle avait appris récemment à envisager l'improviste. Elle veillait donc à l'état de cette pièce et n'y laissait rien traîner. Sa belle-mère, Daril, se méprenait sur les raisons de cet ordre et, donc, l'approuvait. Kaloo en venait à penser que Daril se trompait très souvent sur les motivations de sa belle-fille et qu'il en avait sans doute toujours été ainsi.

D'habitude, Dashif la rencontrait dans ses appartements, au palais de Levar. Il la convoquait et elle s'y rendait, montait chez lui, dans des pièces aussi vides et inhabitées que l'âme de leur locataire. Les seuls objets qu'elle y voyait étaient les quelques articles nécessaires à sa formation de magicienne et un petit portrait d'elle. Ce portrait la gênait et la rendait nerveuse ; elle en avait conclu que c'était voulu. Elle avait beau scruter cette pièce dans les moindres recoins, elle n'en apprenait pas plus sur son père ni sur son passé, si ce n'est qu'il savait qu'elle était sa fille et était bien décidé à la régenter comme il régentait tout ce qui tombait sous son autorité. Ainsi, il la convoquait à son gré et la formait. Pas seulement à la magie… il remédiait aussi à ses lacunes culturelles, lui enseignant ce qu'elle avait raté en grandissant dans une auberge : la danse, la musique, le théâtre et les arts. Elle n'était sans doute pas assez bonne pour lui telle qu'elle était, simple fille d'aubergiste…

Elle reposa brusquement sa brosse à cheveux et, une fois encore, inspecta la pièce. Un lit impeccable, fait au carré. Une petite coiffeuse, un miroir. Une carpette tissée. Une garde-robe. Rien d'autre. Pas d'ornements, pas de vase plein de fleurs, pas de pantin empaillé ni de poupée-toucan, aucun de ces stupides dessins qu'elle avait réalisés pour T'Nar et qu'il avait tant appréciés. Cela remontait aux jours où elle se blottissait sur ses genoux et le considérait comme son père. Si Dashif se retrouvait par hasard dans cette chambre, il constaterait qu'elle avait déjà retenu une de ses leçons. Il ne trouverait aucune clé menant à elle, pas le plus petit indice de ce qu'elle était. Tout ce qu'il verrait, ce serait la prudente Kaloo qu'elle lui présentait. De la même façon qu'elle ne connaissait de lui que le comte Dashif.

Elle entendit des pas dans l'escalier. Ceux de Daril. Elle reconnaissait bien cette foulée irrégulière qui n'appartenait qu'à elle. Quand T'Nar lui avait ramené Kaloo, les enfants de Daril étaient adultes. *Elle aurait plutôt eu l'âge d'être grand-mère,* se dit Kaloo. La pensée l'effleura que cela avait dû être très dur pour Daril de recueillir un nourrisson hurlant, chétif, à ce moment de sa vie. Mais elle la chassa vite car cela lui rappelait combien elle lui était redevable. Daril n'avait fait que ce qu'elle voulait : elle avait adopté une petite fille pour la dresser à touiller le ragoût et servir les clients. Non, Kaloo ne devait rien à personne.

Si Daril montait, alors Dashif attendait sûrement en bas. Kaloo s'efforça de relâcher sa tension en expirant une bonne fois, mais elle échoua. Son estomac était noué comme toujours avant chacune de leurs soirées ensemble. Elle préféra se contempler dans la glace. Le miroir, bien que petit, suffisait à souligner les changements que Dashif avait provoqués dans sa vie. Fini les tenues amples et pratiques, les vêtements longs que Daril lui confectionnait naguère. Le tissu de soie fleurie de sa robe provenait des Terres Lointaines. Elle avait été travaillée par l'un des meilleurs couturiers de Liavek, dans un style défini par Dashif, lors d'une séance d'essayage où on examina Kaloo sous tous les angles, épinglée et mesurée comme s'il s'agissait d'une poupée. Dashif avait aussi choisi les barrettes d'émeraude qui retenaient la sombre chevelure de la jeune fille ; et la pierre assortie qu'elle portait au cou était dans la famille depuis de nombreuses générations.

Il se tenait sans doute en bas, à ce moment précis, exactement comme il l'avait fait dans la maison de couture. Il attendait Kaloo, cape rouge négligemment rejetée par-dessus une épaule, jabot blanc déferlant sur sa poitrine, indifférent à la nervosité des clients de *La Chope et l'Ancre*. De sa personne émanait une menace inspirant le respect, y compris aux capitaines de rafiots à la tête rasée. Le respect, c'était quelque chose qu'approuvait Kaloo… dans une certaine mesure.

— Kaloo, ton… ton invité est ici.

— Merci, Daril.

La jeune fille, qui s'affairait à son ourlet, essaya d'adopter le ton d'une adulte s'adressant à une servante ; elle savait que sa voix trahissait son effort. Elle soupira et se tourna vers Daril toujours sur le seuil, affichant son air de mère-poule soucieuse. Cela irritait Kaloo car elle estimait que Daril n'y avait plus aucun droit ; elle réussit pourtant à faire bonne figure.

Daril l'examina de la tête aux pieds ; le tissu moulant le jeune corps la choquait, c'était visible.

— Comment peut-il t'habiller comme ça ? marmonna-t-elle.

— C'est mon père. Il peut m'habiller comme il le veut.

— Alors qu'il t'habille comme sa fille, pas comme une femme de la haute…

Daril ravala les sarcasmes auxquels elle allait se livrer au sujet de la noblesse en général.

— Ou alors qu'il te reconnaisse publiquement comme son héritière. Ou bien toi, fais-le savoir. Tu sais ce qu'on pense en bas, ce que s'imaginent les marins quand il débarque ici dans sa carriole et puis t'emmène. Comme peut-il accepter que les gens pensent ça de sa fille ?

— Ça m'étonnerait qu'il soit au courant de telles rumeurs. Ou qu'il s'en soucie, si elles viennent à ses oreilles. Légalement, je suis adulte, Daril. Je pourrais choisir d'avoir un amoureux si je le voulais. De plus, je sais ce qui te scandalise vraiment. Peu importe ce que disent les marins, à savoir que le comte Dashif a une aventure avec une fille bien plus jeune que lui, une petite serveuse d'auberge trouvée au bord des quais. Peu importe que je me compromette finalement ; ce qui compte, c'est avec qui, c'est ça qui te dérange.

Daril se taisait. Kaloo lissa ses cheveux, soutenant le regard froid reflété par le miroir.

— Où est T'Nar ? Je t'ai prévenue, je ne veux pas avoir une autre scène avec lui.

C'était plus facile, parfois, de s'adresser à Daril – ou à T'Nar – comme à de simples serviteurs, de faire comme s'ils n'avaient jamais compté pour elle.

Daril rougit imperceptiblement.

— Il est descendu sur les quais avec T'Fregan qui envisage l'achat d'un bateau et voudrait savoir si c'est une aussi bonne embarcation qu'il y paraît. Voilà des jours que T'Nar la convoite. J'espère que quelqu'un va se décider à l'acheter car il a mieux à faire que rêver à propos de…

— Moi aussi, s'impatienta Kaloo, à des lieues de T'Nar et du bateau dont il avait tant envie.

— Où… où vas-tu ce soir ? risqua Daril.

— Voir une pièce d'Acrivan. Dashif pense que je dois recevoir une formation culturelle en plus de mon apprentissage de la magie.

Voilà. Qu'elle se débrouille avec ça. Qu'elle réfléchisse à tout ce qu'elle m'a empêchée de faire, en plus de la magie. Kaloo savait que l'auberge serait pleine ce soir et toutes les tables occupées. Naguère, Daril lui aurait interdit toute sortie ; elle aurait tout simplement argué du travail qui l'attendait ce soir-là. À présent, elle n'osait plus. Ou alors, cela lui était égal. Peu importe puisque, aux yeux de Kaloo, on en arrivait au même résultat. Ils l'avaient cédée à Dashif aussi facilement qu'ils auraient vendu une barque qui prenait l'eau.

Dans ces conditions, elle ne lui restait plus qu'à être la fille de Dashif. Daril fit un pas de côté quand Kaloo passa en coup de vent et dévala l'escalier jusqu'à la salle commune, où l'un des hommes les plus craints de Liavek l'attendait pour l'emmener au théâtre. Elle redressa la tête et arbora un petit sourire. Il serait séduit par cette fille trouvée et remodelée à son gré. Elle poserait sa main sur son bras en montant dans son carrosse, souriante, et commenterait la pièce avec lui après le spectacle. Et pendant tout ce temps, elle ne lui révélerait rien de plus sur elle. Il jouait à faire d'elle sa fille ; son jeu à elle consistait à lui refuser la seule chose qu'il désirait. Elle sourit quand il tourna les yeux vers elle, la regardant descendre l'escalier, et exulta à l'expression d'indulgence ravie qui éclaira soudain le visage balafré.

Elle s'attendait à passer une charmante soirée.

En chasse,
En quête de justice, Brajii emprunte le sentier de la vengeance.
Le souvenir de l'échec nourrit sa colère.
Sa honte est un aiguillon…
Il n'y a plus de code de chasse qui tienne.

La route de Saltigos est sombre et froide,
Son arc est bandé et elle a jeté sa prudence aux orties.
Par trois fois, elle l'a raté.
Douleur cuisante de la défaite, machinations cédant la place au désespoir.

Mais on peut rêver que cela change

Que l'occasion se présente enfin.
Tourne la roue encore une fois ;
Les dieux sont peut-être justes.

Les dieux de la vengeance lui accordent un nouvel espoir.
Le cercle tourne, le feu brûle
Dans le regard de Brajii.
C'est lui qui a fait le nœud coulant et l'a passé sur la potence.
Avant qu'il apprenne ce que rapporte la douceur
Elle le verra mourir.

Resh regardait la carte sans la voir et se demandait si Dashif pouvait encore lui être utile. Depuis quelque temps, il avait commencé à lui échapper, mais après ces rumeurs sur une petite serveuse, Jolesha était la goutte d'eau qui faisait déborder le vase. Quand Dashif avait déclaré *Je m'en occupe,* cela aurait dû marquer la fin de l'incident.

Jolesha était en vie, soit à Liavek, ou alors sur le chemin de la cité, d'après les rapports sur le bureau du Régent. Les prêtres Blancs étaient toujours décidés à ramener ce maudit artefact à Levar, qui pourrait alors parler à son défunt prédécesseur. Elle apprendrait ce que le Régent avait fait et c'en serait terminé d'une belle carrière.

C'est de ta faute, se dit-il, *tu sais depuis longtemps que tu n'as jamais pu compter sur quiconque, sinon sur toi-même. Il a toujours été un outil commode, donc tu as trop dépendu de lui et, à présent, il se peut que tu doives en payer le prix.*

Il se passa la main sur le front. Le plus grave, dans ce gâchis, c'était qu'il le distrayait de sa vraie tâche, à savoir veiller à la sécurité de sa ville. Les Zhir désiraient clairement déclencher un conflit commercial entre Liavek et Tichen. Et il était évident que cela entraînerait une guerre autrement sérieuse à courte échéance. C'était ça qui devait retenir son attention.

Il soupira. Non. Il allait donner une autre chance au comte, avec cet artefact. Sinon, cela accaparerait trop son esprit. C'était un risque calculé et si Dashif y survivait… il serait temps d'aviser à ce moment-là.

Il se concentra une fois de plus sur la carte et cligna des yeux. S'il pouvait trouver un moyen d'amener du poisson jusqu'aux cités de l'intérieur, en remontant le Blackmud, avant qu'il ne s'avarie, il faudrait un certain temps avant de battre les prix des Zhir…

C'était le premier client de la matinée : peau sombre, barbe noire ; à coup sûr, il n'était pas zhir. Jolesha, déguisée en vieille femme, le dévisagea et le pria de s'asseoir. Le panneau de la tente retomba. Il resta debout et déclara d'une profonde voix rauque :

— Je ne suis pas venu consulter mes défunts ancêtres, Jolesha.

Entendre son vrai nom la cloua sur place. Elle pensa sur-le-champ à cette fois où Dashif était rentré dans sa tente sur la route de Saltigos, à l'entrée de Liavek ; il s'en était fallu d'un cheveu qu'il ne la tue. Elle s'efforça de bannir toute expression de son visage.

— N'ayez pas peur. Je ne viens pas de la part de Son Éminence Écarlate.

Elle humecta ses lèvres, se demandant si cela valait la peine de le contredire, cet homme dont le regard dur la pénétrait.

— Je viens de la part de Levar.

— Sa Magnificence ? demanda-t-elle, réalisant qu'elle avait repris sa voix naturelle.

— Oui, elle vous offre sa protection.

— De quoi devrait-elle donc me protéger ?

— Elle connaît les factions qui, au sein de notre gouvernement, vous veulent du mal. Elle vous défendra contre eux. Je suis son émissaire ; en voici la preuve.

Et il lui tendit le sceau de Levar. Jolesha examina le profil gravé avant de le lui rendre.

— Qu'attend-elle de moi ?

— L'artefact, bien sûr. Et elle préférerait que ce soit vous qui le lui remettiez en personne.

— Oui, bien sûr. Mais cela me surprend.

— Je comprends. Mais vous n'avez rien à craindre. Je peux vous accorder un petit délai de réflexion. Si vous refusez, en ce qui nous concerne, nous ne vous ferons aucun mal. Si vous décidez de fuir, je prendrai cela pour une réponse et je laisserai tomber. Mais vous devez savoir que d'autres personnes, ailleurs, vous recherchent. Et bien sûr je ne serai plus là pour vous protéger de Son Éminence Écarlate ou de ses sbires. Serait-il possible qu'un de mes concurrents vous agrée plus que moi ?

Jolesha frissonna en pensant à Dashif, puis secoua la tête.

— Comment vous appelez-vous ?

— Arenride. On dirait que vous ne vous êtes pas vraiment installée à Ka Zhir, remarqua-t-il en jaugeant la tente. Auriez-vous l'intention de retourner chez vous ?

— Cette cité est assez terne pour une personne habituée aux couleurs de Liavek, avoua-t-elle avec un petit sourire. Quel délai m'accordez-vous ?

— Il est court : je vous aurais bien donné un jour de réflexion, mais d'autres pourraient le mettre à profit. Levar a pris des mesures et Resh a dû en entendre parler. Je ne peux que vous concéder quelques heures.

— Dans ces conditions, inutile d'envisager de m'enfuir, n'est-ce pas ?

En quittant la tente, il lui sourit d'un air compatissant. Jolesha attendit quelques minutes avant de décrocher la bourse de cuir accrochée à son cou. Elle en sortit un cylindre doré filigrané qu'elle serra fort en s'adressant à lui : *Klefti, Urgelian.*

Elle sentit immédiatement leur présence.

— Jolesha, ma chère, dit Klefti, que se passe-t-il ?

— J'ai reçu la visite d'un agent de Levar. Sa Magnificence me conseille de rentrer avec l'artefact. Elle veillera à sa sécurité. Je ne sais que faire, Klefti.

— Il faut t'assurer que ce sera sans risque, intervint Urgelian, comme c'était à prévoir.

— Ça je m'en doute ! Mais comment ? C'est si étrange. Comment pourrait-elle me protéger de Son Éminence Écarlate ? Sa proposition signifie au moins qu'elle le reconnaît comme son ennemi… Et pourtant, elle le garde auprès d'elle ?

Il faut que je réfléchisse… c'est de la folie.

— La politique est une chose étrange, dit Klefti.

— Sois prudente, insista Urgelian.

— Je le serai.

Elle sentit combien il était frustré ; comme c'était mesquin de les appeler alors qu'ils n'avaient pas le pouvoir de lui venir en aide. Ce n'était pas bien de sa part.

— Il faut que j'y aille, leur dit-elle.

Jolesha remit la Porte – elle l'appelait ainsi désormais – dans sa bourse et s'abandonna à ses réflexions jusqu'à l'arrivée du client suivant.

À midi, Arenride revint. Jolesha lui fit signe de s'asseoir.

— Eh bien, Jolesha, vous êtes-vous décidée ? Ou alors vous avez d'autres questions à me poser ?

— J'ai beaucoup réfléchi.

— Et ?

— J'ai peur, reconnut-elle. J'ai besoin d'être sûre qu'on me protégera de la Foi Rouge.

La colère assombrit les traits d'Arenride.

— Il n'y a rien à craindre d'eux. Il ne s'agit que de Resh lui-même, pas de son Église. Avec Levar à vos côtés, vous serez en sécurité. Il n'osera pas vous nuire quand vous serez en sa compagnie. Et moi, j'ai juré de veiller à ce que vous la rejoigniez saine et sauve.

Jolesha hocha la tête et songea au marché qu'elle avait passé avec Dashif. Est-ce que cela faisait une différence à présent ? Il semblait bien qu'Arenride n'avait eu aucun mal à la trouver. Et son propre plan ne la menait pas au-delà de Ka Zhir. À présent, si elle voulait leur échapper à tous, elle devrait recourir à une autre supercherie et laisser tomber son rôle de voyante. D'ailleurs, si Ka Zhir était encore trop près, où devrait-elle chercher refuge ? À Tichen ? Où ne la dénicheraient-ils pas ? De plus, dès que l'artefact serait aux mains de Levar, personne ne se soucierait plus du sort de Jolesha. Elle se demanda si elle pourrait s'en séparer. Ce serait comme un adieu à ses amis, un adieu définitif cette fois-ci. Ou alors il lui faudrait les rejoindre.

— Nous ne devrions pas tarder, insista Arenride.

Il viendrait un moment où elle devrait négocier avec Levar et ne lui avait-on pas dit qu'elle était folle ? Une fille cinglée ou un prêtre fou ; voilà les deux piliers de sa destinée et elle devait donc se faufiler entre eux. Elle avait fui, échappé à son destin durant un an, mais les piliers étaient toujours là. Dans un an, dans dix ans, il lui faudrait toujours les affronter.

— Très bien… Très bien, alors. Je vais vous accompagner, dit-elle, sans conviction.

— Vous faites le bon choix. Nous embarquerons ce soir à bord du *Pardonneur.* Le navire n'attendra pas : si je manque à l'appel, vous devrez tout de même monter à bord.

— Mais…

— Non, écoutez-moi. Quelqu'un vous accueillera sur l'autre rive. Il sera au courant de votre arrivée.

— Comment est-ce possible ?

— J'envoie un message par un bateau qui part dans moins d'une heure. C'est pour cette raison que je ne pouvais attendre plus longtemps. J'ai pris des engagements à votre égard et je veillerai à ce qu'ils soient tenus d'une manière ou d'une autre. Cela peut exiger que je reste à l'arrière-garde pour m'assurer que seuls embarquent les membres de l'équipage.

Comme Jolesha protestait, il l'arrêta aussitôt :

— Cela relève de mon honneur, des règles que je m'impose. Je ne fais pas ça pour une bourse de Sans-Souci, vous comprenez ? Maintenant, voici le sceau de Levar. Il est la preuve de votre identité et il se peut qu'on vous le demande avant que vous soyez en sécurité.

Il prit les mains de Jolesha dans les siennes, qu'il referma sur le sceau d'or.

— Parfois, j'espère que j'aurai un jour l'occasion de voir ce qui se cache sous ce voile, sous ces oripeaux qui dissimulent votre visage.

Elle baissa les yeux. Que cachait son déguisement de voyante ? Qui était-elle d'autre que ce qu'elle était forcée d'être pour survivre ?

— Une voleuse… tout simplement.

Elle réalisa qu'elle s'était exprimée à voix haute.

— Que vous reste-t-il encore à voler ?

Sa réflexion était énigmatique ; il se hâta de faire demi-tour. Lorsque les tentures furent retombées, Jolesha s'autorisa enfin à respirer.

2

LA SCÈNE

— C'est bien vous, Brajii ?

— Pourquoi ? Qui êtes-vous ?

— Cela n'a pas d'importance. Je suis une servante de Levar. Non, non, reposez ça, ce ne sera pas nécessaire. Regardez, je n'essaye même pas de me défendre, encore moins de vous agresser.

— Que voulez-vous ?

— Vous donner ce que vous voulez.

— Qu'est-ce qui vous fait penser que vous savez ce que je veux ?

— Vous voulez une occasion de tuer Dashif.

— Oui !

— Je peux vous dire où et quand vous l'aurez.

— Comment m'avez-vous trouvée ?

— Dashif vous cherche depuis bientôt un an. Tous ses agents ne lui vouent pas une loyauté exclusive. L'un d'entre eux vous a vue par ici.

— Et qu'allez-vous y gagner ?

— La livraison d'un paquet à bon port.

— Je veux en savoir plus.

— Très bien.

Jolesha arriva sur le quai en fin d'après-midi. Son ombre s'allongeait sur le sol et le flanc du navire. En dépit de ses déclarations à Arenride, elle n'était pas sans arrière-pensées. Elle décida d'au moins examiner avec soin le bateau qu'elle était censée prendre. Elle se percha sur un tas de caques, telle une vieille femme oisive cherchant à profiter des derniers rayons du soleil pour respirer les senteurs marines, pour écouter le concert des cris des mouettes et des colporteurs vantant leurs crabes, calmars et lottes de mer. On aurait juré que le navire ne l'intéressait pas.

Il ne lui fallut pas longtemps pour repérer la tête rasée caractéristique du capitaine. C'était une femme ; elle criait des ordres à deux hommes paressant sur le quai. Ceux-ci se relevèrent avec très peu d'enthousiasme, saisissant par les cordes qui l'entouraient la caisse sur laquelle ils s'étaient assis. Ils la hissèrent sur la passerelle en grommelant tout au long de l'opération. C'étaient des dockers, pas des matelots ; leur engeance comprenait surtout des poivrots ou de pauvres hères qui n'avaient pas eu de chance. Ils étaient la lie des quais, rémunérés à l'heure. Les capitaines dignes de ce nom les irritaient, car ils les obligeaient à travailler vite et donc à accepter un salaire moindre. Le capitaine du *Pardonneur* ne comptait pas parmi leurs favoris. C'était de bon augure pour Jolesha…

Tout paraissait normal aux abords du bateau. Personne ne guettait, prêt à bondir sur une vieille diseuse de bonne aventure. Par contre, Arenride ne se montrait pas. Au coucher du soleil, au moment de l'appareillage, il n'était toujours pas là. Jolesha se rongeait les sangs : que faire ? Si ce qu'il avait insinué s'avérait exact, rester signifiait probablement mourir. Il se pouvait qu'en cet instant même on soit déjà à sa recherche. Embarquer, c'était se jeter aveuglément dans l'inconnu. Or, depuis longtemps déjà, elle avait appris à ne se fier qu'à elle-même ou aux morts.

Quelqu'un à bord finit par donner un coup de sifflet strident et elle comprit qu'elle devait se décider. Arenride était sans doute mort, mais dans un cas comme dans l'autre…

Elle remonta le quai en courant, s'astreignant pourtant à se mouvoir comme une vieillarde. Arrivée à l'étal où elle avait déposé sa sacoche, elle tendit une pièce d'or au vendeur ; les deux mains pressées sur son front, elle lui exprima ainsi sa gratitude puis se dirigea vers la passerelle.

Le capitaine se tenait sur le pont, accompagné d'un matelot armé, à quelques pas d'elle. Celui-ci n'avait pas dégainé, mais sa main n'était pas loin de son arme pour pouvoir la sortir si c'était nécessaire.

Jolesha se dirigea aussitôt vers le capitaine, serrant le sceau d'or contre sa paume.

— Je vous attendais, dit la femme aux yeux brun clair dont l'éclat ressortait sur sa peau sombre.

— Puis-je monter à bord ? Je me sens vraiment très exposée ici.

— Oui, venez, dit-elle, chassant son acolyte d'un geste. Si on vous tirait dessus depuis le quai, il n'en résulterait aucun problème. Bien sûr, c'en serait un pour vous, mais votre cadeau parviendrait quand même à Levar.

— Vous êtes donc au courant.

— Non, je ne sais rien, déclara-t-elle joyeusement.

— Et mon ami ?

— Arenride ?

— Oui.

— J'y réfléchirais à deux fois avant de le traiter d'ami.

— Vous voulez dire qu'on ne peut pas se fier à lui ?

— Au contraire ! Mais ses amis se retrouvent souvent au cœur de l'action.

Elle s'adressa à un autre marin :

— Emmenez notre passagère et montrez-lui où elle dormira ce soir.

L'homme s'inclina. Il ne souriait pas ; personne ne souriait sauf le capitaine. La plupart des hommes ignoraient l'importance de leur passagère mais savaient que sa présence à bord représentait un danger spécifique. Néanmoins, alors qu'elle traversait le pont derrière son guide, elle pensa qu'elle avait au moins choisi la bonne alternative.

Dans le parc de Levar, Dashif se donnait beaucoup de mal pour garder à l'esprit ses affaires courantes, au lieu de s'abandonner au souvenir de sa conversation avec Kaloo sur l'étrange pièce qu'ils avaient vue. Il faut avouer qu'elle n'avait pas pu mieux tomber : on y traitait de la vie de famille... Non, sacrebleu, il lui fallait penser à ses activités présentes. C'était vital pour sa carrière, pour son existence peut-être ; pourquoi lui était-il si difficile de se concentrer là-dessus ? Pourquoi toutes ses pensées dérivaient-elles vers la fille qu'il éduquait, formait, essayait d'élever ?

Il secoua la tête dans un geste d'humeur. Devant lui se tenait un petit homme ratatiné au visage ressemblant à une prune, la tête presque totalement dégarnie.

— Mon seigneur ?

— Oui, continue.

— Son nom, c'est le *Pardonneur,* son capitaine est...

— Je connais le capitaine. Qui a pris la responsabilité de la protéger ?

— Le capitaine ?

— Non, idiot. La voyante.

— Un certain Arenride ; il fait partie des gens de Levar...

— Je le connais.

Un adversaire de taille, cet Arenride. Résoudre l'affaire pourrait lui prendre un certain temps, donc le tenir éloigné de Kaloo. D'accord, ses leçons progressaient vite. Elle serait un jour une sorcière talentueuse, si elle arrivait à maîtriser son impatience ou, mieux encore, la mettre au service de ses talents. L'exercice avec la bouteille brisée pourrait peut-être...

Il secoua la tête à nouveau.

— Quand accostera le *Pardonneur* ?

— Demain, à la mi-journée, mon seigneur.

— Très bien. C'est tout.

Il tendit de l'or au petit homme, peu regardant sur la somme donnée, et alla rendre visite à un danseur chez Cheeky, un de ses agents avec de bonnes connexions dans la rue des Sorciers. C'était une démarche évidente à entreprendre. Dashif eut préféré s'adresser au Magicien, mais il savait que le sorcier n'accepterait pas une mission de ce genre. Il connaissait peu de ses collègues capables de se charger de ce qu'il avait en tête – ce qui annonçait un probable fiasco – mais cela valait le coup de le tenter. De plus, si sa mémoire était bonne, il avait aussi un homme à lui à bord du *Pardonneur*. Celui-ci pourrait répondre à certaines questions, sans compter que sa perte ne serait pas une grosse affaire si le bateau sombrait. Dans le cas contraire, ce serait mieux que le problème soit résolu avant qu'il soit obligé de s'en prendre à Arenride, si le navire arrivait au port.

— Vous êtes rentrée affreusement tard la nuit dernière, petite demoiselle !

Le regard de T'Nar cloua Kaloo sur place. Elle imita son ton critique, tout en continuant à essuyer les tables.

— Et vous, vous picolez d'affreusement bonne heure !

— Pas de ce ton avec moi, ma fille ! Où t'a-t-il emmenée ?

— Je ne vois vraiment pas en quoi cela t'intéresse !

Elle le faisait marcher. Elle en éprouvait du plaisir mâtiné de peine. *Dire que je le considérais comme mon père…* se souvint-elle en croisant un regard empli de colère muette. *Avec ta barbe grisonnante et ton crâne rasé, tes manières de marin et tes mains marquées par les filets, je te croyais capable de gouverner tous les bateaux, de commander tous les équipages. Et puis Dashif s'est montré ; il a désigné ton enfant et a déclaré « elle est à moi ». Et tu as lâché prise, pas seulement sur ta fille, mais sur tout. Tu t'es mis à boire dès le matin, tu t'endors sur la table en plein après-midi et Daril t'excuse en prétendant que c'est ton âge qui te rattrape !*

— Ne me regarde pas avec cet air, ma fille ! grogna T'Nar.

Kaloo sursauta : elle se demanda combien de ses pensées il avait percées. Naguère, il connaissait tout d'elle, bien plus qu'elle-même. À présent elle lui réservait le même traitement qu'à Dashif, ne lui dévoilant que ce qu'elle n'arrivait pas à dissimuler. Mais, bien que toujours sur ses gardes, elle avait la désagréable impression qu'il en savait toujours trop sur elle.

— Viens par ici. Je veux te parler.

— Je suis occupée.

— La fille du comte Dashif, qui ne manque pourtant pas d'air, est occupée à essuyer des tables dans une taverne minable du port.

Les yeux de Kaloo flamboyèrent.

— *La Chope et l'Ancre…*

— … n'est pas une taverne minable, pas plus que tu n'es la fille de Dashif.

Sur ce, il éructa bruyamment ; Kaloo tressaillit, contente que personne d'autre dans la salle n'ait pu entendre cette déclaration indiscrète. Puis le ton de T'Nar changea brutalement, la faisant sursauter.

— Viens ici, mon petit oiseau. Viens ici, que je t'apprenne qui tu es vraiment.

Le torchon qu'elle tenait s'échappa de ses mains. Elle se rapprocha un peu, attirée par ses mots comme par un aimant. Plus près. Et ces yeux… sagaces… pas du tout des yeux d'ivrogne ; il la surveillait depuis un bon moment, jouant l'hébétude mais n'en pensant pas moins… À quoi ?

— Assieds-toi.

Il poussa une chaise du pied vers elle et elle s'assit. Il se redressa sur son siège puis cala son talon sur le barreau et se pencha en avant, accoudant un bras sur le genou relevé. Elle eut un réflexe de recul mais se força à l'immobilité. Qui était-il pour qu'elle dût craindre son regard ? Un capitaine trop âgé pour naviguer, un vieux marin donnant un coup de main dans une taverne, servant des boissons, racontant des bobards à ses amis et…

Quand il prit la parole, il coupa court aux pensées de Kaloo.

— Un jour, j'ai eu une petite fille. Aussi frêle qu'un roseau, aux cheveux noirs comme le goudron, qui avait poussé toute en genoux et en jambes, comme un héron. J'avais une petite fille qui m'était aussi chère que ma propre vie… et ce n'était pas toi, Kaloo. Non. Pas à ce moment-là.

Il fit une pause, le regard perdu au loin.

— Nous vivions sur l'île du Vairon et c'était la fille de mon père, ma petite demi-sœur. Plus jeune que moi de bien des années et, d'une certaine façon, plus intelligente. Mais pas dans tous les domaines. Elle n'était pas prudente quand elle aimait, ni ne mesurait son amour. Et cela l'a tuée.

Il se tut soudain et, levant lentement sa chope, avala une gorgée de bière.

— C'est tout. C'est tout ce que je voulais te dire. Que tu n'es pas la première petite morveuse maigrichonne qui m'ait pourri la vie.

Kaloo ne bougea pas. Elle attendait, le fixant. Lui, il soutenait son regard. Elle aurait dû se lever, lui tourner le dos et s'en aller. Pour qui se prenait-il, de toute façon ? À quoi bon lui sortir ces vieux souvenirs ? T'Nar ne baissait toujours pas les yeux et elle se retrouva à contempler le plateau de la table.

— Il faut que j'en sache plus sur elle.

Quand il s'exprima à nouveau, ce fut d'une voix moins assurée, pleine d'une tristesse pareille à celle qu'il avait déjà éprouvée à cause d'elle, Kaloo…

— Il n'y a pas grand-chose à dire. Elle a aimé un homme d'un amour qu'il ne méritait pas. Il l'a quittée. Elle a eu un enfant mais elle n'a pas pu en prendre soin. Elle a bien essayé, mais elle s'était persuadée que son amour avait tourné en haine et elle ne pouvait pas regarder son bébé sans voir le visage haï. Et moi, je ne pouvais pas regarder son bébé sans y voir son visage à elle. Alors, je lui ai pris son enfant. Plus tard, elle… est morte.

— J'étais ce bébé, murmura Kaloo, alors que les pièces du puzzle de sa vie s'assemblaient. Dashif était cet homme…

Elle se tut, pensive, pendant un long moment.

— Qui était ma mère ? demanda-t-elle soudain.

T'Nar la fixait, écrasé par la douleur.

— Ma petite sœur. Mon joli petit oiseau des marais, mon Erina.

Erina…

Un jour, elle avait entendu Dashif prononcer ce nom. Il souffrait terriblement, cloué à une roulotte par un carreau d'arbalète reçue dans le genou. Il avait réclamé quelqu'un s'appelant Erina. Kaloo se mit à trembler.

— Pourquoi me le dire maintenant ?

La gorge de Kaloo se serra. Pour la première fois depuis l'horrible jour où elle avait investi sa magie, ce jour où T'Nar avait combattu Dashif pour elle, et avait perdu, elle se sentit près de fondre en larmes. La chape d'indifférence dont elle s'était soigneusement enveloppée se délitait. C'était douloureux.

T'Nar fixait à son tour le plateau de la table, y suivant du doigt la trace ancienne laissée par une chope humide.

— Cela fait bien longtemps que j'aurais dû t'en parler. Je

pensais que cela te blesserait. Je suppose que découvrir tout ça, et de cette façon, est encore pire.

— Je veux en savoir plus. Dis-moi…

— Non, tout ce que tu dois savoir, il faudra que tu le découvres grâce à ton père. Et arrête de me faire cette tête. Ça ne me fait pas le moindre effet, sale gosse. Toi, écoute-moi. J'ai beaucoup réfléchi. Bu, aussi, pas mal. Parfois un homme doit boire pour penser juste. Parfois, penser juste fait si mal qu'il vaut mieux s'enivrer. Mais écoute-moi. Non, écoute et tais-toi. Tu lui ressembles, Kaloo. À Erina. C'est elle qu'il voit en toi, à elle qu'il achète ces robes, elle qu'il emmène voir ces pièces stupides et arrogantes. Tu sais pourquoi ? Moi, je le sais. J'ai enfin compris. Parce qu'il l'aimait. Il l'aimait et il l'a su trop tard. Il aime l'enfant qu'ils ont fait ensemble et il est terrifié à l'idée qu'il soit trop tard pour ça aussi. Il aimait Erina et il l'a fait souffrir ; elle l'aimait et elle l'a fait souffrir. Parce qu'ils étaient trop occupés à faire semblant de se détester, à prétendre que tout était gâché, alors qu'il leur aurait suffi de se regarder l'un l'autre et de se dire *Je t'aime.*

Kaloo sentit ce qui allait suivre et cela la terrifia. Elle se leva d'un coup, mais T'Nar fut rapide… plus rapide qu'on ne l'aurait attendu d'un vieil homme. Il referma une prise d'acier sur son poignet et la foudroya du regard, l'empêchant de se libérer. Il murmura des mots qui rugirent dans sa tête.

— Ne lui ressemble pas trop, Kaloo. Ne te persuade pas que tu hais alors que tu ne veux qu'aimer. Et, écoute-moi. Je me fiche qui tu veux aimer. Même s'il s'agit de lui. Mais ne t'avise pas de te fourvoyer comme ta mère l'a fait. Ne t'en avise pas, ma fille ! Ne pense pas que tu es la fille de Dashif. Car tu ne l'es pas. Tu es la fille de Dashif ET d'Erina. Et tu es le fruit de l'amour, pas de la haine.

Dans un cri, elle se libéra de l'étreinte de T'Nar. Elle tomba par deux fois dans l'escalier menant à sa chambre et, quand elle eut claqué la porte derrière elle, enfin en sécurité, elle s'assit sur le lit et éclata en sanglots. Elle se dit que c'était la faute de ses tibias écorchés ; c'était pire que ce qu'elle avait jamais éprouvé.

Le premier grain sévit au crépuscule. Il arriva de nulle part, enchevêtrement de nuages agressifs traversant la mer. Le tonnage du *Pardonneur* était trop important pour que le menace ce coup de vent moins fort qu'un typhon. Du moins, pourvu que le gréement n'en souffre pas. Ils déjouèrent l'offensive du mauvais temps sans problème.

Le second coup de vent frappa par l'arrière, sans signe avant-coureur. Le vent traversa le pont, gonflant les voiles jusqu'à ce que les haubans se tendent et gémissent. Quand ils se retournèrent, les marins virent se profiler une autre masse de nuages, traversée d'éclairs, les poursuivant et les poussant vers les sombres falaises et les dangereux hauts-fonds.

Une corde retenant la voile de misaine céda et celle-ci se mit brusquement à faseyer. Avant que l'équipage ne puisse réagir, elle emporta un marin et le traîna le long des plats-bords. Rapidement, deux autres matelots se saisirent d'un nouveau cordage et le passèrent dans le palan, sans cesser un seul instant de repousser la voile qui s'enroulait comme une anguille autour du mât. Ils tiraient, tiraient, d'autres membres de l'équipage se précipitant pour les aider. Finalement, ils réussirent à fixer la voile à sa place ; mais un marin était mort, victime d'une tempête qui ne ressemblait à rien. Les hommes de la mer sont superstitieux par nature. Jolesha ne le savait que trop bien. Elle demanda au capitaine de l'excuser et rejoignit sa cabine au pont inférieur. L'équipage allait la considérer comme la responsable de cette mort et elle ne pourrait même pas se consoler en se disant qu'ils avaient tort.

Une fois encore, elle sortit la Porte de sa bourse et, une fois encore, elle convoqua ses amis. Si sa conversation avec Klefti et Urgelian ne soulagea pas son sentiment de culpabilité, elle lui révéla au moins qu'Arenride ne figurait pas parmi les morts. Quoi qui ait pu le retarder, il n'avait pas péri. Elle s'en trouva bizarrement soulagée.

Elle se blottit dans sa couchette ; elle aurait aimé que le voyage fût enfin derrière elle. Ces tempêtes, étaient-elles naturelles ? Si le Régent savait qu'elle était à bord, il les avait sans doute provoquées. Quelqu'un qui parlait avec les morts représentait une terrible menace pour lui, surtout si cette personne savait tout ce qu'il avait à cacher. Il serait bien capable de raser Liavek si nécessaire, afin d'empêcher l'artefact de parvenir à la fille qui régnait au-dessus de lui. Jolesha se demanda si un de ses sbires était à bord du *Pardonneur*. De nombreux marins la surveillaient ; et cela, même avant la catastrophe. Comment reconnaître un ennemi parmi tant de monde ?

Elle décida de ne pas quitter sa cabine pendant le reste de la traversée.

Quand Dashif sortit du palais de Levar, à midi douze exactement, une chaise à porteurs passait par là. Dashif la héla et deux prêtres qui attendaient depuis quelques minutes lui jetèrent un regard sombre avant de détourner les yeux. Dashif grimpa dans la chaise.

Oui, mon seigneur ? s'enquit le porteur de tête.

— Au Marché…

— Oui, mon seigneur.

Le porteur se mit en route d'un pas léger, avec de grandes foulées. Quelques minutes à cette allure les distancèrent de tout piéton. Le porteur, qui ne semblait pas du tout hors d'haleine, tourna la tête et déclara :

— Je suis désolé, comte Dashif. Il a échoué.

— Le bateau n'a pas coulé ?

Le porteur se retourna pour vérifier que personne ne les suivait avant de préciser :

— Non. Les tempêtes ont seulement retardé son arrivée de quelques heures. Il s'en est sorti.

— Très bien. De toute façon, je ne m'attendais pas à ce que mon plan réussisse. Et pour l'autre renseignement ?

— Notre sorcier a pu communiquer avec votre homme à bord. Il a appris qu'il n'y avait aucun signe de la présence d'Arenride et que la voyante ne se montrait pas. Mon seigneur, nous n'avons pas l'habitude de demander ça à ce genre d'homme, mais…

— Non. Je m'en occuperai moi-même quand elle débarquera. Seul Arenride me préoccupait.

Dashif hocha la tête. C'était déjà un souci de moins. Aucun autre navire n'étant annoncé en provenance de Ka Zhir, Arenride ne pourrait pas arriver à temps. Qui aurait-il pu envoyer à sa place ? Dashif s'humecta les lèvres et réfléchit, se forçant à ne pas penser à Kaloo et au double problème que cela lui posait de la former comme sorcière et de l'éduquer comme sa fille.

— Est-ce qu'il devrait à nouveau tenter de provoquer des tempêtes ?

— Non. Ce serait stupide. Connaissez-vous la nouvelle heure d'arrivée ?

— Demain, avant l'aube.

— Très bon, ça. Alors, ce sera tout.

— Souhaitez-vous vraiment vous rendre au Marché, comte Dashif ?

— Non. Ici, ça me va parfaitement.

Le porteur s'arrêta et Dashif descendit de la chaise. Il paya l'homme qui continua sa course. Il se surprit à inspecter les alentours. *Je vais devoir découvrir cet agent de Zhir avec son arbalète. Même si elle ne réussit pas à me tuer, elle finira par provoquer une collision à force de m'obliger à regarder par-dessus mon épaule.* Il soupira ; il prit la direction des docks, histoire de repérer l'endroit exact où accosterait le *Pardonneur* et de préparer l'accueil qu'il ferait à Jolesha, cette femme qui avait trahi le marché auquel elle devait sa survie.

Enveloppée dans un lourd manteau pourpre, Jolesha se tenait sur le pont et contemplait la ville qu'elle avait cru ne plus jamais revoir. Le *Pardonneur* avait passé la nuit à essuyer une série de mauvais coups de vent. Les offensives tempétueuses survenaient de tous les côtés, se succédant comme si le rejeton du dieu de la mer testait un nouveau jouet, l'envoyant tour à tour dans une direction puis dans l'autre. À un moment, ils furent dangereusement poussés vers le promontoire rocheux au sud de Port d'Or. C'était alors que les ennuis avaient commencé. Mais à présent, l'aube montrant le bout de son nez, le ciel au-dessus de leurs têtes se divisa en deux couches de nuages violets séparés par une longue bande verticale de lumière dorée. Il était difficile de croire qu'un danger pouvait les attendre ou, même, qu'ils n'avaient pas imaginé la nuit dernière.

L'obscurité baignait la cité ; ses bâtiments n'étaient encore que des ombres. Puis les sommets des six tours entourant le palais de Levar semblèrent prendre feu et Jolesha se souvint dans quelle cité fabuleuse elle allait aborder. Elle se retira à nouveau dans le ventre du navire.

La terreur la paralysait maintenant que son retour se concrétisait. Elle se demandait si tout serait comme on le lui avait annoncé. Il y eut une secousse et un bruit sourd lorsque le bateau accosta au quai et Jolesha ressentit le soulagement collectif d'une arrivée saine et sauve. Elle attendit patiemment, observant la cité qui émergeait de la nuit, et fit son possible pour contrôler la peur qui menaçait de se transformer en panique.

Le capitaine s'approcha enfin d'elle :

— Venez, il est temps pour vous de débarquer. Voici votre comité de réception.

Jolesha aperçut pour la première fois quatre gardes vêtus de rouge l'attendant sur le quai.

Le capitaine lui sourit, semblant s'apercevoir de sa peur et la comprendre ; puis elle la prit par le bras et l'éloigna de la rambarde, l'escortant jusqu'au bas de la passerelle. Les gardes l'entourèrent ; elle entendit l'un d'eux demander une preuve de son identité et elle lui montra le sceau de Levar. Pourtant, elle restait plus consciente de sa propre peur que de tout ce qui se passait autour d'elle.

Le premier signe que la situation se gâtait fut la soudaine tension de la main du capitaine sur son bras. Ensuite, celle-ci fit un pas en avant et fut brutalement repoussée, faisant trébucher Jolesha, qui entendit le claquement sec d'un pistolet suivi d'un hurlement, le sien.

Elle n'avait pas prémédité de se laisser tomber sur le quai pour échapper au danger ; simplement, ses genoux s'étaient dérobés sous elle quand la peur l'avait submergée. Le trébuchement s'était alors terminé en chute. Ce qui lui sauva sans doute la vie. Elle avait envie de fermer les yeux, mais elle n'y arriva pas ; elle vit donc la silhouette en manteau rouge qui émergeait du porche d'un entrepôt voisin, armée d'une paire de pistolets.

Durant un instant, elle soutint son regard, remarquant même les cicatrices jumelles sous les yeux. Puis quelqu'un se dressa devant elle et elle enregistra le choc sur le visage de Dashif. Elle leva donc les yeux pour voir de qui il s'agissait et entendit la voix d'Arenride.

— Ne te lève pas, ma fille.

Tout le reste se déroula dans la panique. Dashif tira à nouveau et elle entendit une forte explosion venant du tromblon que portait Arenride. Elle vit Dashif reculer dans l'ombre du porche, alors que ce qui semblait une flèche ou un carreau d'arbalète se fichait dans le mur à la hauteur où sa tête se trouvait juste avant. Puis Arenride la quitta pour se lancer à la poursuite de Dashif. Il franchit le porche et entra dans l'entrepôt, suivi par une femme en vert, aux longs cheveux roux, qui rechargeait son arbalète tout en courant.

Ensuite le silence revint ; il semblait que l'échauffourée avait pris fin. Les gardes se regroupaient. Jolesha s'aperçut que le capitaine, gisant sur le dos, avait une grande et vilaine blessure à la poitrine. Sa respiration, irrégulière, était saccadée. Elle s'interrompit bientôt, sous les yeux de Jolesha.

— Ça va, la fille, lève-toi, lui dit un des gardes.

— Attention ! hurla un autre ; Jolesha sanglotait de peur.

En gémissant, l'un des soldats tomba en arrière et un autre coup de pistolet retentit sur le quai. Jolesha vit que Dashif – penché à une fenêtre au second étage de l'entrepôt – relevait un canon fumant.

Elle prit alors conscience qu'Arenride ne réussirait jamais à la protéger… que personne ne le pourrait. Ils n'en voulaient tous qu'à la Porte. Arenride voulait l'artefact, et si Dashif la tuait, quelle importance, tant qu'il pouvait l'empêcher de tomber entre les mains du comte ?

Elle ne se souvint pas de sa fuite, traversant les rangs des soldats qui apportaient des tromblons et les pointaient sur Dashif. Seuls lui revinrent quelques vagues souvenirs de tirs au moment où elle atteignait les premiers rangs d'une foule curieuse. Elle se rappela aussi s'être faufilée parmi elle, parmi ces gens qui reculaient pour laisser passer la vieille femme hideuse qu'ils croyaient voir. La seule fois où elle se risqua à jeter un regard en arrière, elle s'imagina avoir aperçu le visage de Dashif à ses trousses.

Jolesha courut ; elle ne s'arrêta pas avant que la raréfaction de la foule autour d'elle ne lui apprenne que les quais et le danger étaient loin derrière elle. Elle n'avait aucune idée de l'endroit où elle se trouvait.

3
LE SCÉNARIO

Arenride réussit deux fois à apercevoir brièvement Dashif alors qu'il se précipitait vers la zone du Marché. Au moins – grâces soient rendues aux dieux – Jolesha s'était enfuie vers un quartier animé. Mais Arenride avait beau jouer des coudes pour traverser la foule apeurée, il ne réussit pas à se rapprocher de son adversaire.

La matinée s'écoulant, la foule diminua dans le Marché. Arenride dut admettre qu'il avait perdu les traces de Dashif et de Jolesha. Avoir sauvé la vie de cette dernière ne lui apportait que peu de satisfaction : c'était bien le moins qu'il pouvait faire après lui avoir donné sa parole de veiller sur elle. À présent, elle se retrouvait seule. Quoi qu'elle cachât sous son déguisement, elle avait gagné son respect ; et il ne l'accordait pas à tout le monde ! Elle avait déjoué les menées du comte Dashif. Ce matin, il ne pouvait en dire autant.

Il prit le chemin du Palais pour y rencontrer l'un de ses agents, une vieille dame à l'air inoffensif qui peignait au fusain dans le parc de Levar. Il comptait sur elle pour espionner la voyante. Il lui apparut que ce serait la première occasion d'affronter directement les forces de Dashif.

On l'avait chargé de ramener Jolesha saine et sauve à Levar et il le ferait si c'était humainement faisable. Et, si possible, il découvrirait aussi de quoi elle avait l'air sous son masque.

La Presse – la ruée du petit matin au Marché – était terminée. On avait marchandé et emporté le meilleur des légumes frais ; les clients les plus exigeants s'affairaient à les nettoyer, les émincer et les cuisiner. Jolesha était assise à l'ombre d'une grande tente verte. Elle ne savait vraiment pas que faire, maintenant que la foule s'était dispersée.

Elle savait qu'on la cherchait. Elle sentait le poids de la Porte dans la bourse à son cou ; l'envie la reprit de la jeter dans la première mare venue et de déguerpir. Mais elle n'y céda pas. Levar la voulait, Levar l'aurait… pourvu que Jolesha trouve un moyen de l'acheminer sans se faire rattraper auparavant par Dashif ou ses sbires.

Elle se demanda si Arenride était encore en vie. Il avait dû être à bord durant toute la traversée, caché, de sorte que sa présence avait échappé à tout le monde. Elle se demanda si le comte était vivant. Oui, sans doute. Elle présumait que la Porte se fendrait sous le poids de sa mort.

Jolesha étudia la foule qui s'amenuisait dans le Marché : est-ce que quelqu'un voulait la tuer ?

Elles se repérèrent au même instant. Jolesha se figea, ignorant si elle avait en face d'elle une ennemie ou une amie. Le sourire sur le visage de la grande femme rousse parlait plutôt d'amitié, mais…

D'un autre côté, elle n'avait nulle part où s'enfuir. Elle attendit pendant que l'autre approchait.

— Je m'appelle Brajii, déclara une voix claire au fort accent de Zhir. J'ignore ton nom, mais nous avons un ennemi commun. Viens avec moi… je connais un lieu sûr. Tu ne comprends pas, vieille femme ? ajouta-t-elle en voyant que Jolesha hésitait. Dépêche-toi. Donne-moi la main. Il ne doit pas être loin, il est à notre recherche. S'il t'avait trouvée avant moi, tu serais morte à présent.

Jolesha n'avait qu'une envie : se pelotonner en un endroit sûr et sombre, à l'abri des intrigues et des menaces… Au lieu de ça, elle se leva et suivit Brajii jusqu'à un petit chariot bâché attelé à une mule. Et elles se retrouvèrent comme deux colporteurs, parcourant les allées et les ruelles malodorantes de Liavek.

Kaloo observait Dashif : l'expression de son visage reflétait-elle la colère ou l'inquiétude ? Ou autre chose encore ?

— Quelque chose ne va pas ?

Sa voix était posée et ne montrait qu'un intérêt poli. C'était parfait.

— Et comment ! Tu refuses de m'appeler *père*.

Cela surprit tant Kaloo qu'elle en oublia sa prudence et sa réserve. Elle était scandalisée : comment osait-il exiger cela d'elle ? La façade de courtoisie derrière laquelle elle s'abritait se lézarda.

— Je ne vous traite pas non plus de crotte de chameau. On peut parler d'un juste milieu…

Pendant un moment, Dashif la fixa, son regard noir s'assombrissant encore. Kaloo se prépara à la suite. Puis il éclata de rire ; ce son-là, elle pensait bien ne l'avoir jamais entendu auparavant. Le fait que ce rire la visait lui amena le rouge aux joues et enflamma son regard. Maudit soit-il ! Il l'avait amenée à se découvrir et ce salaud le savait. Il le savait et il s'en délectait. Il secoua la tête et s'essuya les yeux.

— Je suis désolé, Kaloo. Non, tu n'es pas la cause de mon humeur. Quelque chose s'est mal passé aujourd'hui.

— Qu'est-il arrivé ?

Toute à sa curiosité, elle avait oublié sa gêne. Dashif hocha à nouveau la tête.

— Rien de grave, ma chère. Une prise de bec avec des ennemis de la cité. En réalité, je ne devrais même pas être ici, mais je voulais te voir. Ne pense plus à ça. Reprenons tes leçons. Viens, essaye de reconstituer la bouteille.

Kaloo se sentit rougir : ne l'avait-il pas appelée *ma chère* ? Sans réfléchir, elle insista encore.

— C'étaient des ennemis de la cité, ou des ennemis du Régent ?

Dashif leva un regard vif. L'indulgence avait déserté ses traits.

— Pourquoi es-tu si convaincue qu'il y ait une distinction entre eux ?

— J'ai entendu des bruits à propos de Son Éminence Écarlate, expliqua Kaloo qui aurait voulu se botter les fesses.

Dashif se carra sur son siège et croisa les jambes, retrouvant son calme.

— Et qu'as-tu entendu ?

Autant me jeter à l'eau, se dit la jeune fille.

— Qu'il a soif de pouvoir, qu'il anéantira tous ceux qui se tiennent sur son chemin et l'empêcheraient de réaliser ses desseins, qu'il est cruel. Faut-il que j'en rajoute ?

— Si tu le désires.

— Vous ne démentez rien ?

— Non.

— Et vous travaillez pour lui…

— Oui.

— Pourquoi ?

— J'ai mes raisons.

— Mais…

— Si tu veux que je me justifie, Kaloo, rien ne m'en empêche. Oui, tout ce que tu dis du Régent est vrai. Pourtant Liavek va bien, mieux que durant des siècles. Nous ne sommes pas en guerre, bien que nos ennemis de toujours ne nous lâchent jamais les basques. Nos échanges commerciaux continuent à se développer et la population engraisse dans la joie. Si cela résulte de dirigeants affamés de pouvoir, impitoyables et cruels, alors nous devrions en avoir encore plus de cet acabit. Mais assez de politique… Revenons à la sorcellerie. Devant toi, tu vois une bouteille fêlée. Il faut que la réparation soit invisible.

Kaloo étudia cet homme, qui était aussi son père, se demandant ce qu'il éprouvait. Mais le plus étrange, c'était encore ce qu'elle éprouvait, elle. L'irritation dominait, elle le pensait ; elle tenta de repousser cette idée. Puis elle haussa les épaules et, humectant ses lèvres, passa le doigt sur la fêlure du verre ; elle en appela à ses pouvoirs mais rien ne se passa.

— Non… Voici le but de l'exercice : il ne faut pas que tu t'efforces de relier deux choses, mais de restaurer un objet dans son intégrité. La lévitation – et d'autres activités similaires – ne demandent pas beaucoup de temps : il suffit de concilier la chance et le désir. Mais si on veut modifier un objet, ou le réparer, il faut d'abord se concentrer pour comprendre son harmonie. Cela demande de la patience. Il ne faut pas être pressé et laisser le temps au temps. Vas-y lentement, essaye de modifier pour approfondir ta compréhension, ensuite mets celle-ci au service de la modification. Continue ainsi jusqu'à ce que la transformation se produise.

Elle tenta l'expérience à nouveau. En vain.

— Non, ma chère. Patience. Cela n'arrivera pas si…

— Pouvez-vous me montrer ?

— Non.

— Pourquoi pas ? L'Ferrti me montrait ce qu'il voulait que je fasse et il me suffisait de l'observer de près, de sentir comment il se servait de sa chance et ensuite…

— Non, décréta Dashif, inflexible.

Mais l'air frustré de Kaloo, son visage dépité, le radoucirent.

— Kaloo, L'Ferrti t'a enseigné beaucoup de choses inutiles. À présent, tu dois apprendre à trouver la voie qu'emprunte ta propre chance, sans copier les autres. Sois patiente. Prends ton temps.

— Des choses inutiles ? Réparer des bouteilles, je suppose que ça, c'est utile ? ricana-t-elle.

— La patience est un talent utile, un de ceux dont je ne veux pas que ma fille soit dépourvue, dit-il d'un ton égal.

Quelque chose céda en elle. Elle balaya la bouteille de la table, la précipitant sur le sol où elle éclata en mille tessons. Elle se cala au fond son siège, fixant Dashif, dans l'attente d'une réaction.

Il réagit d'une manière surprenante, ne jetant qu'un coup d'œil aux morceaux de verre qui jonchaient le sol.

— Tu as seulement réussi à te rendre la tâche plus difficile. On dirait que cela te satisfait de te compliquer la vie. Pourtant, le principe est le même. Ressentir l'harmonie et s'appliquer. Patiemment.

— La patience et moi, ça fait deux. Et j'ai eu mon compte de leçons pour aujourd'hui.

Elle s'était exprimée d'un ton aussi rude qu'elle pouvait se le permettre. Elle se leva et se dirigea vers la porte.

— Kaloo, aimes-tu toujours ce vieux marin ? Celui qui m'a arraché l'oreille lors de notre dernière rencontre ?

Sa voix à lui était aimable et elle se retourna pour le regarder.

— J'estime que je suis très patient avec lui, non ? Pourquoi ne me montres-tu pas combien tu peux être patiente avec moi ?

Il la regarda se raviser, faire un pas réticent vers lui, puis un autre, les yeux écarquillés. Il la regarda s'asseoir en tailleur sur le sol, tendre les mains vers les tessons étincelants.

— Ne te coupe pas, eut-il le réflexe de lui dire.

Elle lui jeta un regard, se mordit la lèvre inférieure et puis ferma les yeux. Assis, il se tint tranquille, muet ; devant lui, la bouteille se reconstituait lentement. Pourrait-il jamais venir à bout de ses défenses sans provoquer sa colère ? Il savait comment elle édifiait entre eux un barrage d'indifférence. Si la fâcher lui permettait de l'atteindre, alors il le ferait. Sinon, il n'arriverait jamais à lui apprendre tout ce qu'elle devait savoir avant qu'il puisse la reconnaître officiellement. Un sourire forcé ourla ses lèvres. L'héritière du comte Dashif aurait de nombreux ennemis ; il ne la laisserait pas les affronter sans lui fournir de munitions. Il ferait tout ce qu'il avait à faire, lui enseignerait ce qu'elle devait savoir. Et si elle en venait à le haïr ? Eh bien, au moins, elle haïrait comme lui haïssait : avec une infinie patience.

— Vous vivez ici ? demanda Jolesha.

— Pour le moment, dit la grande femme dont Jolesha avait oublié le nom.

Elles se trouvaient dans une pièce minuscule, au second étage d'un immeuble condamné par des planches, entre la Vieille Ville et la Colline du Mystère. Pas d'ameublement, ni aucun signe d'occupation, excepté une paire de couvertures soigneusement pliées près de la fenêtre. Jolesha nota la propreté et l'absence de poussière, ce qui ne collait pas avec ce qu'on attendait d'un bâtiment abandonné.

La grande femme s'assit contre un mur. Jolesha, en tailleur, lui faisait face. Son visage la démangeant, elle se mit à ôter soigneusement le maquillage qui le recouvrait. Quand elle eut terminé, la femme eut l'air surpris.

— Je n'aurais jamais cru…

— C'est bien, dit Jolesha. Je suis contente d'avoir pu tromper quelqu'un. Qui êtes-vous ? Pourquoi m'avoir emmenée ici ? Avez-vous de l'eau, que je puisse me laver le visage ?

— Comme je vous l'ai dit, je m'appelle Brajii. Je vais vous en apporter. Si je vous ai amenée ici, c'est pour que vous m'aidiez à trouver une façon de tuer Dashif avant qu'il ne réussisse à nous faire la peau. À propos, quel est votre nom à vous ?

— Jolesha.

Elle digéra les réponses de Brajii qui était partie lui chercher une cuvette d'eau. Elle se lava le visage du mieux possible et le sécha sur son vieux manteau.

— Pourquoi Dashif vous recherche-t-il ?

— Parce qu'il sait que je veux le tuer ?

— Oh ! Et pourquoi voulez-vous le tuer ?

— C'est personnel. Et vous alors ?

— Je n'ai jamais voulu le tuer. Mais je dois me tenir loin de lui à cause du Régent. S'il existait un autre moyen…

— Ça m'étonnerait.

— Moi aussi, admit Jolesha, que tout ça mettait mal à l'aise. Eh bien, avez-vous un plan ?

— Non. J'ai raté quatre occasions. Je suis une bonne tireuse pourtant. Mais il est bien protégé. Nous devons découvrir comment déjouer cette protection, l'attirer en un lieu où… Vous êtes magicienne ?

— Non.

— Moi non plus.

— Vous avez une idée de ce qui pourrait… – Jolesha s'interrompit, scrutant le visage de celle qui l'avait sauvée – … l'appâter ? C'est de moi qu'il s'agit, alors ? C'est pour ça que…

— Non. Bien sûr, vous pourriez tenir ce rôle, mais seulement si vous étiez d'accord. Et pas si nous pouvons trouver un autre moyen. Il faut y réfléchir. Je suis venue à votre secours parce qu'il veut vous tuer et cela fait de vous mon alliée. Et puisque vous avez réussi à rester en vie, il se peut que vous soyez une alliée de poids.

— Je vois.

— J'ai besoin de votre aide.

— Qu'est-ce que vous voulez de moi ?

— Je vous l'ai dit. Aidez-moi à éliminer Dashif.

— Je ne sais vraiment pas. Quels sont vos griefs à son égard ?

— Je travaillais à l'époque pour le gouvernement de Ka Zhir et il m'a volé des documents dont j'avais la responsabilité.

— Mais… c'était son boulot. Est-ce une raison pour le détester ? s'étonna Jolesha.

— C'en est une pour moi, aboya Brajii. Si nous collaborons toutes les deux et si nous exploitons ses faiblesses, nous pouvons le tuer avant qu'il ne vous tue.

— Nous y voilà… quelles sont ses faiblesses ?

— J'en connais une. Il a une fille devant laquelle il est gâteux.

— Une fille ? De quel âge ? demanda Jolesha, ouvrant de grands yeux.

— Quatorze ou quinze ans. Seulement un peu plus jeune que vous, je pense.

— Vous l'avez vue ?

— Oui. Elle vit à l'auberge de *La Chope et l'Ancre*.

— Le voilà, votre appât. Vous n'avez jamais eu besoin de moi.

— Ça ne me plaît pas de me servir d'une enfant, même si c'est la sienne.

— À moi non plus. Mais vous n'auriez aucune raison de devoir lui faire de mal, n'est-ce pas ?

Jolesha ne pouvait s'empêcher de penser à la remarque de Brajii *seulement un peu plus jeune que vous...* De son côté, Brajii n'avait jamais envisagé cette question ; cet aspect avait échappé à son esprit obnubilé par un seul but.

— C'est vrai.

— Et cette protection dont vous me parliez ? Jusqu'à quel point est-elle efficace ? Vous le savez ?

— Il est toujours en vie. Je l'ai touché, mais je ne l'ai pas tué.

— Donc vous pensez que la magie est en jeu. Il a une réputation de puissant sorcier. Et pourtant, vous affirmez que vous l'avez touché.

— Oui, dit-elle, semblant perdue dans ses pensées.

— Ses blessures auraient-elles dû être mortelles ?

— Non, dit Brajii en se mordant la lèvre.

— Vous êtes certaine que ce n'était pas le but recherché ?

Elle n'avait pu éviter de poser cette question. Brajii réagit à peine.

— Oui. Un jour, dans le chemin de la Fortune, j'ai... non, peu importent les détails. Il y a plus en jeu que la dextérité du tireur.

Quelques minutes s'écoulèrent dans un silence que Jolesha finit par rompre.

— Je voudrais retrouver Arenride.

— Qui ?

— Un agent de Levar. Il était censé me guider jusqu'au Palais.

— On dirait qu'il n'a pas bien fait son job.

Jolesha sentit la colère l'envahir et cela l'interpella. Son mouvement d'humeur n'échappa pas non plus à Brajii.

— Je suis désolée. Je n'avais pas l'intention de…

— Ça ne fait rien.

— Pensez-vous qu'il nous aiderait ?

— S'il me retrouvait, ou bien si moi je le retrouvais, il me conduirait auprès de Levar. Je ne pense pas qu'il nous aiderait à commettre un meurtre. Mais à dire vrai, Brajii, si j'arrivais jusqu'à Levar, je n'aurais plus besoin de supprimer Dashif.

— Vous pensez qu'il vous laisserait quitter la cité en vie ?

— Pourquoi pas ?

— Pourquoi voulait-il vous tuer ?

Parce que j'ai rompu notre accord et parce que je suis au courant pour Erina.

— Vous avez raison. Nous allons vraiment devoir nous débarrasser de lui, soupira Jolesha.

— C'est évident. Mais comment ? Nous ignorons quels sorts le protègent.

— Je ne suis pas sorcière, mais je connais un peu la magie. Si un sorcier jette un sort à un bâton pour qu'il flotte dans les airs, un homme fort peut réussir à l'amener au sol. Si ce sorcier est très puissant, il faudra peut-être se mettre à plusieurs pour arriver au même résultat. Mais on y arrive…

— C'est vrai, mais en quoi cela nous aide-t-il ?

— Peu importe l'efficacité de la protection : si le piège est assez bien étudié, et si vous visez correctement, il n'en réchappera pas.

Brajii se tut un instant puis hocha lentement la tête.

— Super. Préparons un piège.

Très bien, se dit Jolesha. *Je vais vous aider. Mais si je trouve le moyen d'arriver saine et sauve jusqu'à Levar sans m'en prendre à Dashif ou à quiconque, je le ferai. Peu importe qui je suis, je ne suis pas un assassin.*

Il était mince, efflanqué, sombre et s'appelait Pitullio. Quand Dashif était au four, Pitullio était au moulin. Il travaillait pour Resh et ses fonctions comprenaient de nombreuses obligations. Il expédiait les formalités administratives qui auraient importuné le Régent et il jouait le rôle de caisse de résonance pour les idées de son patron. Beaucoup de gens ignoraient son nom et ceux qui le connaissaient ne le craignaient pas, bien que sa plume eût causé plus de morts que les pistolets de Dashif. C'était un homme plutôt agréable.

— Votre Éminence ?

— Entrez, Pitullio. Eh bien ?

— Dashif a raté la femme. Il y a eu des tirs, mais elle s'est échappée.

Son Éminence Écarlate fronça les sourcils.

— Cela me surprend.

— Arenride.

— Ah. Il se peut que nous devions éliminer celui-là.

— C'est très probable, Votre Éminence. Dois-je mettre quelqu'un sur le coup ?

— Non. Dashif devrait s'en occuper, peut-être pas au cours de cette affaire-ci, sûrement plus tard. Est-ce que Dashif recherche cette femme ?

Pitullio tiqua ; il allait parler, se ravisa et dit finalement :

— Pas pour le moment, Votre Éminence.

— Ah bon ? s'étonna Resh, grinçant des dents.

— Il semble qu'une autre affaire urgente l'occupe.

— Quel genre d'affaire ?

Pitullio hésita. Pour ce qu'il en savait, lui, Pitullio, était le seul au courant de l'histoire de cette petite, la fille de Dashif, et ce n'était pas à lui de dévoiler ce secret.

— Un problème de nature privée, Votre Éminence.

Resh respira profondément puis souffla lentement. Il se renfrogna, de mauvaise humeur.

— Je vois… Pitullio, gardez un œil sur ceux qui pourraient remplacer le comte Dashif, au cas où il nous ferait défaut.

— Croyez-vous que ce sera nécessaire, Votre Éminence ?

— Je n'en sais encore rien, Pitullio. Si cela se produit, je veux m'y préparer. Et Arenride ? Se pourrait-il que cette offre l'intéresse ?

— Je n'en suis pas sûr, Votre Éminence. Il est la créature de Levar, mais je ne sais si c'est par loyauté ou parce que ça l'arrange.

— Il serait peut-être temps de le découvrir. Il est doué et courageux, et il se peut que le comte Dashif ne nous soit plus d'une grande utilité.

— Votre Éminence, je…

— Ce sera tout, Pitullio.

— Bien, Votre Éminence.

— Entrez. C'est vous, Aren ?

— Non, je suis désolé, Votre Magnificence.

— Où est-il ?

— Votre Magnificence, on s'est battu sur les quais.

— Quoi ? Est-ce qu'il est… ?

— Non, Votre Magnificence. Le Chancelier de Highgate va bien, mais…

— Alors, où est-il ?

— Durant le combat, la femme, Jolesha, s'est enfuie et…

— *Où est Arenride ?*

— Il cherche la femme, Votre Magnificence.

— Pourquoi, alors que je le veux ici ?

— Vous l'avez chargé de ramener l'artefact de la fille, donc il essaye de…

— *Je veux Aren.*

— Oui, Votre Magnificence. Je vais l'envoyer chercher.

— *Tout de suite.*

— Oui, Votre Magnificence.

4 L'ENTRÉE EN SCÈNE

Brajii, la chasseresse, savait qu'on était à ses trousses. Elle n'aurait pas pu dire comment elle le savait, car aucun signe réel ne le lui aurait permis ; elle n'en doutait pourtant pas, tandis qu'elles parcouraient les rues, Jolesha et elle. Elle avait troqué sa tenue verte habituelle contre un pantalon blanc et un ample haut jaune. Elle avait relevé ses cheveux en chignon et ne portait pas son arbalète. Quant à Jolesha, rares seraient les agents de Dashif capables de la reconnaître sans son grimage. Tout ça, c'était bien beau, mais elle ne pouvait se débarrasser de l'impression qu'on les poursuivait et, comme elle avait appris à se fier à ses intuitions, elle avait redoublé de prudence.

— La voilà, dit-elle, montrant du doigt *La Chope et l'Ancre.*

— C'est là qu'elle habite ?

— En haut.

Brajii emmena Jolesha dans une allée, de l'autre côté de la rue, d'où elles pourraient observer la taverne tout en restant cachées.

— Il y a longtemps que vous aviez prévu d'en arriver là ?

— Pas exactement. On s'est rencontrées un jour dans des circonstances très animées. J'ai pensé que cela pourrait m'être utile de découvrir qui avait sauvé la vie de Dashif, alors je l'ai filée. J'ai été surprise quand j'ai découvert son identité.

— Je le suis autant que vous. Et que fait-on maintenant ?

— Dans une petite heure, ou dans ces eaux-là, ce sera le moment creux de l'après-midi. Elle devrait sortir pour aller faire des courses.

— Et alors ?

— Et alors, on l'enlève.

— En pleine journée ?

— Pourquoi pas ? C'est à ça que va servir la roulotte. Nous l'aurons emmenée loin d'ici et cachée avant que quelqu'un ne puisse nous suivre. Et puis, s'ils soupçonnent un enlèvement, peu importe, puisque nous allons prévenir Dashif de toute façon. Si vous jouez bien votre rôle, pas besoin de recourir à la violence. Ce n'est qu'une gosse.

— Pas faux, concéda Jolesha sans grand enthousiasme.

— Quelque chose ne va pas ?

— C'est une première, pour moi, ce rapt.

Brajii la dévisagea. Elle avait réussi à traverser cette dernière année dans une brume de douleur, de haine et de vengeance qui l'isolait du monde. À présent, elle s'efforçait de distinguer ce qui l'attendait au-delà.

— Et j'espère que vous ne devrez jamais le refaire, dit-elle sèchement.

Elle reprit aussitôt sa surveillance.

— Qui êtes-vous ?

— Je m'appelle Jolesha. Venez avec moi.

— Pourquoi ?

— Vous verrez. Je n'ai vraiment pas le temps de vous expliquer.

— De quoi s'agit-il ?

— De votre père, Kaloo.

— Mon père ? Vous ne savez pas…

— Si, je sais. Nc traînons pas.

— Mais je ne peux pas…

— Bien sûr que si. Venez avec moi. Je vous expliquerai en route.

— Où allons-nous ?

— Vous verrez. Dashif a des ennuis. Allez, dépêchons-nous.

Dashif s'approcha d'un fleuriste qui travaillait en bordure du Marché. Il ne vit personne aux alentours et n'eut pas à faire semblant d'acheter un bouquet.

— Alors ?

— Aucun signe de la fille, Jolesha, mais nous pensons savoir où se trouve Arenride.

— Ah bon ?

— Oui. Dans la Vieille Ville.

— Est-ce que ça veut dire…

— C'est possible, mais nous ne les avons pas encore repérés.

Dashif scruta le vendeur. Il n'était pas dupe : il savait que certains de ses indicateurs travaillaient aussi pour d'autres. Celui-ci en faisait-il partie ? Pouvait-il essayer de le découvrir ? Pouvait-il courir ce risque ?

Non.

— Très bien. Je vais poursuivre mon enquête. Gardez le contact. Adressez les messages au cireur de chaussures qui travaille sur la rue des Chiffonniers.

— Entendu, comte Dashif.

Kaloo regarda autour d'elle. Quelque chose n'allait pas du tout. Elle tenta de garder un visage serein, de ralentir les battements de son cœur et de respirer comme le comte le lui avait appris. Elle y réussit presque.

— Où est Dashif ? Pourquoi m'avez-vous amenée ici ?

Celle qui s'était présentée sous le nom de Jolesha regarda ailleurs. L'autre – la grande, celle qui lui faisait peur – lui répondit.

— Ça ne devrait pas durer longtemps. Nous avons besoin de vous pour… une simple démarche. Je suis désolée.

— Je m'en vais, annonça Kaloo au bord de la panique.

— Pas question. Vous restez.

Kaloo scruta son interlocutrice, sentant à nouveau grandir sa peur.

— Je vous ai déjà vue, non ?

— Oui. Il y a un an, vous m'avez tiré dessus avec le pistolet de votre père.

Kaloo ne put retenir un cri étouffé. Elle serra les dents et, quand elle reprit la parole, sa voix était trop haute d'un ton.

— Qui êtes-vous ?

— Je m'appelle Brajii.

— Vous allez tuer Dashif, c'est ça ?

— Oui. C'est ce que nous allons faire. Je suis désolée.

— Vous ne pouvez pas… vous ne pouvez pas…

Son ton, d'abord péremptoire, baissa d'un cran après qu'elle eut regardé une des femmes puis l'autre ; la panique l'envahit. Pas maintenant, voulait-elle leur dire, pas encore, il ne pouvait pas mourir alors que tant de choses devaient se régler entre eux deux, être dites… *Et puis, il n'a pas encore obtenu mon pardon.* Cette pensée la fit sursauter. Pour la première fois, elle savait qu'elle lui pardonnerait. Elle l'avait su depuis le début. Mais lui, il n'était pas encore au courant et ces deux-là allaient le tuer avant qu'il sache !

Elle avait oublié ses bonnes résolutions de sérénité et elle sentit que les deux femmes l'observaient. Elle aurait voulu pouvoir les étendre raides mortes, là, sur place.

— Très bien, déclara Brajii. On se passera d'elle.

— Qu'allez-vous faire ? demanda l'autre.

Aucune réponse ne parvint de la pièce voisine, excepté un bruit de remue-ménage. Puis Brajii revint et tendit une tasse à Kaloo.

— Tiens, fillette. Bois ça. Ça va t'endormir. Quand tu te réveilleras, ce sera fini.

Kaloo la fixa mais ne fit pas mine de saisir la tasse.

— Prends-la, fillette.

Kaloo était paralysée. Dormir ? C'était la dernière chose qu'elle voulait et elle n'avait pas non plus envie qu'on l'empoisonne. Elle ne se fiait à aucune de ces deux femmes. Brajii poussa un juron, posa la tasse, ramassa son arbalète, la chargea et l'arma. Son *clic* résonna fort dans la pièce.

— Non ! Ne faites pas ça ! cria celle qui se nommait Jolesha.

Mais Brajii pointa l'arme vers Kaloo et lui ordonna de boire… Le cœur de la jeune fille s'emballa. La dernière fois qu'elle avait vu un carreau d'arbalète, celui-ci était fiché dans le genou de Dashif. Quand elle avait essayé de l'en extraire, tout le sang perdu l'avait rendu glissant. Son empennage était identique à celui du projectile brandi par Brajii. Kaloo déglutit ; elle se sentait très mal. Dans un état second, elle se vit prendre la tasse et la porter à ses lèvres. On aurait dit de l'eau, avec une légère saveur citronnée. Après avoir bu, elle reposa la tasse et se pelotonna contre le mur.

— Bien. Tu vas bientôt dormir.

Pas si je peux m'en empêcher, songea Kaloo. Elle aurait voulu être loin de là, se lever et s'enfuir. Était-ce vraiment un somnifère, ou un breuvage plus dangereux ?

Du poison ?

C'est impossible d'empoisonner un sorcier, si celui-ci est sur ses gardes. La première chose qu'on lui apprend, c'est de ressentir son corps, à l'intérieur et à l'extérieur. Certains sorciers peuvent guérir les maladies d'autrui, mais quelques-uns d'entre eux, bien entraînés, peuvent aussi se guérir eux-mêmes, pourvu qu'ils y aient été formés. Il s'agit d'apprendre à sentir ce qui va mal, de l'absorber – ou alors de le rejeter – et de le rendre inoffensif.

Kaloo réfléchissait à tout ça. Sans faire mine de le toucher, elle pensa à l'éventail qui contenait sa chance. Ses ravisseuses ne savaient sans doute pas qu'elle était sorcière ! Du coup, à le réaliser, elle se sentit un peu moins démunie. Et Dashif avait raison : à présent qu'elle y pensait, elle sentait la potion dans son estomac, se répandant dans ses veines. Elle la rappela, la contrôla. C'était vraiment facile ! Elle devrait même pouvoir s'en sortir sans recourir à sa chance ! Son corps contenait un objet étranger, il suffisait de l'expulser. Elle leva la tête et prit un air hébété.

— Je dois aller aux toilettes, marmonna-t-elle.

Les deux femmes échangèrent un regard et Kaloo, durant quelques secondes, eut peur de s'être trahie. Mais Jolesha alla chercher un pot de chambre au bout de la pièce. Elles ne la quittèrent pas des yeux pendant qu'elle l'utilisait ; cela la mit en colère plus que cela ne l'embarrassa. Mais elle réussit à le cacher. Son contrôle était de plus en plus efficace…

Elle regagna sa place près du mur en titubant et adopta une respiration lente, régulière et paisible. Les minutes lui semblèrent des heures. *Patience*, se remémorait-elle, *et pas un geste*. Enfin, la dénommée Brajii prit la parole.

— Très bien. Je vais déposer le message. Je serai vite de retour.

— Soyez prudente.

— Je le serai.

Alors que les pas de Brajii s'éloignaient, Kaloo s'obligea à réfléchir. Et maintenant ? Jolesha se retrouvant seule, la jeune fille ne serait-elle pas de taille pour l'affronter ? Existait-il une magie qui l'aiderait à s'échapper ? Il lui semblait impossible de se concentrer. Une pensée la troublait depuis un bon moment : ces femmes la considéraient comme un appât suffisant pour attirer Dashif à découvert. Comment pouvaient-elles être aussi sûres qu'une menace pesant sur sa fille le conduirait jusqu'à elles ? Et une pensée plus étrange encore la tracassa : pourquoi les avait-elle suivies aussi aisément ? Parce qu'elles avaient prétexté qu'il avait des ennuis. Et elle s'était précipi-

tée, sans se soucier d'elle-même. Réagirait-il comme elle ? Sa certitude la rendit malade. Il viendrait. Il se jetterait dans la gueule du loup.

Puis Jolesha parla et cela surprit tant Kaloo qu'elle ouvrit les yeux. Jolesha se tenait un peu à l'écart, un capuchon relevé sur sa tête. Une lumière violette brillait, soulignait son corps dans l'obscurité de la pièce nue. Elle semblait émaner d'un objet cylindrique qu'elle tenait à la main. La femme répéta le mot qu'elle avait prononcé : Klefti. On aurait dit un nom.

Soudain, une autre voix – un chuchotement – résonna dans la pièce. Elle semblait venir de la voyante ; Kaloo en eut la chair de poule. La voix prononça le nom de Jolesha.

— Oui, Klefti. Je suis là. Je suis de retour à Liavek. Comment vas-tu ?

— Comme toujours, Jolesha. Urgelian est avec moi.

— Klefti, Urgelian, je suis… je tente quelque chose.

— Quoi ? demanda une seconde voix étrange.

Kaloo vit que la lumière vacillait quand elles parlaient. Elle en resta bouche bée. Étaient-ce des fantômes ? Des esprits invisibles ?

— J'ai trouvé une… une amie. (Ce mot sonna faux aux oreilles de Kaloo.) Elle s'appelle Brajii. Elle a un plan pour m'aider, mais c'est dangereux. Je ne sais pas si j'ai envie de le suivre, mais on me recherche, tout le monde me recherche…

— Sois prudente, Jolesha, dit Kefti.

— Oui, oui, bien sûr. Mais tout est pour le mieux, non ? Si j'échoue, je mourrai et nous serons enfin réunis. Sinon, j'aurai encore…

— Sois prudente, Jolesha, la coupa l'autre voix. Nous devons y aller, cela devient douloureux. Nous t'aimons.

— Je vous appellerai à nouveau quand ce sera fini, dit la jeune femme en reniflant.

Kaloo la vit glisser quelque chose dans une bourse de cuir qu'elle se passa autour du cou. La gamine ferma les yeux ; qu'est-ce que cela signifiait ? Devait-elle exploiter cette nouvelle donne ? Il devait exister un moyen de se servir de ce truc, quoi qu'il fût. Qu'est-ce que c'était ? L'instrument de sa chance ? Qu'avait dit Jolesha… *si j'échoue, je mourrai et nous serons enfin réunis.* Un dispositif de communication avec les morts ! Ce devait être ça. Était-ce ce que son père recherchait ? Ces deux bougresses allaient le tuer parce qu'il voulait se l'approprier.

Kaloo, allongée là, feignait de dormir, tout en se demandant ce qu'elle devait faire. Elle ne se rendait pas compte que, pour la première fois, elle avait pensé à Dashif comme à un père…

L'indécision la taraudait toujours quand elle entendit des pas : Brajii rentrait.

— C'est fait. Aide-moi à porter la petite dans la roulotte. Nous devons arriver là-bas avant lui.

Elle sentit qu'on la ramassait, se laissa emporter. Son esprit galopait, à la poursuite d'une idée qui lui permettrait de s'enfuir. Elle sourit intérieurement de sa confiance soudaine. Ces deux femmes étaient malignes, mais elles étaient loin de se douter de ce que signifiait le rapt de la fille de Dashif. Elles le sauraient bientôt. Bientôt…

Perplexe, Pitullio étudiait le message adressé à Dashif. Il ne portait pas de sceau. Était-ce un oubli ou alors était-il censé, lui, en prendre connaissance ? Sacrebleu, tant de forces étaient engagées. On ne savait plus trop qui complotait quoi… *Je devrais simplement passer le message à Dashif, mais…*

Cela puait le piège à plein nez. Si Dashif voulait revoir sa fille en vie, il devait se rendre dans l'allée derrière une taverne, *La Patte de Chat,* tout seul, dans moins de deux heures. Déjà, ça ne laissait pas beaucoup de temps. Si lui, Pitullio, faisait le mauvais choix, il endossait la responsabilité de la mort de la fille et Dashif le tuerait. Mais s'il exposait Dashif à la mort, eh bien, Resh n'apprécierait pas et lui, Pitullio le paierait aussi très cher.

Il pouvait montrer le message à Resh, mais que ferait ce dernier ? Il l'ignorerait sans doute, laissant Dashif s'occuper lui-même de ses affaires. Il soupira : il détestait les décisions prises dans l'urgence.

À contrecœur, il se résigna enfin à appeler un porteur, lui confia un bref message et l'envoya le remettre à son destinataire. Puis il s'installa pour attendre, espérant avoir fait le bon choix.

Dashif traversa la Vieille Ville comme un fantôme, invisible mais voyant tout. Il prévoyait de donner une tape sur l'épaule de ses agents pour se signaler ; il leur poserait ses questions puis il s'en irait.

Cela lui sembla long, mais une demi-heure à peine après sa descente, il avait découvert où Arenride enquêtait et confrontait ses renseignements à ceux de ses agents. De toute façon, il n'y avait aucune raison de se presser ; le comte attendit le moment opportun, qui ne tarda guère.

Il aperçut Arenride, seul, alors qu'il se lançait dans l'exploration d'une petite rue sinueuse aux maisons inhabitées pour la plupart. Dashif savait qu'elle se terminait par un cul-de-sac.

Il tomba sur trois gardes municipaux et les pria de se tenir à l'entrée de la rue, afin d'en bloquer l'accès. Il vérifia encore si ses pistolets étaient bien chargés et se mit à filer Arenride, bien décidé à en finir avec lui.

Puis on l'appela par son nom et il vit une femme qu'il reconnut, une messagère de Resh. Elle se tenait auprès des gardes qui refusaient de la laisser passer. Dashif leur fit un signe et elle s'approcha de lui.

Elle lui tendit un mot qu'il lut rapidement.

— Je suis heureuse de vous avoir trouvé, grâce à…

— Un moment…

Dashif relut le message. Il en tremblait. Il le froissa, prêt à le jeter par terre, mais il préféra le fourrer dans sa poche.

— En savez-vous plus long que ce que dit ce message ?

— Non, comte Dashif.

— Très bien, ce sera tout.

— Bien, mon seigneur.

En remontant à cheval, il renvoya les gardes municipaux. Il ignorait ce qui se tramait, mais il savait qu'ils ne seraient d'aucune utilité pour le moment. Arenride – lui, Jolesha, et Son Éminence Écarlate – tous ils attendraient. On avait enlevé sa fille et il était rappelé au Palais. Pourquoi au Palais, il l'ignorait. Mais si quelqu'un avait touché à un cheveu de sa fille… celui-là allait mourir.

5

BLOCAGE

Kaloo observait tout ce qui se passait, à l'abri de ses cils. Ses ravisseuses lui avaient enfoncé sur le crâne un chapeau de soleil à large bord, « pour la déguiser », avait dit Brajii. Kaloo y trouvait son compte, ses yeux cachés dans l'ombre. Personne ne s'occupait d'elle. Jolesha se tenait près d'elle, au fond de la carriole, mais elle scrutait le ciel. Ses pensées, quelles qu'elles fussent, creusaient des rides soucieuses autour de ses yeux et de sa bouche. Brajii, elle, guidait la mule. Les toits des bâtiments lui disaient qu'elles étaient encore dans la Vieille Ville. Elle aurait bien voulu savoir où elles allaient… Comme elle l'ignorait, plus tôt elle agirait, mieux ce serait.

Dashif lui avait déjà beaucoup appris sur l'art de jeter un sort ou d'aborder la magie, mais elle avait peu de pratique. Elle devait foncer, tête baissée. *Fais-le maintenant*, se dit-elle, *saute par-dessus bord et prends tes jambes à ton cou et tourne au coin… c'est ça ! Et là, Jolesha pousse un cri et tu te prends un carreau dans l'épine dorsale ! Non.*

Réfléchis… Les deux femmes la croyaient endormie. Dormir… Pourquoi pas ? Elle ferma les yeux, sentit l'éventail qui reposait sur sa hanche au bout de son cordon de soie. Elle toucha mentalement Jolesha, imagina qu'elle lui massait les tempes. *Dors. Dors. Il fait chaud, tout va bien. Tu as le temps de te reposer. Tu te réveilleras plus tard, quand ce sera l'heure. Dors.*

Rien. Non… le sort faisait son petit bonhomme de chemin, mais elle devait montrer de la patience. Elle avait besoin que cela aille vite, mais on ne pouvait pas accélérer la magie.

Dors, Jolesha. Dors. Repose-toi. Ferme les yeux, le ciel est si clair. Laisse-toi bercer par le mouvement de la roulotte. Tout va bien, Brajii s'occupe de tout, tu es fatiguée et tu peux dormir. Le soleil est si chaud. Il est temps de dormir. Dors, Jolesha, dors.

Kaloo lui jeta un regard furtif : elle avait fermé les yeux… Kaloo se leva avec mille précautions. Un seul bond, et il fallait qu'elle ait quitté la carriole. Brajii ne devait s'apercevoir de rien, car l'arbalète armée reposait sur le siège à côté d'elle.

Une autre pensée l'arrêta, qui l'obsédait. Dashif le voulait, cet objet, bien sûr. Mais s'il était doté de tous les pouvoirs qu'elle soupçonnait, Kaloo savait aussi comment l'utiliser pour son profit personnel.

Elle n'hésita pas. Malgré un frisson de terreur, elle fit passer la bourse par-dessus la tête de Jolesha et sauta de la roulotte en marche. Elle n'entendit même pas le cri de colère et d'alarme que poussa Brajii. Elle se faufila entre deux bâtiments. Puis elle descendit une allée, à l'arrière. Elle franchit des clôtures et traversa un magnifique jardin, fuyant comme un chat échaudé.

La limite sud-ouest de la Vieille Ville n'était que ça… une limite. La route du Val dessinait une courbe entre le chemin des Brumes et la rue Twanith menaçait de traverser la route du Foirail à plusieurs reprises, c'est-à-dire l'axe résidentiel de Liavek. Le Val regroupait de hautes maisons grises attenantes dont beaucoup étaient inhabitées. Toutes semblaient hantées ou alors ne tarderaient pas à l'être. La plupart des boutiques n'avaient pas d'enseignes.

Le piéton sombre et barbu dépassait l'une d'elles quand un homme aux allures de poivrot l'aborda, sans doute plus jeune qu'il ne le paraissait.

— Mon bon monsieur, puis-je vous importuner et vous demander si vous avez du tabac ?

Arenride s'arrêta et toisa le pauvre hère.

— Je ne vous connais pas.

— Je suis un ami de Whitehair.

— Ah bon ?

— Lui avez-vous parlé depuis une heure ?

— Non.

— Vous n'avez pas eu d'ennuis sur le Tour de ville ?

— Non. J'aurais dû ?

— Une personne vêtue de rouge devait vous tuer là-bas.

— Eh bien, ce n'est pas arrivé.

— C'est exact. Whitehair a tenté de vous joindre, mais je suppose qu'il ne l'a pas fait à temps, ou alors que ce n'était plus nécessaire.

— Que savez-vous ?

— Que cette personne en rouge est passée par ici, récemment, sur un cheval blanc. Elle semblait fort pressée.

— En route vers le Palais ?

— Oui.

— Je vois. Autre chose ?

— Je ne l'ai pas vu de mes propres yeux, mais il paraît que deux personnes ont fureté par ici, à la recherche de quelque chose ou de quelqu'un, sans trop se cacher. L'une est jeune et jolie, l'autre, une rousse qui aime le vert ; je crois qu'elle cache une arbalète sous son manteau.

Arenride s'accorda un instant de réflexion. Dashif retournait au Palais, Brajii cherchait quelqu'un – qui ? – en compagnie d'une autre personne – Jolesha ? C'était le deuxième indice qu'il récoltait d'une complicité entre les deux femmes. Était-ce vrai ? Si oui, quelle en était la raison ?

— Gardez un œil sur elles et restez en contact avec Whitehair. Et mes compliments pour votre déguisement : vous sentez le faisandé.

— Merci, maître Arenride.

— Qui… ?

— Vous m'entendez ?

— Qui… ?

— Je m'appelle Kaloo. Je suis…

— Qui… suis… je ?

— Je ne… c'est vous, Erina ?

— …

— Erina.

— Oui. Je flottais. C'était si paisible. Je suis Erina. Qui êtes-vous ?

— Je crois… je crois que je suis votre fille.

— … fille.

— Je suis la fille du comte Dashif.

— Dashif… Tori.

— Je…

— Oui, Kaloo ?

— C'est le nom qu'on m'a donné. Est-ce que…

— Un joli nom. Kaloo. T'Nar a toujours aimé les oiseaux.

— Qu'est-ce que je devrais…

— Es-tu heureuse, Kaloo ?

— Pas vraiment. Tout est trop confus.

— Ça passera. Prends soin de ton père, Kaloo. Il est perdu aussi. Il a bien besoin de retrouver le bonheur.

— Que vous est-il arrivé ?

— Tout ça, c'est du passé, ma douce Kaloo. Tu as fière allure. Qui t'a élevée ?

— Une femme qui s'appelle Daril.

— Daril.

— Mais Dashif m'a retrouvée et il s'occupe de moi à présent.

— Est-ce qu'il t'aime ?

— … Oui. Oui, je le suppose, mère.

— Ne m'appelle pas comme ça. Ta mère, c'est la femme qui t'a élevée.

— Mais…

— Tu as été conçue par amour, Kaloo. Daril t'a élevée dans l'amour. Ton père t'a cherchée pour retrouver l'amour. Ne l'oublie pas.

— Mais…

— Je dois y aller. C'est difficile.

— Je… Erina ? Vous êtes là ?

— Mon seigneur, attendez !

Dashif tira sur les rênes de son cheval et chercha d'où provenait l'appel. Cela venait du cocher de fiacre. Il y avait du monde autour d'eux. Si l'homme l'avait hélé ouvertement, ce devait être important. Dashif descendit de sa monture alors que le cocher s'approchait. Des piétons le regardèrent faire et s'écartèrent devant eux.

— Vous cherchez la petite fille.

— J'ai reçu un message…

— De Pitullio ?

— Oui. Et alors ?

— Il ne vous a pas donné tous les renseignements dont il dispose.

Plusieurs questions se bousculèrent, toutes aussi urgentes, dans l'esprit de Dashif. Il se décida à en choisir une :

— Pourquoi ?

— L'homme qui nettoie les bureaux de Son Éminence Écarlate… commença le cocher, après quelque hésitation.

— Bilthor, oui.

— Il travaille pour vous.

— Je suis au courant.

— Il a trouvé le message dans vos appartements, après avoir appris que Pitullio vous en avait transmis un autre.

— Pourquoi m'a-t-on caché certains détails ?

— C'était un piège, comte Dashif.

— C'est évident. Alors ? Est-ce que vous avez plus de précisions ?

— Oui, comte Dashif. Vous êtes censé vous rendre seul dans l'allée derrière *La Patte de Chat* pour y récupérer la fille. Vous devez y être dans une heure. Mon seigneur, c'est clairement un guet-apens.

— Oui. Autre chose ?

— Mon seigneur, je n'ai jamais vu autant d'agitation qu'aujourd'hui : tout le monde court dans tous les sens. Arenride est de sortie et ses gens cherchent quelqu'un. Nous, nous cherchons cette fille, Jolesha, et il faut bien dire que tout ça est très troublant. Il se produit des choses qui m'échappent, mon seigneur, et j'ai l'impression que rien n'a marché comme prévu pour personne, que la confusion est générale.

Dashif hocha la tête.

— Je pense que vous avez raison. Très bien. Je présume qu'il vaudrait mieux que l'Éminent Pitullio n'apprenne pas que vous m'avez informé. Je vais aller vérifier s'il s'agit bien d'un piège. Après, si j'en suis encore capable, je retournerai au Palais.

— Bien, mon seigneur. Bonne chance à vous.

Dashif remonta sur son cheval, marmonnant – trop bas pour que le cocher puisse l'entendre – que cette chance, il ne l'avait plus. Son talent devrait donc suffire.

Kaloo remit l'étrange objet cylindrique dans sa bourse et celle-ci autour de son cou. Puis elle s'efforça de retrouver son calme. Elle n'avait pas envie de penser à tout ce que ceci signifiait. Tout ce qu'elle avait cru jusqu'à présent était remis en question. Personne ne se comportait comme il l'aurait dû, tout le monde disait des choses surprenantes et, là-dehors, il y avait ses ravisseuses…

Et elle réalisa soudain à qui elle faisait confiance dans toute cette confusion. Une seule personne assez forte pour la protéger, une personne qui le *voulait* vraiment.

On était à la mi-journée et il faisait déjà très chaud. Il lui fallait se frayer un chemin dans la foule. Kaloo se mit en route pour le palais de Levar, vers l'entrée privative de Dashif.

Il fallut vingt minutes à Dashif pour se rendre compte qu'aucun guet-apens ne lui était tendu derrière *La Patte de Chat* et que personne ne l'attendait non plus. Plusieurs explications lui vinrent à l'esprit. Parmi un si grand nombre de personnes, n'importe qui aurait pu soit lui mentir, soit se tromper, soit changer ses plans.

Il n'était sûr que d'une seule chose : il voulait sortir sa fille de là, la soustraire à tout danger. Il devait donc la trouver, mais… il ne savait pas où la chercher.

Il enfourcha à nouveau sa monture, soupesant la situation. Et bien, à défaut d'une meilleure idée, il devrait peut-être rentrer au Palais et tirer les choses au clair avec Pitullio. Ou bien il pouvait attendre sur place, puisqu'il était en avance au rendez-vous. Il était bien possible que ceux qui avaient enlevé sa fille soient de sombres idiots et n'arrivent qu'au dernier moment pour l'assassiner.

Puis il réalisa que sa fille était magicienne. Elle pouvait très bien s'être échappée et, dans ce cas, où serait-elle allée si ce n'est à sa rencontre ? Il se pourrait alors qu'elle se précipite dans un piège destiné à son père.

Il planta ses éperons dans les flancs du cheval.

— Je ne vous aurais jamais reconnue, avoua Arenride.

Il les avait retrouvées grâce à une personne de son service qui avait identifié Brajii.

Jolesha le fixait d'un air pitoyable, déroutée par le soulagement qu'elle pouvait lire sur le visage d'Arenride. Brajii se tenait immobile à côté d'elle, à l'ombre d'une maison abandonnée sur la route du Val. Si Jolesha avait trouvé la force d'agir grâce à Brajii, celle-ci avait endossé la responsabilité de la fuite de Kaloo et de la perte de la Porte ; après tout, si elle n'avait pas comploté la mort de Dashif, Jolesha n'aurait pas perdu l'artefact.

Dans un silence pesant, lourd de sous-entendus, Jolesha se lança.

— Arenride, j'ai perdu la Porte.

— L'artefact ?

— Oui. On me l'a volé.

Arenride réagit comme si ce genre d'objet était monnaie courante.

— Il faut que nous le récupérions. Est-ce que tu te rends compte comme tu es jolie sans ton déguisement hideux ?

Elle baissa les yeux car personne ne lui avait jamais fait ce compliment.

— Ce n'est pas vrai.

— Bon… Est-ce que nous avons la moindre idée de ce qui est arrivé à l'artefact ?

— C'est cette fille qui l'a. Kaloo.

— Qui ?

— La fille de Dashif.

Arenride écarquilla d'abord les yeux, puis se retourna, accusateur, vers Brajii qui regardait ailleurs.

— Dashif a une fille ? On dirait bien que mes associés ne m'ont pas tout dit.

— Je pensais qu'il n'y avait qu'une façon d'en réchapper, dit Jolesha. Nous nous préparions donc à tuer Dashif. Nous avons enlevé sa fille pour lui tendre un piège…

— Tout le monde veut la peau de ce pauvre homme, ironisa Arenride.

— Moi, entre autres, ricana Brajii.

— Ça, je le sais, reconnut sombrement Arenride.

— Et vos gens voulaient me donner une chance d'abord.

— Ce ne sont pas *mes gens* au sens où vous l'entendez, mais sur ce plan-là, vous et moi, nous n'avons pas les mêmes conceptions de la vie et de la manière de la vivre. De toute façon, c'est une chance que vous n'ayez pas pu profiter de cette occasion, bien qu'elle ait été très belle.

— Quelque chose le protège.

— Je suis d'accord. On appelle ça l'habileté.

— Non, il y a quelque chose de plus.

— Ça, j'en doute.

— Cela fait quatre fois à présent…

— Je sais, Brajii, je le sais trop bien. Mais oubliez ça. Vous voulez une autre occasion ? Bien. Je pense qu'on peut vous en fournir une, car nous devons absolument récupérer l'artefact.

— Nous ne savons pas où est la fille.

— Où habite-t-elle ?

— Elle ne retournera pas chez elle, dit Brajii. Nous l'avons enlevée à deux pas de là.

— Et où pourrait-elle aller ?

— Je l'ignore. Je ne la connais pas assez pour savoir où elle se sentirait en sécurité. Mais nous avons convenu d'un rendez-vous avec Dashif derrière *La Patte de Chat*, dans une demi-heure. On peut quand même y aller sans sa fille et…

— Et y laisser notre peau, conclut Arenride. Il doit déjà nous y attendre.

Brajii soupira ; elle semblait au bord des larmes…

— Bien sûr, je le sais. Nous avions l'intention d'y être depuis longtemps. À présent, je ne sais que faire. C'est trop compliqué pour moi. Moi, je ne suis douée que dans quelques domaines : la ruse, le tir et les réflexes.

— Je pense à un endroit où elle pourrait se rendre, dit Arenride en souriant. Chez son père.

— Alors, on a perdu d'avance, dit Jolesha en jetant à Brajii un regard furieux, que celle-ci accepta comme le juste châtiment de sa faute.

— Pas du tout. Si Dashif s'est rendu sur les lieux de votre guet-apens, nous pourrons peut-être nous débrouiller pour être au Palais avant lui.

— Quoi ! Dans ses appartements ? s'écria Jolesha.

— Quel meilleur endroit pour qu'il ne se méfie pas ? Jusqu'à présent, je n'ai jamais eu recours à ce genre de procédé, pour la bonne raison qu'on ne peut l'utiliser qu'une seule fois, mais je pense que le risque est justifié, étant donné les circonstances.

— Laissez-moi m'occuper de lui, supplia Brajii.

— Avec plaisir, dit Arenride. Allons donc au palais de Levar.

Il épaula son tromblon et offrit son bras à Jolesha. Le geste la surprit – l'ambiance ne s'y prêtait pas vraiment, vu l'affaire qui les attendait – mais, quelque part, il lui fit plaisir.

6
L'ACTE

Quatre gardes étaient en faction à la porte principale. L'un d'entre eux, une femme aux cheveux noirs coupés très courts, souriait toujours à Kaloo quand elle accompagnait Dashif. Ce qu'elle fit cette fois-ci encore malgré l'absence du comte ; Kaloo poursuivit son chemin et fit le tour du bâtiment, se dirigeant vers l'accès privatif des appartements de son père. Elle ouvrit la porte grâce à la clé qu'il lui avait confiée des mois auparavant, mais le verrou intérieur lui résista quelques instants avant qu'elle puisse le refermer derrière elle. Combien d'observateurs discrets avaient pu s'apercevoir de son arrivée ? Elle n'en avait aucune idée.

La montée de l'étroit escalier lui parut interminable ; encore plus effrayante seule qu'en compagnie de Dashif. Elle ouvrit la porte de l'antichambre et hésita entre soulagement et déception quand elle s'aperçut que celle-ci était vide. Elle alla voir s'il en était de même pour la chambre à coucher, puis la cuisine : personne.

Toujours mal à l'aise, elle s'assit au bord d'une chaise, mains crispées, pour attendre Dashif. Le dénuement de la pièce la frappa à nouveau : rien sur quoi poser le regard si ce n'est le portrait d'elle peint quelques mois plus tôt. Elle comprit alors pourquoi il y tenait tant.

Les minutes succédaient aux minutes. À quoi lui avait-il servi de s'enfuir ? Pas moyen de savoir où était son père ni comment le joindre. Il se pouvait qu'il se soit précipité tout droit dans le piège. À cet instant précis, à la minute même, il était peut-être mort, ou se vidait de son sang dans une ruelle, et des heures s'écouleraient avant qu'elle ne l'apprenne.

La mort… Ses doigts palpèrent la lanière de cuir qui retenait la bourse à son cou et elle pensa à nouveau à la femme qui était – qui avait été – sa mère. Que s'était-il passé entre eux, Erina et Dashif ? Son père n'avait jamais abordé ce sujet et il ne fallait pas compter sur T'Nar pour ça. Et puis Erina n'avait pas été beaucoup plus claire.

Une chose pourtant était certaine : Kaloo se réjouissait que l'étrange objet cylindrique soit tombé entre ses mains. Il la reliait à ses ancêtres comme Dashif ne pourrait jamais le faire. Avec le temps, tout deviendrait clair, elle comprendrait qui elle était, pourquoi sa jeunesse s'était déroulée dans des circonstances aussi étranges. Jusque-là, elle ne s'en déferait jamais.

La porte s'ouvrit. Elle leva brusquement la tête. Quelques secondes passèrent avant qu'il ne la voie, avant qu'il ne reprenne le contrôle de ses pensées. Une expression sur son visage remémora à Kaloo les mots d'Erina : *il a bien besoin de retrouver le bonheur*. Soudain debout, la jeune fille se précipita, s'efforçant de ne pas penser à ce qu'elle était en train de faire ; trahissait-elle quelqu'un, oui ou non ? Tant pis… Elle ne vit pas l'étonnement sur le visage du comte lorsqu'elle l'enlaça. Pendant une seconde, elle ne sentit que ce qui le différenciait de T'Nar : il était svelte, alors que le marin était trapu ; le jabot d'un blanc immaculé qui lui chatouillait le menton dégageait une douce odeur d'herbes de toilette, alors que la chemise rêche de T'Nar sentait l'étoupe et la poix. Cette façon délicate qu'il avait de poser les mains sur ses épaules, au lieu de l'empoignade brutale de T'Nar… Puis elle leur reconnut un point commun. Elle se sentait en sécurité – c'était ça – et aimée. Elle pensa à la bouteille en mille morceaux et patiemment reconstituée. Son amour et sa chance avaient touché les tessons ; elle s'était efforcée de ressentir l'harmonie qui aurait dû exister et les avait réunis à nouveau. Elle savait que ce n'était pas encore possible, mais le moment viendrait… Il lui faudrait de la patience. Elle se risqua à prononcer le mot tout bas ; il se perdit dans le jabot de la chemise : Dashif n'était pas encore prêt à l'entendre à haute voix.

Dashif sentit les larmes lui monter aux yeux :

— Je croyais que tu étais prisonnière.

— Je me suis échappée, dit Kaloo d'une toute petite voix.

— Je suis désolé que tu aies été mêlée à tout ça. Cela ne se reproduira plus…

Bien dit, Dashif, mais comment peux-tu en être sûr ?

Il réfléchissait encore aux mesures à prendre quand il envoya quelqu'un prévenir Pitullio de son retour.

— Est-ce qu'elles pourraient me poursuivre ici ?

— Je ne vois vraiment pas pourquoi elles le feraient.

— Je… j'ai volé quelque chose à l'une d'elles.

— Ah bon ? Quoi ?

En tremblant, elle souleva la bourse de cuir qu'elle portait à son cou.

— C'est un truc qui vous permet de parler avec…

Dashif, d'abord sidéré, puis brusquement soulagé, jeta la tête en arrière et éclata de rire.

— Alors là… ma chère, tu es bien ma fille. Ce petit sac contient exactement ce que tout Liavek recherche. Je peux le voir ?

— Non ! s'indigna Kaloo.

Dashif fronça les sourcils, perplexe :

— Ma chère enfant, je ne pense pas que tu sais ce que tu tiens là.

— J'ai parlé à ma mère.

— Oh !

— Je ne veux pas m'en séparer.

— Je ne vais pas te le prendre, Kaloo, je te le promets. Mais tu ne peux pas le garder. Il va bien falloir que tu t'en rendes compte. C'est la raison pour laquelle des gens suivent…

Un coup à la porte l'interrompit ; c'était un messager l'informant que Son Éminence Écarlate serait ravie de le voir sur-le-champ. Dashif jeta un regard soucieux à sa fille. L'idée de la laisser seule à nouveau – même en sécurité dans ses appartements – ne lui plaisait pas.

— Accompagne-moi, Kaloo. Il y a des personnes que tu devrais rencontrer. Nous tirerons au clair toute cette histoire.

— Très bien, père.

Il la regarda, gorge serrée, et même – il devait l'admettre – une larme à l'œil. Sans ajouter un mot, il l'emmena vers les bureaux de Son Éminence Écarlate.

Jolesha suivait ses deux complices ; elle jeta un regard furtif à chaque porche, chaque fenêtre, chaque corniche alors qu'ils approchaient de l'entrée privative de Dashif. Leur entreprise relevait de la folie. Arrivée devant une petite porte, Brajii se retourna et lui recommanda de reculer.

— Nous allons devoir l'enfoncer.

— Pourquoi ? s'étonna Jolesha.

Heureuse qu'un peu d'action la distraie du mauvais sang qu'elle se faisait, elle les dépassa et étudia le verrou. D'après la serrure, il s'agissait d'un mécanisme simple. Elle s'accroupit, emprunta à Brajii l'un de ses carreaux les plus fins et se servit de sa pointe pour crocheter les gorges. Arenride lui tendit une dague à la lame plus étroite que le petit doigt et elle vint à bout du verrou. L'un dans l'autre, cela avait été étonnamment facile et elle s'en félicita.

— La porte, ce n'est pas le plus dangereux, précisa Arenride. On nous surveille déjà. Ma présence va les surprendre, mais l'effet sera de courte durée.

Il haussa les épaules et saisit son tromblon à rouet. Brajii, qui se tenait une marche plus bas, avait déjà armé son arbalète. Arenride poussa le battant.

Ils se figèrent là, assez longtemps pour que Jolesha soit sur le point de hurler, frustrée qu'elle était de ne pas savoir ce qu'ils voyaient.

— Il n'y a personne, dit Arenride. Nous nous sommes trompés.

Brajii, qui ne voulait pas l'admettre, prit leur tête. Jolesha n'en menait pas large ; mais elle entra derrière les deux autres, rassurée par leur présence. La pièce était aussi austère qu'une chambre à l'auberge de Sri'dezj à Ka Zhir. Brajii s'avança et ramassa un chapeau de soleil blanc sur une chaise. Jolesha le reconnut tout de suite : c'était celui que Kaloo portait.

— Elle est ici, dit Brajii.

Arenride hocha la tête et alla inspecter avec soin les pièces adjacentes.

— Et maintenant ? demanda Jolesha.

— Cette porte-ci mène à un couloir surveillé par deux gardes à son extrémité, dit Arenride posté à côté du chambranle. Plus loin, il y a encore deux gardes et, au-delà, les bureaux de Son Éminence Écarlate et de son secrétaire. Je crois que nous y trouverons celui que nous cherchons. Il faudra deux bonnes minutes à d'autres gardes en faction pour pouvoir arriver ici. Nous devrions en avoir fini avant qu'ils soient sur place.

Jolesha tremblait mais Brajii, elle, était prête.

— Vous allez voir que je sais me servir de cette chose.

Elle souleva son arbalète. Arenride remonta le mécanisme de son tromblon et posa la main sur le bouton de la porte.

Pitullio observa Dashif et la fille ; puis il se fendit d'un sourire forcé.

— Je suppose qu'il y a une raison à sa présence, comte Dashif.

— Vous supposez bien.

Pitullio hocha la tête, fit quelques pas vers la porte de Resh et annonça, sans l'ouvrir :

— Votre Éminence, le comte Dashif est ici.

— Très bien. Entrez, Dashif, et vous aussi, Pitullio.

Pitullio ouvrit la porte, s'avança puis fit un pas sur le côté. Resh semblait jouer avec des modèles réduits de navires sur une carte mais ce n'était qu'une pose.

— Très bien, à présent… qui est cette personne, Dashif ?

Le comte baissa les yeux vers Kaloo et sourit. *Il s'est toujours régalé des intermèdes dramatiques*, pensa Pitullio.

— Votre Éminence, j'aimerais vous présenter Kaloo, ma fille.

Resh regarda fixement Dashif, puis la jeune fille. Il rumina un moment.

— Quel est son rôle dans cette affaire ?

— C'est ma fille, répéta Dashif, comme si cela expliquait tout.

— Pourquoi est-elle ici ?

— Elle a été enlevée par nos ennemis. Ils espéraient m'assassiner en se servant d'elle comme appât.

— Très bien, dit Resh, haussant les épaules. Ce fut un plaisir, Kaloo. À présent, Dashif, faites-la sortir. Nous devons résoudre…

— Nos ennemis la filent sans doute. Je ne vais pas la laisser sans protection aussi longtemps qu'elle n'a pas rejoint un abri sûr. De plus, elle a en sa possession quelque chose que vous convoitez, ajouta-t-il en souriant.

— Ah bon ?

— Oui. Une certaine bourse contenant un certain artefact qui…

— C'est *elle* qui l'a !

— Tout à fait.

Pitullio étouffa le rire qui lui montait aux lèvres et félicita le comte à mi-voix. *Bien joué, Dashif…*

Resh se tourna vers Kaloo et surprit Pitullio par la fixité et l'intensité de son regard. *Cette affaire doit lui tenir encore plus à cœur que ce qu'il veut laisser paraître.*

— Donnez-le-moi.

La fille secoua la tête et regarda Dashif, comme pour lui demander sa protection. Ce dernier poussa un soupir.

— Kaloo, tu dois comprendre…

— Au diable, les explications, le coupa Resh. Je veux cet objet. Dashif, prenez-le-lui.

Kaloo s'éloigna de son père et se retrouva dans un coin de la pièce ; le bureau la séparait de Resh et son père de Pitullio, sur le seuil.

— Je pense qu'elle voudra bien nous le remettre dès que nous lui aurons expliqué…

— Jeune fille, insista le Régent, je veux ce…

Il ne put poursuivre : tirs, hurlements et cris divers l'interrompirent, venus du couloir. Dashif haussa les sourcils. Pitullio regretta de ne pas avoir une arme à portée de la main.

— C'est une invasion, semble-t-il, constata Dashif sans perdre son calme.

Resh parut sur le point d'étouffer. Il tendit la main vers son bureau et en sortit un gros pistolet à rouet, prêt à l'emploi dont, à la connaissance de Pitullio, il ne s'était jamais servi. Mais cette fois, il avait l'air bien décidé à l'utiliser. Dashif hocha la tête et dégaina les siens.

— Je vous suggère, Pitullio, de vous trouver une ar…

Il s'arrêta, le regard fixe. Le Régent pointait son pistolet sur Kaloo.

— Donnez-moi l'artefact, jeune fille. Tout de suite.

Tous les quatre, ils se figèrent sur place. Pitullio regardait Resh qui fixait Kaloo et Dashif ne perdait pas de vue le pistolet braqué sur sa fille qui le regardait lui.

Puis les bruits extérieurs s'amplifièrent en se rapprochant et Pitullio s'éloigna de la porte. Dashif tournait la tête vers elle quand Arenride fit irruption dans le bureau de Resh, tromblon à la main. Une grande femme le suivait de près, brandissant une arbalète chargée et armée.

Dashif ne vit que le tromblon et l'arbalète pointés vers lui, le menaçant. Mais seul le préoccupait le pistolet braqué sur la tête de sa fille.

Si Dashif était resté en vie toutes ces années, il le devait en grande partie à sa capacité de réflexion et de réaction lorsque venait le moment d'agir. Il la possédait encore. Il savait – connaissant sa propre rapidité d'exécution et les platines spécialement modifiées de ses pistolets – qu'il avait le temps de viser et tirer avant qu'une autre arme ne se décharge sur lui.

Dans l'état second où il se trouvait, dans ce monde parallèle aux secondes éclatées, il eut largement le temps de décider qui ses quatre balles allaient frapper. Descendre plusieurs personnes à la fois ne le dérangeait pas ; après tout, c'était un tireur d'élite. Il savait avec précision quelles cibles il viserait et pourquoi. Avant que qui que ce fût d'autre dans la pièce pût faire un geste, il leva ses deux pistolets.

Le tonnerre retentit dans la petite pièce. L'écho rugissant de ses armes couvrit le son de l'arbalète lâchant son carreau et l'explosion du tir du tromblon d'Arenride passa presque inaperçue, prolongeant la réverbération du premier tir. Les gardes du Palais arrivaient au pas de course.

Ça n'avait plus aucune importance.

Quand on y réfléchit bien, un corps reste un corps.

Ce qui caractérise un individu, ce sont les choses qui le rendent unique, intéressant et digne des attentions de ses amis, ennemis, amoureux et relations d'affaires. Mais quand il s'agit d'un cadavre… seuls les embaumeurs se soucient de ce qui le rend unique, intéressant et digne d'attention.

Et un être humain passe d'un état à l'autre si rapidement que l'esprit n'arrive pas à concevoir la brièveté de cette transition, pas plus qu'il ne peut concevoir l'état de non-vie.

Trois corps gisent sur le sol, chacun dans une position particulière, celle qui précède la raideur cadavérique. Mais cela ne présente que peu d'intérêt ; intéressons-nous plutôt aux vivants.

Cloué sur place, il ne cherchait même pas à comprendre ce qui venait de se produire. Il se surprit à fixer le corps de la femme à l'arbalète et il s'en étonna, car elle était une parfaite inconnue pour lui. Il s'humecta les lèvres, s'ébroua et, dans un réflexe sans doute inutile de prudence, se glissa par-dessus le bureau pour prendre l'arme que serraient encore les doigts du défunt Régent. Il se sentit mieux quand il l'eut en main. Ensuite, toujours dans un état second, Pitullio contourna le meuble pour rejoindre la fille de Dashif qui était en larmes.

Le regard de Jolesha passa d'un corps à l'autre. Elle vit que l'homme de haute taille faisait un pas de côté pour éviter le carreau fiché dans le sol et ramasser l'arme dont le coup n'était pas parti. Elle se tourna vers Arenride.

— Je ne comprends pas pourquoi il a tué le Régent à votre place. Je croyais qu'il…

— Chhhut… Pas maintenant.

Jolesha vit l'homme de haute taille enlacer Kaloo qui se mit à sangloter contre sa poitrine. Il murmura à l'oreille de la jeune fille puis, avec mille précautions, ôta de son cou la bourse qu'elle reconnut et la lui lança. Elle la serra contre elle, évitant de baisser les yeux sur les deux vilains trous dans le front de Brajii, couchée à ses pieds.

Arenride l'entoura de ses bras.

— Je vais vous ramener chez vous, proposa Pitullio.

— Mon père…

— Je sais, chérie.

Il n'en revenait pas d'être aussi près de laisser libre cours à des larmes qu'il retenait depuis trente ans. Il se demanda pour qui elles couleraient.

Six gardes arrivaient ; ils s'arrêtèrent en voyant les corps. Tout comme les autres, ils ne savaient comment réagir. Pitullio se redressa soudain pour leur donner des ordres.

— Ces personnes, dit-il en désignant Arenride et Jolesha, doivent rencontrer Sa Magnificence, Levar. Escortez-les. Cette jeune fille est sous ma protection. Je vais la ramener chez elle. Que l'un de vous s'occupe de nous trouver une voiture.

Il regarda autour de lui et marmonna *bien malin celui qui sera capable de prévoir l'avenir de Liavek…*

Il vit sortir Jolesha et Arenride, main dans la main, et il se dit que c'était bien. Il entoura à nouveau de ses bras les épaules de Kaloo, qui pleurait toujours. Dans le fond, ça aussi c'était bien, sans doute.

7
LE RAPPEL

Elle leva les yeux des documents encadrés de rouge et empilés sur la table tachée.

— Existe-t-il une manière polie de dire que je n'en veux pas ?

— Je vous demande pardon ? s'étonna Pitullio, les sourcils froncés comme jamais.

La chaise de T'Nar – qu'il avait appuyée contre le mur, les deux pieds avant décollés du sol, près de l'âtre – retomba lourdement. Le vieux marin se leva.

— Elle vous dit qu'elle n'en veut pas, insista-t-il avec hargne. Vous êtes sourd ou quoi ?

— T'Nar, le reprit gentiment Kaloo, je pense que je dois gérer ça toute seule.

— Alors fais-le, grommela-t-il. Nous allons rater une bonne marée. Les marées et le poisson n'attendent pas, que l'on soit comtesse ou gosse de marin. Et tous les deux on n'a pas fini d'entendre Daril si nous ne sommes pas de retour avant ce soir avec du poisson frais pour la marmite et à temps pour le coup de feu. Ça ne nous laisse pas beaucoup de temps pour pêcher.

— Allons-y donc. Je te retrouve sur les quais quand nous aurons fini.

T'Nar grogna ce qui aurait pu être un assentiment et quitta la taverne avec fracas. Kaloo se retourna vers Pitullio. L'homme semblait désorienté et elle le plaignait.

Il s'éclaircit la gorge, tapota les bords des papiers jusqu'à les aligner.

— Le comte Dashif désirait faire de vous son héritière. Il ne s'agit pas seulement du titre… Kaloo. Il y a les terres, l'argent, et d'autres biens. Il vous a choisie et voulait vous transmettre tout ça.

Kaloo se taisait. Tout ce que son père lui laissait ne signifiait rien. Ses plus chers désirs à son sujet, il les avait emportés avec lui en mourant. Tant de choses qu'elle ne saurait jamais, tant de choses qu'elle ne lui dirait jamais. Elle n'avait pas besoin de ses terres, ni de son titre, ni même de son nom. Elle avait eu un peu de son temps, une parcelle de son savoir, la chance de pouvoir l'appeler *père*. C'était sa part d'héritage, la seule qu'elle voulait conserver. Est-ce que Pitullio le comprendrait ? Elle décida de ne même pas chercher à s'expliquer.

— Il avait d'autres… enfants, n'est-ce pas ?

Pitullio sourit. Et ce que sous-entendait ce sourire la fit se sentir comme avait dû se sentir un jour Son Éminence Écarlate. Cet homme-là pouvait tout arranger à sa guise.

— Le testament est fort clair. Bien sûr, ils le contesteront et sa… sa femme l'attaquera, mais je suis parfaitement convaincu que…

Kaloo secoua la tête.

— Non. Un scandale auprès des tribunaux, c'est la dernière chose que je souhaite.

Pitullio pinça ses lèvres.

— On pourrait agir… discrètement. On pourrait leur faire comprendre qu'ils risqueraient d'y laisser plus que de l'argent. Dans ces occasions, votre père avait l'habitude de recourir aux services d'un certain…

— Non. Ces… gens ont été élevés dans l'idée qu'un jour ils hériteraient de lui. Qu'ils l'obtiennent. Je ne veux pas provoquer de discorde à ce sujet. Il n'est même pas nécessaire qu'ils aient vent de mon existence, ajouta-t-elle avec autorité.

L'homme semblait dévasté. Elle tendit le bras à travers la table pour lui tapoter la main.

— Le comte Dashif m'a légué… d'autres choses. Vous ne devez pas vous sentir coupable de ne pas respecter sa volonté.

Kaloo se leva, signifiant ainsi la fin de leur discussion.

— À présent, je dois y aller, mais je vous invite bien volontiers à rester pour savourer une chope de bière et un bol du ragoût de *La Chope et l'Ancre*. Si cela vous dit. Il est réputé ici en bord de mer.

— Vous allez pêcher ? demanda Pitullio, étonné.

La fille du comte Dashif tournait le dos à une fortune, lui préférant la pêche ! Liavek allait connaître des temps étranges, ça, c'était évident.

— Pas vraiment. Nous allons jeter nos lignes et puis il me racontera combien T'Fregan est stupide de ne pas acheter ce fameux bateau.

Elle se détourna et s'adressa à quelqu'un dans la cuisine.

— Daril, je m'en vais ! Mais nous serons là pour le coup de feu et le poisson sera frais !

Pitullio, se sentant largué, insista.

— Je parierais que c'est un bon bateau ?

— Un très bon bateau, et à un prix fort intéressant. Cela rend T'Nar fou de ne pas pouvoir se l'offrir. Il casse les oreilles de tout le monde à ce propos. Bonne journée, Pitullio. Je vous remercie de votre compréhension.

Sur ce, elle ramassa un sac de cuir graisseux et partit à la pêche. Pitullio rassembla ses papiers sans se hâter. D'accord, il devait admettre que Dashif et lui étaient loin d'être ce qu'on appelle des amis. Et à présent qu'il n'était plus là, et Resh non plus, on aurait bien dit que l'opportunité d'administrer les biens de la comtesse Dashif s'en était allée avec la marée. Il serait très avisé de se trouver sur-le-champ un nouveau créneau et de laisser tomber des héritiers qui ne voudraient pas de lui.

Mais… il soupesa la pile de papiers qu'il tenait. Ce serait si facile d'en détourner un peu. Un soupçon seulement, quelques affaires de Dashif dont ses héritiers ne sauraient rien ; d'ailleurs, les auraient-elles intéressés ? Un bordel ou deux, pourquoi pas l'agence de change du Marché, rien de plus important. Le strict nécessaire de manière à pouvoir prendre une retraite confortable, vivant de ses rentes mais exauçant quand même certains des vœux de Dashif. Il se mit à envisager ce qu'il était possible de faire : graisser les bonnes pattes pour éviter que ne grimpent les taxes frappant la taverne, dénicher un patron fortuné qui achèterait ce bateau et voudrait mettre à la barre un capitaine expérimenté. Peut-être que l'une de ces personnes éminentes de la rue des Sorciers éprouverait le désir soudain de donner une éducation spéciale à une nouvelle venue. Oui. Cela pouvait se faire.

Pitullio se surprit à sourire en poussant les portes de *La Chope et l'Ancre*. Étonnant. Jamais il ne se serait cru capable d'exercer ses talents dans ces directions ; il avait comme l'impression que ce serait plus intéressant que tout ce qu'il avait fait auparavant.

À Liavek, on dit depuis toujours que changer le nom d'un bateau modifie sa chance. Et la chance, on n'y touche pas comme ça : elle peut vous jouer des tours. Mais en ce qui concerne le *Dashforth,* on aurait dit que son nouveau nom lui assurait une nouvelle vie et que la chance était bien de la partie. Déjà une légende alors que son vieux capitaine était à la barre, sur les itinéraires commerciaux, il se dépassa quand la fille de ce dernier prit sa suite : il battit des records de vitesse qu'aucune embarcation de sa taille n'égala jamais, avant l'invention de la vapeur sur la mer de la Chance.

Trois générations se succédèrent à la barre du *Dashforth,* conservant toujours des voiles rouge et blanc et, sur son pavillon, un étalon blanc. Des gens affirmaient que la sorcellerie gonflait ses voiles et remplissait ses cales d'une cargaison autrement plus riche que du poisson. Mais les vieux capitaines vous diront que non, que seule intervenait l'habileté, c'est-à-dire l'unique qualité sur laquelle un marin peut se reposer. Quand il fut trop âgé pour arpenter les routes commerciales, un fils cadet l'emmena vers l'aventure, bien au-delà des Terres Lointaines et on n'entendit plus parler de ce bateau. Certains vous diront qu'ils l'ont aperçu, se détachant sur l'horizon, près de l'île du Vairon, lorsque le soleil couchant saigne et teinte les vagues de rouge. Mais les marins de Liavek, comme tous les marins du monde, sont une engeance superstitieuse. Ils aiment à croire que les bateaux, au contraire des pêcheurs, peuvent vivre éternellement.

Catalogue

Anthologies

69, anthologie érotique
Contient la nouvelle « Miroir de Porcelaine » de Mélanie Fazi, prix Masterton 2010

Appel d'Air, anthologie

Fées dans la ville, anthologie

Fugue en Ogre mineur, anthologie

Les Coups de cœur des Imaginales, anthologie dirigée par Stéphanie Nicot

Utopiales 13, anthologie officielle du festival des Utopiales 2013

Utopiales 12, anthologie officielle du festival des Utopiales 2012

Utopiales 11, anthologie officielle du festival des Utopiales 2011

Utopiales 10, anthologie officielle du festival des Utopiales 2010

Utopiales 09, anthologie officielle du festival des Utopiales 2009

Perles d'épice

Chansons de la Terre mourante (1er volume), anthologie dirigée par Gardner Dozois et George R. R. Martin

Chansons de la Terre mourante (2e volume), anthologie dirigée par Gardner Dozois et George R. R. Martin

Jackpots, recueil de nouvelles de Robert A. Heinlein

L'une rêve, l'autre pas, roman de Nancy Kress *(Prix Hugo, prix Nebula, Grand Prix de l'Imaginaire, Prix Asimov's et Science Fiction Chronicle)*

Le Volcryn, roman de George R. R. Martin *(Prix Locus 1981)*

Dragon de glace, recueil de nouvelles de George R. R. Martin
Contient les nouvelles « L'Homme en forme de poire », Prix Bram Stoker et « Portrait de Famille », Prix Nebula.

Skin Trade, roman de George R. R. Martin *(World Fantasy Award 1989)*

Au fil du temps, recueil de nouvelles de George R. R. Martin

London Bone, recueil de nouvelles de Michael Moorcock

Les Vestiges de l'automne, roman de Robert Silverberg

Le Dernier Chant d'Orphée, roman de Robert Silverberg

Baroudeur, recueil de nouvelles de Jack Vance

Les Cinq Rubans d'or, roman de Jack Vance

Liavek, recueil de nouvelles de Steven Brust et Megan Lindholm

Les Trois Souhaits

La Troisième Lame ***suivi de*** **Pollinisation**, d'Ayerdhal

W.O.M.B., de Thomas Becker et Sébastien Wojewodka

Les Ballons dirigeables rêvent-ils de poupées gonflables ?, recueil de nouvelles de Karim Berrouka

La Digitale, roman d'Alfred Boudry

La Chasse Sauvage du colonel Rels, recueil de nouvelles d'Armand Cabasson

Manières noires, recueil de nouvelles de Jean-Michel Calvez

L'Évangile cannibale, roman de Fabien Clavel

Custer et moi, de François Darnaudet

This is not America, recueil de nouvelles de Thomas Day

Women in chains, recueil de nouvelles de Thomas Day

Pèlerinage, recueil de nouvelles de Sylvie Denis

Cendres, recueil de nouvelles de Thierry Di Rollo

Crépuscules, recueil de nouvelles de Thierry Di Rollo

Les Solitudes de l'ours blanc, roman de Thierry Di Rollo

D'une rive à l'autre, recueil de nouvelles de Mathieu Gaborit

L'Affaire du Rochile, de Laurent Genefort

Espaces insécables, recueil de nouvelles de Sylvie Lainé
Contient les nouvelles « Carte blanche », Prix Septième Continent et « Le Chemin de la rencontre », Prix Rosny Aîné

Marouflages, recueil de nouvelles de Sylvie Lainé
Contient la nouvelle « Les Yeux d'Elsa », Grand Prix de l'Imaginaire, Prix Rosny Aîné et Prix du Lundi

Le Miroir aux éperluettes, recueil de nouvelles de Sylvie Lainé
Contient la nouvelle « Un signe de Setty », Prix Rosny Aîné

Le Voyageur solitaire (Les Chroniques des Nouveaux Mondes I), recueil de nouvelles de Jean-Marc Ligny

Les Chants de glace (Les Chroniques des Nouveaux Mondes II), recueil de nouvelles de Jean-Marc Ligny

Survivants des arches stellaires (Les Chroniques des Nouveaux Mondes III), recueil de nouvelles de Jean-Marc Ligny

Maudit soit l'éternel, recueil de nouvelles de Thierry Marignac

Comme un automate dément reprogrammé à la mi-temps, recueil de nouvelles de Laurent Queyssi

Celui qui bave et qui glougloute, de Roland C. Wagner

Cette crédille qui nous ronge, de Roland C. Wagner

H.P.L., de Roland C. Wagner *(Prix Rosny Aîné 1996)*

Le Serpent d'angoisse, de Roland C. Wagner *(Prix Rosny Aîné 1988)*

Les Guides

Le Guide des fées, regards sur la femme, de Virginie Barsagol et Audrey Cansot

L'Amour selon les fées, de Virginie Barsagol et Cécile Richard

Le Guide de survie en territoire ado, par Laura Vitali

Le Petit Guide à trimbaler de l'imaginaire français

Le Petit Guide à trimbaler de la fantasy

Le Petit Guide à trimbaler des vampires

Le Petit Guide à trimbaler de Philip K. Dick, par Étienne Barillier

Le Guide steampunk, par Étienne Barillier et Arthur Morgan

Retrouvez les livres des éditions Actusf sur www.editions-actusf.fr

Imprimé en République tchèque par Finidr
Dépôt légal : février 2014